古典詩歌研究彙刊

第二七輯

龔鵬程 主編

第 5 冊

李賀近體詩韻律風格研究（上）

韋凌詠 著

國家圖書館出版品預行編目資料

李賀近體詩韻律風格研究(上)／韋凌詠 著 — 初版 — 新北市：
花木蘭文化事業有限公司，2020〔民 109〕
目 6+232 面；17×24 公分
（古典詩歌研究彙刊 第二七輯：第 5 冊）
ISBN 978-986-485-975-7（精裝）
1.（唐）李賀 2. 近體詩 3. 詩評
820.91   109000187

ISBN-978-986-485-975-7

9 789864 859757

古典詩歌研究彙刊
第二七輯　第 五 冊
ISBN：978-986-485-975-7

李賀近體詩韻律風格研究（上）

作　　者　韋凌詠
主　　編　龔鵬程
總 編 輯　杜潔祥
副總編輯　楊嘉樂
編　　輯　許郁翎、張雅淋　美術編輯　陳逸婷
出　　版　花木蘭文化事業有限公司
發 行 人　高小娟
聯絡地址　235 新北市中和區中安街七二號十三樓
　　　　　電話：02-2923-1455／傳真：02-2923-1452
網　　址　http://www.huamulan.tw 信箱 hml810518@gmail.com
印　　刷　普羅文化出版廣告事業
初　　版　2020 年 3 月
全書字數　248623 字
定　　價　第二七輯共 19 冊（精裝）新台幣 32,000 元　　版權所有・請勿翻印

李賀近體詩韻律風格研究（上）

韋凌詠 著

作者簡介

韋凌詠，澎湖縣人，國立高雄師範大學國文系學士畢業，國立政治大學中文系教學在職專班碩士畢業，師事竺家寧教授從事語言風格研究。在中學任教已十數年，目前執教於澎湖縣馬公國中。

提　　要

　　本論文從頭韻、韻母、聲調及聲音重複四個層面來描述、詮釋李賀近體的韻律表現，最後綜合聲、韻、調的韻律，立體呈現李賀詩歌的朗誦效果。

　　李賀善用頭韻來貫串句子，使句子間出現交疊連綿的呼應音效，以此連繫句與句、聯與聯，織成網狀韻律，使詩歌整體的音韻結構更為緊密，更具節奏感、音樂性。

　　李賀慣用響亮的韻部押韻，與楊文雄提出的李賀古體詩「選韻務求沉啞」大相逕庭。五言詩有一半以上首句入韻，也與近體「五言詩以不入韻為正例」異趣。首句入韻使押韻的節奏更為緊湊，也打破十字一韻的固定節奏。其次，李賀又常在重要音節上安排響亮的陽聲韻尾相協，並錯置入聲韻尾調音，形成鼻音綿長與塞音促止的對比交錯音效。

　　賀詩出句句腳聲調常見連續相同，且合於詩歌的意義段落，聲音與詩意形成的緊密呼應。入聲多置於一句的中間音節，形成「長－短－長」的交錯韻律。一首詩中則常見於隔句的首、末字，以此產生長短交錯的結構韻律；另有在三句中，以層遞的方式排列製造出遞增或遞減的韻律。

　　雙聲的表現極為特出，李賀不僅「使用」現成的雙聲詞，更「創造」雙聲詞。疊字、疊韻則常見於韻腳之處，使韻在預期的規律中提前出現，讓整齊的句式產生長短句的節奏。

　　賀詩韻律手法多元，呼應綿密，乃詩人錘鍊之功，將層層韻律交織成自然和美的樂音。

目

次

圖目次

第一章 緒 論

第一節 語言風格義界

　　韻律風格是語言風格學中探求語音的音韻節奏表現的一種風格類別。1960 年前後，高名凱引介蘇聯語言學界的風格學並呼籲建立中國的語言風格學，在學者們的努力建構下，語言風格學成為了一門獨立的學科。所謂的語言風格，歷來學者多有闡釋，黎運漢在〈1994 年以來語言風格定義研究述評〉中，歸納分析了 1949 年來語言風格的九種定義，並提出了總結性的定義：

> 語言風格是人們言語交際的產物，是交際參與者在主
> 客觀因素制導下運用語言表達手段的諸特點綜合表現出來
> 的氣氛和格調，它涵蓋表現風格、語體風格、民族風格、
> 時代風格、地域風格、流派風格和個人風格等。〔註1〕

黎氏認為語言風格是語言運用的結果，是表達主體與接受主體共同創造的。其構成元素有三：制導因素、語言物質因素，與二者相互作用下產生的氣氛與格調。語言運用的領域包括一切交際場合，它包括文學作品的語言風格，也包括非文學作品的語言風格。它也是語言美學形態的昇華，是一種語言的氣氛格調，亦即語言審美的取向。

〔註1〕見黎運漢：《黎運漢修辭‧語體‧風格論文選》（廣州：暨南大學出版
　　　社，2004 年），頁 385。

　　語言風格學是一門理論與實踐並重的學科，其所涵括的面向十分廣泛，凡是以語言為載具的表現形式，皆可歸之。然而在實踐上，語言風格的探討則多聚焦在文學作品上，如竺師家寧說：

　　　　廣義的「語言風格學」包含了一切語言形式風格，既涵蓋口頭語言，也涵蓋書面語言，既處理文學語言，也處理非文學語言，而「風格」也包含了體裁風格（或文體風格）、時代風格、地域風格、個人風格諸方面。目前對語言風格的探討，多半採狹義的，把關注的焦點放在文學作品的個人風格上。〔註2〕

文學語言風格或作家語言風格在語言風格中，雖然只是一種風格類別，但卻占有十分重要的地位。文學的體式多元，文學是語言的藝術，文學語言具有極佳的延展性，自然蘊藏豐富的風格形態，故文學為語言風格的實踐焦點。

　　文學風格的討論已有悠久的傳統，從漢揚雄《法言·吾子》對風格的論述、魏晉曹丕的《典論·論文》、陸機的〈文賦〉對文體和作品風格的討論，梁劉勰《文心雕龍》的理論總結，到唐司空圖《二十四詩品》、宋陳騤《文則》、明吳訥《文章辨體》等，不一而足。然而，傳統的文論常以高度抽象的語言來描述風格，且帶有明顯的個人主觀性與時代性，如余光中所說：

　　　　中國的古典文學批評，像其他深受儒家心智活動影響的學問一樣，往往欠缺某種程度的邏輯思考和科學精神，籠統而遊移的評語多於精確而深入的分析，令人讀過之後，只能抓到一把對仗工整聲韻鏗鏘的形容詞。有時這種批評又趨向另一極端，變成刑警偵案式的考據，歷史的（historical）興趣取代了美學的（aesthetic）興趣，側重了政治背景的影射，忽略了藝術表現的成敗。〔註3〕

〔註2〕竺師家寧：《語言風格與文學韻律》（臺北：五南圖書出版股份有限公司，2001年初版，2005年再版），頁1。

〔註3〕余光中：〈象牙塔到白玉樓〉（1964年2月），收錄於余光中：《逍遙遊》（臺北：九歌出版社，2000年），頁111。

余氏精確的指出傳統文學批評常落於玄虛的個人主觀意識或過度強調外緣因素的解讀，忽略了對語言藝術直接的分析與探討。往往論者提出某種風格主張後，便會出現更多解釋這種風格的討論，這是因爲傳統的風格論只憑論者內省式的描寫，以幾個形容性的詞彙把「風格」描繪一番，讀者較難從這些抽象的字詞中具體地把握到風格的特色。現代風格學著重研究的是構成不同言語氣氛的那些語言手段，正是針對「早期所做的工作」中的不足，探索各種風格類型所借以表現出來的「適當的形式根據」——表達手段的體系〔註4〕，使風格成爲看得見、摸得著的客觀的東西。傳統風格學與語言風格學的差異，竺師家寧做了賅要的區別：傳統風格的研究可稱爲文藝風格學，其涉及的層面爲作品內容、思想、情感、象徵、意象、價值判斷、藝術性等問題；而語言風格學則是以語言學的方法，涉及作品的形式、音韻、詞彙、句法的研究。〔註5〕語言風格學並非否定傳統文藝風格學，而是使藉內省體悟所得的主觀感受，能在語言物質上得到較客觀的證實與說明。

　　文學作品是通過語言來呈現，讀者對於作品風格的認識，也是藉由文學的形式或語言的表現來感受。在所有文學體式中，詩歌在形式上獨具一格，在語言的表現上擁有最佳的延展性，其對音韻節奏的強調，更是有別於其他文體的標誌。張德明說：

> 語音是語言的物質外殼，是語義的表現形式。語音系統任何要素的選擇、組合、配置、運用都可以成爲風格手段，發揮風格作用。如漢語聲、韻、調的安排，雙聲疊韻的技巧，平仄對仗的格律，合轍押韻的習慣，重音的位置，音節的重複，節奏的形成，音色的特點，音位的組合，以及兒化音變的作用，語氣、語調的變化等都會造成不同的風格效果、風格色彩。〔註6〕

〔註4〕程祥徽：《語言風格初探》（臺北：書林出版社，1991年）頁22。
〔註5〕詳參竺師家寧：《語言風格與文學韻律》（臺北：五南圖書出版股份有限公司，2001年初版，2005年再版），頁13。
〔註6〕張德明：《語言風格論》（高雄：麗文文化，1994年），頁81。

張氏所指出的風格手段，大多見於詩歌語言中，語音的韻律在詩歌中可以得到最多層次的描述。每個民族語言的語音要素、語音手段都是有限的，有限的語音手段之所以能夠呈現多樣的風格面貌，關鍵在於語言藝術家在言語實踐中的巧妙配合和獨特創造。〔註7〕中唐詩人李賀在語言實踐上有其獨特的風格，故今以語言學的方法，具體分析描述其詩歌中的韻律風格。

第二節　研究動機與目的

　　李賀字長吉（790～816），福昌昌谷（今河南省宜陽縣三鄉）人，歷德宗、順宗、憲宗三朝，正是唐朝由盛轉衰的時期。身為皇室的後裔，李賀自視甚高，卻只做過奉禮郎這類卑官，一生困頓，多病早夭，得年僅二十七歲。

　　李賀詩以「奇詭魅麗」著稱，歷來評家對其意象、色彩、典故、鑄語上，多有闡發：「賀詞如百家錦衲，五色眩曜，光奪眼目，使人不敢熟視。」〔註8〕「長吉好以險字作勢。」〔註9〕凡此評論，不一而足。胡淑娟總結了歷代的詩評：

　　　　在歷代李賀批評的觀點中，我們總結歸納出了「豔」、
　　「奇」、「怪」、「詭」、「崛」、「峭」、「險」、「工」、「巧」、「鬼」，
　　這十種主題風格，這應該是「李賀體」內在美學特徵的本
　　質，它基本涵蓋了李賀詩歌的主要內在的氣質、詩歌的神
　　韻與外延的風姿。〔註10〕

胡氏歸整了歷代論者加諸李賀的所有形容詞，並以此說明李賀的詩

〔註7〕張德明：《語言風格論》（高雄：麗文文化，1994年），頁87。

〔註8〕趙宦光《彈雅》引陸游語，見〔唐〕李賀撰，〔明〕曾益等注：《李賀詩注》，頁221。

〔註9〕方以智《通雅》言，見〔唐〕李賀撰，〔明〕曾益等注：《李賀詩注》，頁222。

〔註10〕胡淑娟：《歷代詩評視野下的李賀批評》（上海：學林出版社，2009年），頁187。

風。細究其探討的層面，不外乎錢鍾書所說的「修辭設色」〔註11〕。然而詩歌是所有文學體式中與韻律關係最為密切的一種，王夢鷗說：「詩的韻律顯已離開了自然的習慣的語言而接近於音樂。」如此可以「適應特殊的濃烈情緒」〔註12〕。亦即詩的韻律本身已承載了意念情感，清人沈德潛《說詩晬語》也說：

> 詩以聲為用者也，其微妙在抑揚抗墜之間，讀者靜氣按節，密詠恬吟，覺前人聲中難寫、響外別傳之妙，一齊俱出。〔註13〕

除了文字所傳達的意義之外，藉由聲音的誦讀可以體悟文字無法名狀的弦外之音。詩若脫離韻律表現便不足以稱作詩，探究李賀的詩風若忽略了韻律的探討，那麼風格研究也只完成了一半。而前人並非無視李賀的韻律，只是缺乏現代語言學的知識，以致多在用韻或疊字上打轉，對於整體韻律的描寫與詮釋則付之闕如。如清人汪師韓曾論李賀用韻特色：「李賀〈追賦畫江潭苑〉五律，雜用紅、龍、空、鐘四字，此則開後人轆轤進退之格，詩中另有一體矣。」〔註14〕又清人方扶南論李賀近體用古韻：「古人用韻之不可解者，唐李賀，元薩都剌，近體皆古韻，今昔無議之者，特記之邂逅解人。」〔註15〕又如今人楊文雄指出李賀用韻沉啞〔註16〕，好用疊字、重複句〔註17〕，裘樟松認為

〔註11〕錢鍾書：「長吉穿幽入仄，慘澹經營，都在修辭設色。」見錢鍾書：《談藝錄》（臺北：藍燈文化事業股份有限公司，1987年），頁46。

〔註12〕王夢鷗：《文學概論》（臺北：藝文印書館，2001年），頁75。

〔註13〕見〔清〕沈德潛：《說詩晬語》卷上，收錄於《續修四庫全書》編纂委員會編：《續修四庫全書・集部・詩文評類》（上海：上海古籍出版社，2002年），頁1。

〔註14〕〔清〕王夫之等撰，丁福保編：《清詩話・詩學纂聞》（臺北：明倫出版社，1971年），頁452。

〔註15〕郭紹虞編選：《清詩話續編》（上海：上海古籍出版社，1983年），頁777。

〔註16〕楊文雄：《李賀詩研究》（臺北：文史哲出版社，1980年初版，1983年再版），頁207。

〔註17〕詳見楊文雄：《李賀詩研究》（臺北：文史哲出版社，1980年初版，1983年再版），頁214～220。

李賀近體格律穩當，用韻出韻是對功名的反動表現〔註18〕。凡此皆架構在傳統的聲律說上，皆偏於一隅，不可說是韻律風格。

韻律既然是詩的一大特徵，韻律所呈現的風格理當是詩歌研究不可忽略的視角。李賀韻律風格至今無完整的論述，本論文試圖以語言學的方法全面地描寫、分析、詮釋李賀的韻律風格，期能補苴李賀風格研究闕漏的面向。

其次，李賀樂府、古體較近體為多，歷來學者也多專注於此，對近體詩是忽略的，甚至揣測李賀有反格律的意識，如清人姚文燮說：「斯集古體為多，其絕無七言近體者，深以爾時之七言近體為不可救藥而姑置不論。」〔註19〕今人李卓藩引而申之：「李賀不寫七言律詩，係出於對時俗所趨的元和體的憎惡，進而反對由於元和體的廣泛流傳而形成的一股中唐纖麗浮蕩的詩風。」〔註20〕王禮錫更稱之為「積極的反格律者」〔註21〕。蔡振念〈論唐代樂府詩之律化與入樂〉〔註22〕也指出唐代古、新題樂府大都已律化，然李賀的樂府皆為古體〔註23〕。或許李賀反對元和體，然而元和體並非等同於近體詩，說李賀有反格律的意識未免過甚；換個角度看，若李賀誠然反對元和體，那他所創作的律體又呈現怎麼樣的風貌？又李賀皆以古體作樂府的現象，或以此論其反律體，但更可說明李賀對於古體、近體的創作意識是截然不同的；李賀既自覺性的區隔近體、古體，二者當有各自的風格；既然近體、古體各有風格，則當分而論之。

〔註18〕見樓宇敏、裘樟松：〈談李賀近體詩的藝術特色〉，《浙江教育學院學報》第 20 期（2006 年 1 月），頁 29。

〔註19〕〔唐〕李賀撰，〔明〕曾益等注：《李賀詩注》（臺北：世界書局，1963年），頁 402。

〔註20〕李卓藩：《李賀詩新探》（臺北：文史哲出版社，1996 年），頁 65。

〔註21〕王禮錫：《李長吉評傳》（神洲國光出版社，1930 年），頁 69。

〔註22〕蔡振念：〈論唐代樂府詩之律化與入樂〉，《文與哲》第 15 期（2009年 12 月），頁 61～98。

〔註23〕張修蓉：《中唐樂府詩研究》（臺北：文津出版社，1985 年），頁 413。

　　李賀近體有七十首，不爲不多，然而歷代學者甚是忽略，近體韻律的研究更是乏人問津。本論文欲就近體來討論風格，一則關於李賀近體韻律的研究極少，可以做補足的工作；二則近體乃唐人歸結聲律美感的結晶，在此韻律典範的基點上，更能照映出李賀韻律安排的自我風格。

第三節　前人研究成果

一、李賀研究概況

　　李賀的研究，如以民國爲分界，民國前爲詩話筆記及詩集箋注，以訓釋名物，考訂詩句，探索本事的方式，或以印象式的風格評論來討論李賀其人其詩；民國後繼續有考證的研究，然更關注詩歌本身的藝術創作價值，並多以新的角度及方法來進行研究。

（一）李賀詩集箋注

　　民國前的箋注以南宋吳正子箋註、劉辰翁評點的《李長吉歌詩》爲最早。明代有徐渭、董懋策評注的《唐李長吉詩集》、曾益注釋的《昌谷集》、余光注的《昌谷詩集》、黃淳耀評注的《李長吉集》，明清之際有姚佺箋注，邱象升等評，丘象隨辨注，孫之蔚等七人評注的《李長吉昌谷集句解定本》。清代有姚文燮注的《昌谷集注》，王琦箋注的《李長吉詩匯解》，吳汝綸評注的《李長吉詩評注》，方世舉（扶南）批點之《李長吉詩集批注》，黎簡（二樵）評點黃淳耀評本之《李長吉集》及陳本禮注的《協律鉤玄》。民國後注本有葉蔥奇（1959）《李賀詩集疏注》、陳弘治（1969）《李長吉歌詩校釋》、劉衍（1990）《李賀詩校箋證異》、王友勝、李德輝（2002）《李賀集》、吳企明（2012）《李長吉歌詩編年箋注》。以上的注本，以清人王琦的《李長吉詩匯解》最爲詳盡，民國後的箋注本也多引用其說。此外，民國後的注本葉蔥奇《李賀詩集疏注》注解清楚，頗有發明；陳弘治《李長吉歌詩校釋》校對仔細，詮題、注釋、集評皆備，仔

細詳盡；吳企明《李長吉歌詩編年箋注》特色爲考校詩歌創作先後，編年排列，其校釋多與陳弘治同。

（二）西方思潮理論下的研究開展

除了延續傳統考據、箋注的工夫，民國後李賀的研究也匯入了西方的思潮理論。王禮錫（1930）《李長吉評傳》是第一部李賀研究專著，以唯物史觀的角度來檢視李賀的時代背景並考訂其生平，論證其樂府的反駢偶傾向及說明其詩作的語言色彩。錢鍾書（1948）《談藝錄》，則引西方文學理論做比較，開展後世的研究路向。錢氏關於李賀的論述，主要集中在《談藝錄》中，另外《七綴集》、《管錐編》也有涉及。錢氏對李賀詩進行精準的勾勒，提出「修辭設色」乃李賀詩的第一義，突顯出李賀詩歌的藝術表現手法的價值，再從用字、意象、曲喻、時空、創作理念等角度闡述賀詩，並與西方詩人進行對比。其中的「曲喻」說法，錢氏進一步中借助西方的術語發展成了「通感」（synaesthesia）理論。余光中（1964）〈象牙塔到白玉樓〉承錢氏的脈絡繼續發展，提出李賀在想像上的時空是從個人略過人世直接躍至歷史、神話、宇宙，並以西方的超現實主義、意象主義和象徵主義來說明李賀的創作手法及理念。方瑜（1975）《中晚唐三家詩析論》則承錢氏，做用字、意象及造景上的推演。張劍說：「《談藝錄》是李賀研究的一座里程碑。後來的研究者論及李賀時幾乎都不能不引用錢氏的成果。」〔註 24〕其後的研究，許多便在錢氏畫出的輪廓上做發想。

（三）李賀詩整體性的研究

關於李賀詩整體性的研究著作，較重要的有：楊文雄（1980）《李賀詩研究》、李卓藩（1996）《李賀詩新探》、徐傳武（1997）《李賀論稿》、張宗富（2009）《李賀研究》、胡淑娟（2009）《歷代詩評

〔註24〕張劍：〈20 世紀李賀研究述論〉，《文學遺產》第六期（2002 年），頁122。

視野下的李賀批評》、李德輝（2010）《李賀詩歌淵源及影響研究》
等。楊文雄的《李賀詩研究》分內緣、外緣兩個角度。外緣研究李
賀所處的時代背景及生平，內緣探討李賀詩的語言及境界。語言一
章中有一節論及音樂性（節奏），分平仄、用韻、句式、句法四個方
面做說明，提出李賀古體詩中平仄的安排、韻的使用、韻腳的疏密
皆與情感相關；古體用韻無規則，然有雙聲轉韻的情形；句式較少
變化，句法上疊字使用過濫，古詩的散文句法有節奏頓挫轉折的音
響效果。以上觀點討論的篇幅不長，舉證亦不甚充足，且偏重於古
體，並非以語言學的方式進行語言分析，然而某些說法可進一步的
以語言學的方法進行檢視。李卓藩《李賀詩新探》較專注於詩歌題
材及技巧風格，對於音韻的討論極少，然有體裁一章分論古體、近
體，認爲近體以五絕爲主，七絕爲佳，並以李賀反駢偶，憎惡元和
體，解釋其少作律詩且七律闕如的原因。徐傳武《李賀論稿》，爲單
篇論文的集結，以考據與詩歌品評爲主，其中〈巧摹聲音驚鬼神〉
雖論及李賀聲音的描寫，然而是以藝文風格的角度賞析。張宗富《李
賀研究》，討論層面爲李賀家世生平、詩歌內涵、創作手法及詩歌淵
源。語言藝術一章只討論鍛字，對音韻並無著墨。胡淑娟《歷代詩
評視野下的李賀批評》總結了歷代詩論的李賀詩風，此爲文藝風格
的論斷，可作爲語言風格的對照。李德輝《李賀詩歌淵源及影響研
究》探討其精神、體裁、詩人典範的淵源及各朝代的接受史，對音
韻亦無著墨。

（四）李賀韻律風格的相關研究

　　李賀詩的研究與韻律風格直接相關的論文極少，間接相關的是
語言學角度的解析，用韻的流變與詩體特色探討等方面的論文。

　　王松木（2001）〈從語言學角度析論李賀詩歌「瑰麗奇詭」的風
格〉以著色穠麗、造語新奇、立意詭譎三方面，探究李賀對自然語
言的改造功夫，闡釋李賀「瑰麗奇詭」詩歌風格形成的原因。此篇
主要從詞彙與語法的角度進行分析，對語音的部分並無著墨。用韻

探討的部分，E.G. Pulleyblank（1968）'The Rhyming Categories of Li Ho〔791-817〕，認為李賀用韻多與等韻圖中之攝相合，有時甚至與有出攝之現象，非詩律的演變，乃語音轉變的現象。耿志堅（1990）〈唐代元和前後詩人用韻考〉及（1991）〈中唐詩人用韻考〉統整中唐韻部合用情形，指出中唐是唐代各時期用韻變化最大的時期。郭娟玉（1997）〈李賀詩韻與詞韻〉探討通押韻例、上去通押的情形及押韻方式與詞韻的關聯，提出李賀用韻趨於奇險自由，不獨韻法繁複新奇，即協韻部居、韻腳聲調，亦往往超越詩韻，而與詞韻暗合。這些關於韻的篇章皆可資作李賀近體詩韻母韻律的探討的參考。

　　張英（2006）〈論李賀的古體詩創作及其聲韻特色〉分五言、七言、雜言論賀詩古體用韻的情形，歸結出李賀古體詩轉韻的情形最多，四句一轉頻率最高；使用本韻比例最少，且都是平韻古風。古體形式自由，靈活多變，近體詩創作，表現出嚴格的格律意識。魏祖欽（2015）〈李賀七言古詩的藝術創新及其詩學史意義〉指出李賀近體絕句不同於人們印象中的奇詭特色，律詩講究結構安排、起承轉合及格律要求。七古以轉韻為常，韻腳稠密，不避律句，且律句多出現在仄韻及轉韻詩中，雖用律句，然是在標示清楚的古體形式中使用，不致於造成古律混淆的情況。這兩篇文章皆指出李賀古體、律體的差別，然而兩篇文章皆以古體為討論焦點，引近體做對照時並無論證過程，其論點仍待檢驗。

（五）李賀近體詩的相關研究

　　詩體特色的論述有裴樟松（1990）〈李賀反格律辨？——駁李賀詩研究中一種「定論」〉，文中提出賀詩古體有不少律句，李賀不是反格律的詩人的觀點，並承繼清人陳本禮《協律鉤元》的說法，將〈南園十三首〉第十一、十二首兩首七絕合併為一首七律，試圖打破李賀無七律的說法。第二篇文章樓宇敏、裴樟松（2006）〈談李賀近體詩的藝術特色〉清楚的標出近體詩的詩題、數量、體式，指出李賀詩一韻到底與出韻的所佔比例各半，出韻是對功名的反動表

現；近體詩一樣有古體臨空架閣，高妙怪麗的藝術特色；並再次提出李賀非是反格律的詩人及有七律作品的主張。接著就詩體分別探討五絕、七絕、五律、五排、七律的特色，並就結構、通感、色彩、用典、煉字、風格等層面概敘近體詩特色。這兩篇文章與本論文有直接相關，然而對於〈南園十三首〉第十一、十二首是否應合為一首七律的論證有太多假設性的論述，值得商榷；出韻的狀況，或許為語音流變所致，而非另有寓意；近體與古體是否風格相同，非以幾首詩歌的舉隅便可論定，仍須斟酌的討論。

（六）李賀研究的學位論文的研究面向

目前兩岸以「李賀」為題的學位論文，臺灣有 24 篇，中國大陸有 42 篇。概可分為以下幾個方向：第一，詩人的比較研究，如劉滄浪（1975）的《李賀與濟慈》、蔡宇蕙（2004）的《李賀、李商隱「設色穠麗」的詩歌色彩析論》。第二，對詩歌題材或詩體的研究，如楊淑美（2003）的《李賀詩神話題材研究》、李淼（2006）的《李賀樂府詩研究》。第三，創作意識的探討，如李華斌（2004）的《論李賀詩歌創作的心理特征》、毛慧萍（2007）的《論李賀詩歌的生命意識》。第四，語言表現的分析，如張靜宜（1996）的《李賀詩之語言風格研究——從詞彙與句型結構分析》、鍾達華（2005）的《李賀詩意象研究》。第五，以新觀點重新詮釋詩歌內涵，如陳思嘉（2011）的《李賀詩歌的幻見與穿越幻見探究》、林勝韋（2014）的《李賀詩的「無理」之美——「文學時間」與「通感藝術」的觀察》。其他還有通論式的研究，詩歌接受史的探討等。

與本論題較為相關的是以藝文風格及語言學角度論述李賀詩的論文，有張楊雪嬰（1990）的《李賀詩風格之構成與表現》、張靜宜（1996）的《李賀詩之語言風格研究——從詞彙與句型結構分析》、朴庸鎮（1996）的《從現代語義學看李賀詩歌之語義研究》三篇。楊雪嬰《李賀詩風格之構成與表現》分為風格的構成與表現兩方面，構成部分主要論述其離騷文學淵源的外緣因素，佔了論文一半的篇

幅。表現的部分分意識與語言兩方面，較偏重在意識層面（標題爲：生滅變動的宇宙意識），語言層面則探討路向、創作觀、語義系統三方面。整體而言，楊氏主要乃就歷史、思想的角度進行考察。張靜宜《李賀詩之語言風格研究──從詞彙與句型結構分析》的研究面向爲詞彙與語法（句型結構）兩方面，與音韻相關的部分爲重複用字的部分。朴庸鎮的《從現代語義學看李賀詩歌之語義研究》以現代語義學角度對李賀詩歌進行檢視，其中詞彙的重複比例只佔21.3%，在「聲音」的語義中，擬聲字的詞彙最多等等訊息，可作爲探討詩人韻律安排的參考依據。

　　整體而言，李賀的研究多爲考據、詮釋的層面，在語言的探索上集中於詞彙、語義、文法與詩韻的討論，對於詩歌整體韻律的特色並無著墨；在詩體的研究上，偏重於古體、樂府，對近體詩是忽略的，這兩個部分都是李賀詩歌的研究上亟待開展的面向。

二、語言風格與韻律風格的研究概況

　　韻律風格是語言風格學的一種風格類別，語言風格學誕生於廿世紀初期，1905 年語言學家費迪南・德・索緒爾（Ferdinand de Saussure）的學生查利・巴里（Charles Bally）在《風格學概論》提出風格學的說法，並明確指出語言風格與社會生活的依存關係，使語言風格學成爲語言學中的一門獨立學科。

（一）語言風格學體系的建置

　　高名凱是中國大陸建立漢語風格學的倡導者。他首先在 1957年發表了〈蘇聯學者關於風格學問題的討論〉，引介蘇聯語言風格學的概念；接著在 1959 年 6 月 4 日在南開大學發表題爲〈語言風格學的內容與任務〉的學術報告，全面介紹現代語言學的風格理論和流派，闡明風格的性質和特點，提出劃分風格類型的標準，呼籲在中國建立語言風格學。這股浪潮尙未鼓動，便因文化大革命而停擺。直到二十多年後，才又掀起另一波語言風格學的浪頭。1985 年到

1990 年，中國大陸相繼出版了四部漢語現代風格學的專著：程祥徽《漢語風格初探》、張德明《語言風格學》、鄭遠漢《言語風格學》、黎運漢《漢語風格初探》。對風格學的定義、性質特點、成因、類型和研究對象、學科性質等內涵進行建構。于根元等學者認為，這四部專著與傳統的漢語風格研究有了質的分界，共同構成了漢語現代風格學的體系基本一致而各具特點的一組建築群。〔註25〕1993 年至2000 年間，又有五本專著出版，王煥運《漢語風格學簡論》、鄭遠漢《言語風格學》（修訂本）、鄭榮馨《語言表現風格論──語言美的探索》、黎運漢《漢語風格學》及程祥徽等《語言風格學》，這些著作進一步深化了理論體系，拓展了研究方法，梳理了風格研究的歷史，完備了學科成立的基本條件。除了專著，單篇風格學的論文也參與了學科的建設，有探討基本理論問題的，如丁金國（1984）的〈語言風格學的幾個問題〉、（1987）〈語言風格分析的理論原則〉；有探討研究方法的，如林興仁（1994）的〈風格實驗法是語言風格學研究的基本方法〉；有研究風格學史的，如張德明〈試談「中國現代語言風格學史」的分期問題〉等，至此，語言風格學的體系架構更趨完備獨立。要之，中國大陸的語言風格的研究起步較早，並著力於學科體系的整體建構。

（二）語言風格的具體實踐

海外學者梅祖麟、高友工於 1968 至 1978 年間，共同撰寫的三篇研究唐詩的經典論文：〈杜甫的〈秋興〉：語言學批評的實踐〉、〈唐詩的句法、用字與意象〉及〈唐詩的語義、隱喻和典故〉。兩位作者從語言學角度，運用結構主義對深層結構的研究方法研究唐詩，探討了詩歌中語音與語義的關聯性，句法的表層與深層結構，對等原則在意義研究上的運用等等，並在論述過程中對中西詩歌做了的比較研究，然而兩位學者的研究焦點在於以語言學的理論來重新檢視古典作

〔註25〕于根元：〈漢語現代風格學的建築──讀四部有關的新著〉，《語言文字應用》第 2 期（1992 年），頁 80。

品，並不在探尋風格的表現。在臺灣，曹逢甫從 1985 起，陸續發表〈四行世界——從言談分析的觀點看絕句的結構〉、〈從主題——評論的觀點來看唐宋詩的句法與賞析〉、〈唐詩對偶句的形式條件與篇章修辭功能〉，也是以語言學的理論檢視了唐詩的結構句法，目的也不在風格的探索上。儘管不在風格學上著墨，三位語言學家依然提供了語言學賞析古典詩歌的許多切入點，對風格元素的分析極有幫助。

相對於中國大陸體系的建置，臺灣的學者著重於實踐的層面，以聲韻學、語言學的知識來解讀古典詩歌，如李三榮（1987）〈秋聲賦的音韻成就〉、陳新雄（2000）〈聲韻與文情之關係——以東坡詩為例〉、周世箴（2003）《語言學與詩歌詮釋》等。以語言風格來描述文學作品的，則是由竺師家寧開始。竺師家寧在 1993 年發表〈岑參白雪歌的韻律風格〉，1996 年發表〈從語言風格學看杜甫的秋興八首〉，其後陸續發表了（2000）〈《詩經》語言的音韻風格〉、（2003）〈語言風格學之觀念與方法〉、（2012）〈從語言風格學看李白詩的賞析〉等文章，並於 2005 年出版《語言風格與文學韻律》專著，將語言風格的對象聚焦到文學作品上，指出音韻、詞彙、語法風格三種研究脈絡，建立了清楚的研究方法，並展示了實際操作的範例，具體的建構了臺灣語言風格學的理論體系與實踐方法。其後的學者，如張慧美（2002）《廣告標語之語言風格研究》與（2006）《語言風格之理論與實例研究》，周碧香（2013）《書寫風的線條：語言風格學》與（2015）《《東籬樂府》語言風格研究》，皆循此脈絡在廣告標語、新聞標題、網路語言、古典詞曲及小說等面向上開展。2017 年，竺師家寧出版《語言風格之旅》，結合理論與實踐，薈萃了古典、現代各種文體的語言風格研究成果，使研究者能夠更有效地掌握語言風格學的觀念與研究方法。

臺灣語言風格學的學位論文也都依循竺師家寧的架構方法來進行研究。其中就音韻風格研究的學位論文有三十餘篇，期刊論文有十七篇。期刊論文多就某詩人的單一詩作進行分析，學位論文的研

究材料概可分爲四類：

1、古典詩詞：如丁憶如（2008）《司馬相如賦篇之音韻風格研究》，簡雅慧（2010）《柳永《樂章集》長調之音韻風格──以創調、僻調爲對象》。

2、現代詩歌曲詞：如賴雅俐（2010）《瘂弦詩的音韻風格研究》，吳琇梅（2014）《方文山創作歌詞之音韻風格研究》。

3、俗文學與童蒙教本：如林佩怡（2010）《《三字經》之音韻風格》，陳思奇（2013）《國語繞口令之音韻風格研究》。

4、現代媒體廣告：如洪慧玲（2014）《臺灣《聯合報》新聞標題之音韻風格研究──以 1951 年爲例》。

這些面向展示了韻律風格的研究脈絡與具體的實踐成果。

第四節　研究範圍與研究方法

一、研究版本與範圍

　　《李賀集》原爲李賀友人沈子明所編，杜牧〈李賀集序〉記載沈子明語：「賀且死，嘗授我平生所著歌詩，離爲四編，凡二百三十三首。」〔註26〕南宋吳正子最早爲賀詩作箋註，曾提及五個版本：京師本、蜀本、鮑本、會稽姚氏本、宣城本。京師本、蜀本、姚氏本皆四卷二百一十九首；鮑本有後卷，共二百四十二首，宣城本有無後卷並沒有說明，但也是二百四十二首。此外，吳正子未提及的，尚有蒙古憲宗六年（南宋理宗寶祐四年）趙衍刻本〔註27〕，原稱金刊本，後經

〔註26〕〔唐〕李賀撰，〔明〕曾益等注：《李賀詩注》（臺北：世界書局，1963年），頁 209。

〔註27〕尤振中認爲蒙古本卷數、篇數、文字與吳正子所提及的京師本相符，此書的底本應是京師本。詳見尤振中：〈李賀集版本考〉，《江蘇師院學報》（社會科學版）（1979 年 3 月），頁 72。然京師本已不復見，無從得知蒙古本是否皆同於京師本，故不可歸入京師本系統，當另立爲一版本。

王國維校訂，確定爲蒙古刊本〔註28〕，習稱蒙古本。

上述版本，京師本、會稽姚氏本已不復見，另外四個版本，鮑本流傳最廣，然原書未見，今有明毛晉汲古閣據鮑欽止手定本校刊有《李長吉歌詩編》四卷集外詩一卷；南宋「臨安府棚前北睦親坊南陳宅經籍鋪」本（習稱書棚本），亦以鮑本爲底本刊刻，後清述古堂影書棚本，有《李賀歌詩編》四卷、集外詩一卷。〔註29〕宣城本今存北宋刊公牘紙印本《李賀歌詩編》四卷、集外詩一卷，後 1918年董氏誦芬室據此影刊《李賀歌詩編》四卷、集外詩一卷，烏程蔣氏密韻樓叢書據此影刊《李賀歌詩編》四卷、集外詩一卷。蜀本有南宋初刻本《李長吉文集》四卷，後有民國《續古逸叢書》據此之影印本《李長吉文集》四卷。蒙古本趙衍刻本《歌詩編》四卷，原爲清黃丕烈藏，後歸常熟瞿氏鐵琴銅劍樓，有《四部叢刊》假瞿氏藏本影印之《李賀歌詩編》四卷。上述四個版本系統外，尚有元復古堂遵宋臨安陳氏書坊舊本翻刻的《李賀歌詩編》〔註30〕，按張劍考證，復古堂本所據陳氏本並非書棚本，乃宋時其他陳氏書鋪所刊行之李賀歌詩集。〔註31〕此書原本未見，傳本有明弘治 13 年馬炳然

〔註28〕詳參王國維：〈蒙古刊《李賀歌詩編》跋〉收錄於《王國維集》第一冊（北京：中國社會科學，2008 年），頁 79。

〔註29〕一說毛氏汲古閣翻刻書棚本，然毛晉於〈汲古閣書跋〉表示其所獲之臨安陳氏本與鮑欽止手定本多有出入，「雖同是宋本，不啻涇渭之迥別」，毛氏所據乃鮑欽止手定本，詳見〔明〕毛晉撰，潘景鄭校訂：《汲古閣書跋》（上海：上海古籍出版社，2005 年），頁 49。就張劍的分析，毛晉所見的臨安陳氏本非書棚本，實爲宋時他家陳氏書鋪所刊印之李賀詩集。詳參張劍：〈李賀集版本校勘瑣議〉，《中國社會科學院研究生院學報》第 1 期（2000 年），頁 54～57。故今不從毛晉翻刻書棚本之說。

〔註30〕清吳焯《繡谷亭薰習錄》著錄元復古堂《李賀歌詩編》時，認爲其「遵宋臨安陳氏書坊舊本」翻刻。詳見〔清〕吳焯撰《繡谷亭薰習錄》清稿本李賀歌詩編條。

〔註31〕張劍認爲復古堂所翻刻的臨安陳氏本，對照毛晉所言陳氏本之特徵，基本上吻合，乃是別於書棚本之另一陳氏版本。詳參張劍：〈李賀集版本校勘瑣議〉，《中國社會科學院研究生院學報》第 1 期（2000年），頁 54～57。

據復古堂本，去其箋註、評點翻印之《錦囊集》四卷、外集一卷，1923年秀水金氏梅花草堂又據復古堂本影印《錦囊集》四卷、外集一卷。〔註32〕

　　注本方面，最早有明天啓合刻南宋孝宗、光宗時吳正子箋注及宋末劉辰翁評點本，又有明徐渭、董懋策批注本、曾益注本、姚佺注本、清初姚文燮《昌谷集註》、乾隆時王琦《匯解》、嘉慶時陳本禮《協律鈎玄》。民國後有葉蔥奇的《李賀詩集疏注》、陳弘治《李長吉歌詩校釋》、劉衍《李賀詩校箋證異》、王友勝、李德輝《李賀集》、吳企明《李長吉歌詩編年箋注》。其中乾隆二十五年（1760）王琦寶笏樓刻《李長吉歌詩匯解》是匯集各注解本的大成，計四卷並外集共收詩二百四十一首，又從郭茂倩編的《樂府詩集》中收錄〈靜女春曙曲〉和〈少年樂〉二詩，故凡二百四十三首。分爲校注、匯解兩大部分，錄詩分卷乃以明刊吳正子《箋注》本爲底本，比集明徐渭、董懋策、曾益、余光、姚佺、清初姚文燮等評注，對各家之說，頗能博觀愼擇，折衷是非，民國後之注本皆以王琦《匯解》爲主要參考依據。今以王琦寶笏樓刻《李長吉歌詩匯解》爲研究基礎，對照上述詩集傳本，並參酌民國後各注本的校對補注，期能在研究材料上較爲周全完整。

　　再者，關於近體（律體）的界定，王力《漢語詩律學》、《詩詞格律》〔註33〕將近體詩分爲律詩、排律與絕句三種。每句字數五字或七字，律詩偶有每句六字的。絕句四句，律詩六句或八句，排律

〔註32〕尤振中依馬炳然刻本《錦囊集》中張元禎序及馬炳然跋，確定《錦囊集》一名乃馬炳然所改，復古堂本並非名爲《錦囊集》，而梅花草堂影印之《景元本錦囊集》則以復古堂本即名《錦囊集》，加之馬炳然刻本與梅花草堂影本文字有差異，尤氏判定梅花草堂影印之《景元本錦囊集》應是僞書。詳參尤振中：〈李賀集版本考（初稿）〉，《江蘇師院學報》（社會科學版）第三期（1979年），頁74～75，並注19。
〔註33〕詳參王力：《漢語詩律學》（香港：中華書局，1976年初版，1999年再版）第一章近體詩及王力：《詩詞格律》（香港：中華書局，2002年）。

十句以上。皆隔句（偶數句）用韻，必須一韻到底，不許通韻，不可出韻，借用鄰韻僅限於首句；多用平聲韻，然也有仄聲韻的例子。律詩以中兩聯對仗爲原則，然也有只出現一聯對仗的狀況，且多出現於頸聯。近體詩與古題最主要的界線在於平仄的規律，平仄要合乎「黏對」的規則〔註34〕，一句中平仄必須遞換，一聯中平仄必須相對，下一聯的出句必須和上一聯對句的平仄相黏。綜上所述，王力主張的近體詩規範應如下：

1、字數：五言、七言及六言（六言限於律詩）；

2、句數：四句以上的偶數句數；

3、對仗：律詩至少頸聯對仗；

4、押韻：偶數句用韻，除首句可借韻，其餘一韻到底；

5、平仄：符合「黏對」規則，一句中平仄遞用，一聯中平仄相對，二聯間平仄相黏。

　　王力就現存的唐詩，細密歸整出近體詩的法則，其中古體與近體最明顯的區分不在字數、句數或對仗上，而在押韻與平仄上。就耿志堅〈唐代元和前後詩人用韻考〉指出，元和前後的詩人在近體詩用韻上出現合用通轉的情形已成常例，如東冬鍾合用、支脂之微合用、魚虞模合用、眞諄臻文合用、庚耕清青的合用，顯示了當時語音的轉變。今若徒依《廣韻》的韻部作爲檢視的標準，恐將當時認爲的律體錯歸於古體。再就歷史角度來看，後世認定的律體格式主要出於後人——尤其是清人——的歸納而來，從初盛唐詩格的內容來看，並無確切的古體、律體之分，有的只是在形式法則上如對偶、聲律的反覆討論，蔡瑜《唐詩學探索》說：

> 大體而言，現在初唐詩格中的聲調問題是從講究病犯的
> 上官儀八病之說，逐步發展到積極的元兢調聲三術；又再收
> 束在王昌齡以意爲主的調聲之法。至於進入中唐以後，調聲

〔註34〕出句與對句的開頭（第二字爲基準）平仄相反，稱之爲「對」，上一聯的對句與下一聯的出句平仄相同，稱之爲「黏」。

理論幾近銷聲匿跡，代之而起的是古體、律詩的分類觀，顯
示聲調理論的成熟，分體觀念的趨於定型。〔註35〕

初唐人元兢提出〈調聲三術〉〔註36〕，其中換頭的黏對之法「拈二」，
完成了律體形式最切要的規律。皎然時論詩已不在聲律上做文章，
而轉向「律體」的討論，《詩議》：「八病雙枯（拈），載發文蠹，遂
有古、律之別。」〔註37〕此處所謂的「雙拈」即元兢的「拈二」，皎
然以爲八病、拈二的運用乃是古體、律體的分判標準，以此可知唐
人的律體觀是一種講究聲律調節的詩體，調聲法只做原則性的規
劃，重視關鍵位置的相互調節，並無絕對定著的平仄圖譜。〔註38〕

　　今欲以李賀的近體詩來論其語言風格，則不可不考慮唐人認定
律體的原則，若以清人之詩譜框限之，將唐人認爲的律體摒除於外，
研究結果便會有所偏頗。故今判析標準依然以王力爲標準，押韻部
分參酌王力《漢語語音史》對隋——中唐、晚唐——五代時期的韻
部變化的研究，周祖謨〈唐五代的北方語音〉對北方語音韻部合用
情形的探究，及耿志堅等人對中唐及李賀用韻的研究；平仄不依詩
譜而以初盛唐詩格的八病對偶觀念與元兢的〈調聲三術〉爲主要依
準。以此標準檢視的結果，李賀的近體詩五言絕句有 26 首，七言絕
句有 20 首，五言律詩有 24 首，共 70 首，茲列詩題如下：

〔註35〕蔡瑜：《唐詩學探索》（臺北：里仁書局，1998 年），頁 24。

〔註36〕元兢尚未有「平」「仄」的用語，然其將「平」與「上、去、入」分
　　　　爲相對二元即是後人所謂的平仄二元的概念，以下爲免用語冗長，
　　　　將以「仄」代替〈調聲三術〉的「上去入」的用詞。〈調聲三術〉
　　　　爲「拈二」、「護腰」、「相承」，「拈二」提出五言詩中出句與對句的
　　　　第二字的聲調相對，上聯對句與下聯出句相黏，即今人所謂的黏對，
　　　　然元兢只論第二字。「護腰」指五言第三字，即腰處，要上下聲調不
　　　　可相同，至少要做到不可同上去入。「相承」指上句仄聲字用得多，
　　　　下句以連三平補救。詳參弘法大師撰，王利器校注：《文鏡秘府論校
　　　　注》（臺北：貫雅文化事業有限公司，1991 年），頁 58～65。

〔註37〕〔唐〕皎然著，周維德校注：《詩式校注》詩議（杭州：浙江古籍出
　　　　版社，1993 年），頁 124。

〔註38〕蔡瑜：《唐詩學探索》（臺北：里仁書局，1998 年），頁 54。

表 1-1 近體詩詩目表

	五言絕句	七言絕句	五言律詩
1	馬詩二十三首之一	出城寄權璩楊敬之	示弟
2	馬詩二十三首之二	南園十三首之一	竹
3	馬詩二十三首之三	南園十三首之二	同沈駙馬賦得御溝水
4	馬詩二十三首之四	南園十三首之三	始爲奉禮憶昌谷山居
5	馬詩二十三首之五	南園十三首之四	七夕
6	馬詩二十三首之六	南園十三首之五	過華清宮
7	馬詩二十三首之七	南園十三首之六	南園十三首之十三
8	馬詩二十三首之八	南園十三首之七	惱公
9	馬詩二十三首之九	南園十三首之八	送秦光祿北征
10	馬詩二十三首之十	南園十三首之九	畫角東城
11	馬詩二十三首之十一	南園十三首之十	謝秀才有妾縞練改從於人秀才留之不得後生感憶座人製詩嘲誚賀復繼四首之三
12	馬詩二十三首之十二	南園十三首之十一	謝秀才有妾縞練改從於人秀才留之不得後生感憶座人製詩嘲誚賀復繼四首之四
13	馬詩二十三首之十三	南園十三首之十二	追賦畫江潭苑四首之一
14	馬詩二十三首之十四	昌谷北園新笋四首之一	追賦畫江潭苑四首之二
15	馬詩二十三首之十五	昌谷北園新笋四首之二	追賦畫江潭苑四首之三
16	馬詩二十三首之十六	昌谷北園新笋四首之三	追賦畫江潭苑四首之四
17	馬詩二十三首之十七	昌谷北園新笋四首之四	潞州張大宅病酒遇江使寄上十四兄
18	馬詩二十三首之十八	三月過行宮	王濬墓下作
19	馬詩二十三首之十九	酬答二首之一	馮小憐
20	馬詩二十三首之二十	酬答二首之二	釣魚詩

21	馬詩二十三首之二十一		奉和二兄罷使遣馬歸延州
22	馬詩二十三首之二十二		苔贈
23	馬詩二十三首之二十三		感春
24	昌谷讀書示巴童		梁公子
25	巴童苔		
26	莫種樹		

二、研究方法

　　音韻風格可透過許多途徑進行討論，如「韻」的音響效果、平仄聲調的交錯、頭韻的運用、雙聲疊韻的安插、入聲的配置等。著手的方式可分語言描寫法、比較法、統計法三途。〔註39〕在韻律部分，語言描寫是將語言進行分析描述，分析其構成音素，檢視其中音韻搭配規律。比較法是透過作品間或與其他詩人間的比較，突顯其語言風格特徵。統計法是提出精確的數據，具體的描繪語言特色。

（一）語言描寫法

　　音韻部分，依中古韻書韻圖《廣韻》、《韻鏡》來對字音做韻目、字母、開合、等第、清濁、反切上下字的描述。然而這還沒有分析到聲音的最小元素，須再借助現代語言學的方法，進行音值的擬定。中古音值的擬測有兩個途徑：由現代方言及由外語的漢字借音和漢語中的外語對音來擬構〔註40〕，擬音後的音素便可拿來作為韻律規則檢視的基本元素。本論文以董同龢先生《漢語音韻學》的擬音系統為擬構依據，以國際音標（IPA：International Phonetic Alphabet）標示各字的中古音的音值，並資借臺灣大學中國文學系、中央研究院歷史語言研究所、資訊科學研究所共同開發的小學堂文字學資料庫，更簡易地

〔註39〕詳見竺師家寧：《語言風格與文學韻律》（臺北：五南圖書出版股份有限公司，2001年初版，2005年再版），頁15。
〔註40〕詳見竺師家寧：《聲韻學》（臺北：五南圖書出版股份有限公司，1993年11月二版二刷），頁291～292。

完成擬音音值的標示。

　　完成擬音後，接著就聲、韻、調三個部分進行分析觀察，檢視其中音韻搭配的規律。韻律的擇取依王夢鷗所說的「律為性質不同的音節配合；而韻則為性質相同的陪音之重複」〔註41〕的原則，分「韻」與「律」兩個方向來進行檢視。如聲母相諧的頭韻現象、韻母相諧的句中韻、相諧的韻尾、重複音響的表現等都是同性質音響重複的「韻」，而四聲的組合、介音開合洪細的排列，韻尾的交錯等則是不同性質的聲響組合的「律」。

（二）比較法

　　李賀近體詩少，專門對近體做研究的論文更少，大部分的研究是整體性的研究，如楊文雄《李賀詩研究》，或是聚焦在樂府、古詩上，如李淼《李賀樂府詩研究》，這些研究成果，正好可以用來對照出李賀近體詩的韻律風格，如楊文雄指出李賀古體用韻沉啞〔註42〕，張靜宜指出李賀重疊詞的表現十分突出〔註43〕，朴庸鎭提出李賀好用擬聲詞〔註44〕，這些都是整體性的研究，李賀的近體詩是否有相同的表現？如果有，這些表現手法就是李賀普遍的風格特色，如果沒有，那李賀的近體詩就有自己的風格特色了。再者，李賀近體分為五言、七言，前人認為李賀憎惡七言律體而不為〔註45〕，李賀的五言詩有絕句、律詩、排律等體例，七言詩卻只有絕句一體，且七言詩只有 20 首，佔近體詩不到三分之一的比例，李賀對七言蓋有不同於五言的創

〔註41〕王夢鷗：《文學概論》（臺北：藝文印書館，2001 年），頁 68。

〔註42〕楊文雄：《李賀詩研究》（臺北：文史哲出版社，1980 年初版，1983 年再版），頁 207。

〔註43〕張靜宜：《李賀詩之語言風格研究——從詞彙與句型結構分析》（淡江大學中國文學系，1996 年），頁 166〜117。

〔註44〕朴庸鎭：《從現代語義學看李賀詩歌之語義研究》（東海大學中國文學系，1996 年），頁 100。

〔註45〕清人姚文燮說：「斯集古體為多，其絕無七言近體者，深以爾時之七言近體為不可救藥而姑置不論。」見〔唐〕李賀撰，〔明〕曾益等注：《李賀詩注》（臺北：世界書局，1963 年），頁 402。

作意識。又在客觀因素中，七言詩在句式節奏上確實也不同於五言，李賀的五言與七言詩的韻律表現便可以藉著比較法來檢視兩者的共性與殊性。

　　本論文分聲、韻、調分別析論李賀韻律，前賢也多以此角度進行研究，故前賢的研究成果，尤其是關於李賀同語音時期的詩人研究，便可資作對比的材料，如岑參七言古詩、孟浩然五言律詩、王昌齡五言古詩，王建宮詞、韋應物五言絕句、劉禹錫七言絕句、韓愈古體詩的韻律表現，便可與李賀做一對比，藉此突顯李賀的韻律特色。

　　此外，唐人詩格為律體建構的重要討論，其中具體地提出對聲、韻、調的配置位置與原則，這些討論呈現出唐人的韻律審美觀，中唐李賀生活在這種時代的審美意識下，從他對於既有韻律形式的取捨，便可對照出李賀韻律安排的偏好。又今人歸結律體的特色，如王力《漢語詩律學》指出七言詩多首句入韻，五言則否〔註46〕，這樣的說法，也可用來與李賀近體的實際表現做一對比。藉著以上材料的對比，我們可以更清楚的定位出李賀的風格所在。

（三）統計法

　　數據的統計可提供客觀量化的依據，以此作為風格評定的證據。經過語言描寫，將類型相同的語音現象做一歸整，進行頭韻的類型及頻率、句中韻的形式及韻類、四聲皆備的例數、入聲字的位置節奏、重複聲響的類別等等的統計歸納，再藉由統計歸納的數據來詮釋李賀近體詩的韻律風格。

　　語言風格學的研究步驟，分為三方面：分析、描寫、詮釋。〔註47〕分析是把一個語言片段進行解析，描寫是把語言片段各成分之間的搭配規律說出來，詮釋是說出這規律的所以然來。在進行上述步驟之前，

〔註46〕王力：《漢語詩律學》（香港：中華書局，1976 年初版，1999 年再版），頁 38～39。
〔註47〕竺師家寧：《語言風格與文學韻律》（臺北：五南圖書出版股份有限公司，2001 年初版，2005 年再版），頁 18。

當先對研究材料進行整理，才不至於在詮釋上出現偏頗的狀況。在材料的整理上，最大的問題在於版本傳抄所形成的異文現象及《廣韻》中的又音現象。這兩個問題都會直接影響韻律節奏，如李賀〈南園十三首〉之三「桃膠迎夏香琥珀」，宋蜀本「迎」作「近」，「迎」與「近」聲韻平仄皆異，不同的用字，整句的韻律也會因此受到影響。由此可知，異文與字音的判定是音韻分析的先備工作，以下另立一節做異文與字音考訂的說明。

第五節　李賀近體詩異文與字音考訂

　　韻律風格的研究以文本語言爲考察的對象，然而文本語言常因刊刻傳抄用字的不同、訛誤，或後人有意的改動，導致異文的產生。異文的產生直接影響的便是字的讀音，不同的讀音會對整段語流造成影響，如彈奏一段旋律時突然出現落拍或錯音，整個美感經驗可能便因爲一個小小的不協調而大打折扣。因此，在做李賀近體詩的風格研究之前，必須先對詩集中的異文進行整理，以期儘量的接近李賀詩歌原始的韻律表現。異文考訂後，接著便是一字多音的審定問題。中古字音的審定所依據的是宋時大中祥符年間陳彭年、邱雍等重修《大宋重修廣韻》，《廣韻》兼收古今方國之音，一字多音的狀況不少，或聲調不同，或聲母、韻母不同，或開合有異，或全然不同的讀音，這些都會對詩歌的韻律造成影響。總之，在研究李賀詩歌的韻律之前，異文與字音的審定是不可或缺的基礎。

一、李賀近體詩異文考訂

　　本論文以王琦寶笏樓刻《李長吉歌詩匯解》（以下稱王解本）爲研究基礎，然而李賀詩集版本複雜，王解本與其他版本在文字上有許多出入，近代學者亦對王解本的文字提出校釋，然各有說法。今做異文考訂，目的在擇訂最適當的詩文，儘量接近李賀詩歌的原始音韻。在此之前，當先提出參校之版本，進而釐清各版本與王解本之差異

處，最後提出審定標準。

唐刻本李賀集已不可見，今傳宋刊本有宣城本《李賀歌詩編》四卷、集外詩一卷（以下稱宣城本），蜀本《李長吉文集》四卷（以下稱宋蜀本），蒙古本趙衍刻本《歌詩編》四卷（以下稱蒙古本）。鮑本原書未見，今有明毛晉汲古閣據鮑欽止手定本校刊之《李長吉歌詩編》四卷集外詩一卷（以下稱爲毛氏本），及清述古堂影南宋「臨安府棚前北睦親坊南陳宅經籍鋪」本《李賀歌詩編》四卷、集外詩一卷（以下稱書棚本）。此外，元復古堂翻刻宋臨安陳氏書坊舊本《李賀歌詩編》，今有明馬炳然刻本《錦囊集》四卷、外集一卷，及民國秀水金氏梅花草堂影本《錦囊集》四卷、外集一卷。馬炳然刻本所本之陳氏本並非書棚本，不屬於鮑本系統，亦即不在南宋吳正子箋註所提到的五個版本系統之中〔註48〕；且張劍考馬炳然刻本與毛晉所見之陳氏本亦有不同之處〔註49〕，可見馬炳然刻本亦未全然承繼陳氏本，故今不取作異文校定之版本；又梅花草堂影本據尤振中考證爲偽書，亦不採用。詩集之外，南宋吳正子最早爲李賀集作注，吳正子自言以京師本、鮑本訓注〔註50〕，京師本不復見，今見之鮑本與吳正子箋註本在體例、文字、篇數、篇目次序上均有出入，故不可將之歸入鮑本系統，然此爲宋人參照當時傳本所編，故亦當列入參照版本之一。此書傳本甚多，今取較早的刊本：元代建安刻本《唐李長吉歌詩》四卷、外集一卷（以下稱元刊本）。總結異文校訂之版本有：毛氏本（鮑本系統）、書棚本（鮑本系統）、宣城本、宋蜀本、蒙古本、元刊本（吳正子《箋註》本）六本。

〔註48〕本論文已於第一章緒論第四節研究範圍與方法處，對陳氏本非書棚本作過說明，此處不再贅述。

〔註49〕張劍指出毛晉〈汲古閣書跋〉中列舉所見陳氏本與鮑本相校之十一處差異處，馬炳然《錦囊集》有四處與陳氏本不同。詳參張劍：〈李賀集版本校勘瑣議〉，《中國社會科學院研究生院學報》第1期（2000年），頁56～57。

〔註50〕見元建安刻本《唐李長吉歌詩》外卷吳正子箋註：「今余用京、鮑二本訓註」。

　　擇定校對的版本後，接著進行六個版本與王解本之差異探討。王解本乃以明刊吳正子《箋注》本為底本，故王解本當是吳正子《箋注》本系統。然今以元刊本、王解本對校，之間不乏文字差異，如〈馬詩二十三首〉之十六「且去捉飄風」，元刊本作「飃風」，王解本作「飄風」；又〈惱公〉「鵝毛滲墨濃」，元刊本作「澡墨」，王解本作「滲墨」，可見王解本非盡承元刊本。今做上述七個版本之異文統計，略去異體字、古今字與通假字的句數〔註51〕，計得李賀近體詩 536 句中出現異文的有 101 句，佔 18.8%，近五分之一強，對音韻的表現有不可忽視的影響力。以下依何成邦《陸機的語言風格研究》中異文的分類方式〔註52〕，再加上詞語次序相異與其他兩類，歸類七個版本之異文形式，各類舉詩例兩則說明（僅一例者則舉一例），並標示各版本中的異文情形。下文多引《廣韻》注解，為避免註腳過濫，僅在引文後標註頁碼，所用的《廣韻》版本為 1976 年黎明文化出版，〔宋〕陳彭年等重修、林尹校訂之《新校正切宋本廣韻》。

〔註51〕異體字如〈始為奉禮憶昌谷山居〉「山杯『鏁』竹根」，宣城本、蒙古本、毛氏本、書棚本作「鑶」，宋蜀本、元刊本作「鏁」，王解本作「鎖」，依《教育部異體字字典》，http://dict2.variants.moe.edu.tw，「鑶」及「鏁」為「鎖」之異體字。古今字如〈送秦光祿北征〉「旗『懸』日月低」，蒙古本、書棚本、元刊本、王解本作「懸」，宋蜀本、宣城本、毛氏本作「縣」，《說文解字》：「縣，繫也。」徐鉉注：「今俗加心，別作懸。」見。見可知「縣」為「懸」之古字。通假字如〈送秦光祿北征〉「箭射『欃槍』落」，宋蜀本、宣城本、蒙古本、毛氏本、書棚本、元刊本作「攙搶」，王解本作「欃槍」，《廣韻》：「攙，攙搶，袄星。《爾雅》作欃槍。」可知「攙搶」與「欃槍」為同音通假。

〔註52〕何成邦依形、音、義的異同將異文分為 12 類：1. 形近音同義同、2. 形近音近義同、3. 形近音同義異、4. 形近音近義異、5. 形近音異義同、6. 形近音異義異、7. 形異音同義同、8. 形異音同義異、9. 形異音近義同、10. 形異音近義異、11. 形異音異義同、12. 形異音異義異。詳見何成邦：《陸機的語言風格研究》（香港：中文大學出版社，2012 年）第三章陸機詩歌文本的異文整理。李賀詩歌的異文並非在每一類都出現，今只取異文出現的類別做分類。

（一）異文形式

以下異文與字音考訂所舉的詩例皆標記編號，同於附錄擬音表的編號，以利詩文找查。編號的順序爲：詩歌編號－詩句編號－句中字序，如 5-2-1，即表示這是第 5 首詩的第 2 句的第 1 個字；若只標示兩碼，即是省去最後一碼，如 5-2，即表示這是第 5 首詩的第 2 句。

1、形近音近義同（包含義近）：有 5 例

（1）48-68-2　小「閤」睡娃僮（〈惱公〉）

宋蜀本、宣城本、蒙古本、毛氏本、書棚本作「閤」，元刊本、王解本作「閣」。按《廣韻》：「閤，小閨謂之閤，古沓切（〔kʌp〕）。」（頁 534）「閣，樓閣，古落切（〔kɑk〕）。」（頁 506）二字形近音近義近。

（2）65-4-3　　今朝「直」幾錢（〈馮小憐〉）

宋蜀本、宣城本、蒙古本、毛氏本、書棚本、元刊本作「直」，王解本作「値」。《廣韻》：「直，正也，除力切（〔dʰjək〕）。」（頁 524）「値，持也，措也，捨也，當也，直吏切（〔dʰi〕）。」（頁 356）按《史記・魏其武安侯列傳》：「生平毀程不識不直一錢，今日長者爲壽，乃效女兒咕囁耳語！」〔註53〕又《漢書・高帝紀》：「關中大飢，米斛萬錢」顏師古注：「一斛直萬錢。」〔註54〕「直」亦有「價值」之義，二字形近音近義同。

2、形近音同義異：有 24 例

（1）7-8-5　　泉上有芹「芽」（〈過華清宮〉）

宋蜀本、蒙古本、毛氏本、元刊本、王解本作「芽」，宣城本、書棚本作「牙」。按《廣韻》，「芽」，萌芽；「牙」，牙齒，二字皆讀五

〔註53〕〔漢〕司馬遷撰，〔日〕瀧川龜太郎編：《史記會注考證》（高雄：麗文文化事業股份有限公司，1997 年），頁 1140。
〔註54〕〔漢〕班固撰，〔唐〕顏師古注：《新校漢書集注》（臺北：世界書局，1978 年），頁 38。

加切（頁 168）。

（2）48-32-1　「胘」急是張弓（〈惱公〉）

宋蜀本、元刊本作「弦急」；宣城本、毛氏本、書棚本、王解本作「胘急」；蒙古本作「胚急」。按《廣韻》：「胘，肚胘，牛百葉也，胡田切。」「弦，弓弦，胡田切。」（頁 133）「胘」、「弦」兩字形近音同義異。

3、形近音近義異：有 12 例

（1）22-4-4　　先擬蒨「藗」銜（〈馬詩二十三首〉之二）

毛氏本、書棚本、元刊本、王解本作「藗」，宣城本、宋蜀本、蒙古本作「藗」。按《廣韻》，「藗」，藗藟，郎奚切（〔liei〕）（頁 87）；「藗」，蒺藗，力脂切（〔ljei〕）（頁 55），二字形近音近義異。

（2）60-1-2　　寶「秣」菊衣單（〈追賦畫江潭苑四首〉之二）

宣城本作「林」；宋蜀本、蒙古本、書棚本、元刊本作「秣」；毛氏本、王解本作「袜」。按《廣韻》：「林，木名，莫貝切（〔muai〕）。」（頁 383）「秣，馬食穀也，莫撥切（〔muat〕）。」「袜，袜肚，莫撥切（〔muat〕）。」（頁 485）「秣」與「林」、「袜」與「林」形近音近義異。

4、形近音異義同（包含義近）：有 1 例

（1）50-32-2　　蹙「頞」北方奚（〈送秦光祿北征〉）

宋蜀本、宣城本、蒙古本、毛氏本、書棚本、元刊本作「頞」；王解本作「額」。按《廣韻》：「頞，鼻頞，烏葛切。」（頁 483）「額，《釋名》云：額鄂也，有垠鄂也。《說文》作額頟也，五陌切。」（頁 511）二字一為鼻莖，一為額頭，置於詩中，與「蹙」組合的詞義一為皺縮鼻翼，一為皺眉，雖詞面上有所差異，然皆為表現愁苦之貌，故歸此例為形近音異義近。

5、形近音異義異：有 30 例

（1）11-4-1　　因遺戎韜一卷書（〈南園十三首〉之四）

宋蜀本、蒙古本作「固」，宣城本、毛氏本、毛氏本、書棚本、元刊本、王解本作「因」。「固」與「因」形近音異義異。

（2）52-1-5　　雍州二月「海」池春（〈酬荅二首〉之二）

宋蜀本、元刊本、王解本作「梅」；宣城本、蒙古本、毛氏本、書棚本作「海」。

6、形異音同義異：有 1 例

（1）33-2-2　　長「聞」俠骨香（〈馬詩二十三首〉之十三）

蒙古本作「文」；宋蜀本、宣城本、毛氏本、書棚本、元刊本、王解本作「聞」。按《廣韻》，二字反切皆爲無分切（頁 109），然形、義皆異。

7、形異音近義同（包含義近）：有 1 例

（1）48-37-3　　繡沓「褰」長幔（〈惱公〉）

宋蜀本作「牽」；宣城本、蒙古本、書棚本、元刊本、王解本作「褰」；毛氏本作「搴」。按《龍龕手鑑》：「搴，去虔反（〔kʰjæn〕），搴衣也，與褰同。」〔註55〕又《廣韻》：「牽，引也，挽也，連也，苦堅切（〔kʰiɛn〕）。」（頁 135）「褰」、「搴」音義同，「牽」與二字形異音近義近。

8、形異音近義異：有 6 例

（1）7-4-4　　石斷紫「錢」斜（〈過華清宮〉）

宋蜀本作「泉」，宣城本、宣城本、蒙古本、毛氏本、書棚本、元刊本、王解本作「錢」。《廣韻》：泉，疾緣切（〔dzʰjuæn〕）（頁 140）；錢，昨仙切（〔dzʰjæn〕）（頁 137），兩字只有開合不同。

（2）46-2-6　　曉看陰根紫「陌」生（〈昌谷北園新筍四首〉之三）

宣城本、蒙古本、書棚本作「紫脉」；宋蜀本、元刊本、王解本作「紫陌」；毛氏本作「紫脈」。按《廣韻》：「衇，《說文》曰：血理

〔註55〕〔遼〕釋行均：《龍龕手鑑》，《中華再造善本‧唐宋編‧經部‧39》（北京：北京圖書館出版社，2003 年），卷二頁 2。

之分衷行體者，又作脈，經典亦作脉，莫獲切（〔mæk〕）。」（頁 513）
「陌，阡陌，南北爲阡，東西爲陌，莫白切（〔mɐk〕）。」（頁 509）
依《教育部異體字字典》，「脉」爲「脈」之異體，「陌」與二字形異
音近義異。

9、形異音異義同（包含義近）：有 8 例

（1）48-16-3　花合「靨」朱融（〈惱公〉）

蒙古本作「臉」，宋蜀本、北宋本、毛氏本、書棚本、元刊本、
王解本作「靨」。《廣韻》「靨」釋爲面上靨子，於葉切（頁 540）。「靨」
爲面頰上的微窩之義，與「臉」義近，然形、音皆異。

（2）19-4-4　輕綃一「疋」染朝霞（〈南園十三首〉之十二）

宣城本、蒙古本、書棚本、元刊本作「疋」；毛氏本作「匹」；
宋蜀本作「幅」。按《廣韻》：「匹，俗作疋，譬吉切。」（頁 469）「幅，
絹幅，方六切。」（頁 453）「疋」爲「匹」之異體，「匹」與「幅」
皆可作布帛的單位詞，二字爲形異音異義近。

10、形異音異義異：有 18 例

（1）28-3-3　吾聞「果」下馬（〈馬詩二十三首〉之八）

宋蜀本作「走」，宣城本、蒙古本、毛氏本、書棚本、元刊本、
王解本作「果」。

（2）12-1-6、7　男兒何不帶「吳鉤」（〈南園十三首〉之五）

宋蜀本、元刊本、王解本作「吳鉤」；宣城本、蒙古本、毛氏本、
書棚本作「橫刀」。

11、詞語次序相異：有 5 例

（1）24-2-3、4　房星「是本」星（〈馬詩二十三首〉之四）

蒙古本作「是本星」，宋蜀本、宣城本、毛氏本、書棚本、元刊
本、王解本作「本是星」。

（2）60-4-1、2　「帶重」剪刀錢（〈追賦畫江潭苑四首〉之二）

宋蜀本、宣城本、蒙古本、毛氏本、書棚本、元刊本作「帶重」，

王解本作「重帶」。

12、其他：此類為異文字書、韻書未錄，或音義不詳者，有 3 例

（1）36-2-1　　「拳」毛屬太宗（〈馬詩二十三首〉之十六）

宋蜀本、宣城本、蒙古本、毛氏本、書棚本、元刊本作「拳毛」；王解本作「毝毛」。「毝」字獨金代字書《四聲篇海》收錄，標示讀音為「毛」，意義不詳。〔註56〕

（2）48-85-5　　玉漏三星「曙」（〈惱公〉）

宋蜀本、宣城本作「曙」，蒙古本、毛氏本、書棚本、元刊本、王解本作「曙」，字書無「曙」字，《廣韻》：「曙，曉也。」（頁362）

各類出現的次數及比例統計如下表：

表1-2　近體詩異文統計表

編　號	1	2	3	4	5	6	7	8	9	10	11	12
類　別	形近音近義同	形近音同義異	形近音近義異	形近音異義同	形近音異義異	形異音同義異	形異音近義同	形異音近義異	形異音異義同	形異音異義異	詞語次序相異	其他
次　數	5	24	12	1	30	1	1	6	8	18	5	3
百分比	4.4	21.1	10.5	0.9	26.3	0.9	0.9	5.3	7	15.8	4.4	2.6

從統計可以看出：「形近音異義異」的異文情形最多，其次「形近音同義異」，其次「形異音異義異」，其次「形近音近義異」。「形近音異義異」、「形近音同義異」、「形近音近義異」三類異文，應是歷代刻板或傳抄時造成的字形訛誤現象；「形異音異義異」或為傳抄之誤，或為後人有意改動。然以上四類皆為「義異」的異文現象，所佔比例

〔註56〕〔金〕韓孝彥，韓道昭撰《四聲篇海》，見《續修四庫全書·經部·小學類》229（上海：上海古籍出版社，1995年），頁362。

超過整體的七成，故考訂當由意義的區辨出發。若異文詞義相異，然置於詩中皆可通解，或異文詞義相同（近），則需另立審訂標準，以下提出考訂方法。

（二）考訂方法

異文乃爲字形上的差異，字形爲音、義的載體，載體不同，音、義當然連帶變化。對於異體字、古今字與通假字，雖字形有異，其音、義並無二致，故不列入異文討論，詩文用字一依王解本爲準。對於異文的審訂步驟，考義當爲最先，若在意義上無法做出判定，則繼以近體詩的特性來做判定。近體詩在對偶、用韻、聲律上皆有所要求，在格律的規範下，詩文間的關聯性是緊密的，故可藉此來審訂異文。若在意義上、詩律上皆無法做出判定，又只有王解本的用字不同，則在版本先後的考量下，以越早的版本，同於原始詩集的可能性越高，則依其他六個版本的用字爲準。若經以上三步驟仍無法判定，則一依王解本用字。以下就意義的考訂、近體詩特性的檢視、版本校訂三方面說明。

1、就意義來考訂異文現象

異文的考訂當由考義開始，考義的依據爲歷代字書、韻書、古籍文獻及注疏、今人研究及李賀詩集注本。字書、韻書最主要的依據爲《廣韻》，中古時期的字書、韻書亦列入參照；古籍文獻注疏主要依據唐人的注疏；今人研究部分則是依循近代學者對詞義的考釋來做考訂；李賀詩集注本則以南宋吳正子、清王琦及今人葉葱奇、陳弘治、劉衍、王友勝、李德輝、吳企明等之注解，來做異文的取捨。再者，從賀詩中相同用字的語義表現情形，可以窺見詩人的用詞慣性，亦可作爲審訂的依據，以下各舉一例說明。

（1）字書、韻書釋義

48-12-1　「嫋」裊帶金蟲（〈惱公〉）

宋蜀本、宣城本、蒙古本、毛氏本、元刊本作「嫋」；書棚本、

王解本作「腰」。二字聲調不同，「腰」平聲，「婹」上聲。按《龍龕手鑑》：「婹，俗婹，烏皎反，婹嫋，細弱也。」〔註57〕又《廣韻》：「婹，婹嬝，細弱。」（頁296）「婹嫋」爲一連綿詞，《廣韻》又作「偠儽」，上字皆讀上聲。本句意爲女子梳妝安上帶有金蟲的髮飾，婹嫋乃爲金蟲髮飾宛轉搖動之貌，作「婹」爲是。

（2）古籍文獻及注疏引證

64-4-2　　秋「藜」遶地紅（〈王濬墓下作〉）

宣城本、宋蜀本、毛氏本、書棚本作「棃」；蒙古本、元刊本作「梨」；王解本作「藜」。依《教育部異體字字典》，「棃」爲「梨」之異體，《廣韻》：「棃，果名。」（頁55）「藜，藜藿。」（頁87）按《史記・太史公自序》：「糲粱之食，藜藿之羹。」張守節正義：「藜，似藋而表赤。藿，豆葉也。」〔註58〕張守節注藜外表赤紅，能合於詩意「遶地紅」，故從之作「藜」。

（3）今人研究考證

38-3-1　　「秖」今培白草（〈馬詩二十三首〉之十八）

宣城本、蒙古本作「秖」；宋蜀本、毛氏本、書棚本、元刊本作「祇」；王解本作「祇」。按《唐詩口語の研究》：「『即今、只今、祇今、而今、今來』都是『現在』的意思，……『即今』、『只今』、『祇今』音通。」〔註59〕「秖今」、「祇今」、「祇今」皆爲「現在」之義，三字音通義同，今從王解本作「祇」。

〔註57〕〔遼〕釋行均：《龍龕手鑑》，《中華再造善本・唐宋編・經部・39》（北京：北京圖書館出版社，2003年），卷二頁39。

〔註58〕〔漢〕司馬遷撰，〔日〕瀧川龜太郎編：《史記會注考證》（高雄：麗文文化事業股份有限公司，1997年），頁1334。

〔註59〕詳見塩見邦彥〔しおみ くにひこ〕：《唐詩口語の研究：唐詩語言散策》（福岡市：中国書店，1995年），頁132。原文：いずれも「いま、現在」ので、「即今、只今、祇今、而今、今來」などとしても詩中に現われること『匯釋』卷六に詳しい。……「即今」「只今」「祇今」も音通。

（4）李賀詩集注本釋義

48-66-5　　長絃怨削「菘」（〈惱公〉）

宋蜀本、宣城本、蒙古本、毛氏本、書棚本、元刊本作「菘」；王解本作「崧」。《廣韻》：「崧，山高也，又山名。」「菘：菜名。」（頁25）二字音同。王琦注：「崧山，高山也。豈能削之使卑，而怨情之見於絃聲者，亦不能削之使平。」〔註60〕意謂怨情如山高，卻不能消減半分。葉蔥奇注：「『削菘』，猶削蔥。蓋指手指而言。元稹詩：『彈絲動削蔥』。」〔註61〕意指手指撫琴來抒發怨情，葉注於義為適，今從之作「菘」。

（5）李賀詩歌語義慣性對照

29-1-1　　颸叔「死」匆匆（〈馬詩二十三首〉之九）

詩意當為歎颸叔死得太匆匆，如今已無人能懂豢龍之術。若作「去」，以颸叔乃上古之人，不當作離去解釋，應是死的委婉用語。就朴庸鎮《從現代語義學看李賀詩歌之語義研究》的統計：「死」字於賀詩全集中共出現16次（扣除本句），「去」字共出現24次（扣除本句）。〔註62〕「死」字出現比例不低，可屬李賀常用詞彙，又分析「去」字24個的語義，如〈夜作吟〉「陸郎去矣乘班騅」、〈平城下〉「去關幾千里」，皆未有死之義，故今以其語義呈現的慣性捨「去」取「死」。

2、就近體詩的特性來考訂異文現象

近體詩在語言形式上十分注重對偶、用韻與聲律協調。對偶為在語義、語法、語音甚而字形上呈現相對應的對稱和諧，用韻可由今人對唐人用韻的考察作為判斷的依據，聲律的部分則指偶句的聲

〔註60〕〔唐〕李賀撰，〔明〕曾益等注：《李賀詩注》（臺北：世界書局，1963年），頁290。

〔註61〕葉蔥奇：《李賀詩集疏注》（北京：人民文學出版社，2013年），頁151。

〔註62〕朴庸鎮：《從現代語義學看李賀詩歌之語義研究》（東海大學中國文學系，1996年），頁292、302。

調對應關係，及整首詩到音韻對應關係。以下就這三個部分各舉一例說明。

（1）偶句對稱

24-2-2、3 房星「是本」星（〈馬詩二十三首〉之四）

蒙古本作「是本星」；宋蜀本、宣城本、毛氏本、書棚本、元刊本、王解本作「本是星」。《爾雅・釋天》：「天駟，房也。」郭璞注：「龍為天馬，故房四星謂之天駟。」〔註63〕此句若按「是本星」的語序來解，則為：房星是此馬之本星，即指此馬為天馬。若按「本是星」的語序來解釋，則無法通解，故吳正子注：「下星字當作精。」王琦又注：「《瑞應圖》，馬為房星之精。」〔註64〕即以「（馬）本是房星之精」來解釋，亦不甚通順。

若就對偶結構來看，上句為「此馬非凡馬」，下句為「房星是本星」，此二句為唐人詩格對偶論中的雙擬對。所謂雙擬對，乃句中有二字（五言第一、三字，或第一、四字、或第二、五字）相同所形成的對偶形式。〔註65〕依對偶結構，「非」當對「是」，二句皆為「二一二」的句式節奏，故今從蒙古本作「是本星」。

（2）韻部通協

12-1-6、7 男兒何不帶「吳鉤」（〈南園十三首〉之五）

宋蜀本、元刊本作「吳鉤」，王解本作「吳鉤」；宣城本、蒙古本、毛氏本、書棚本作「橫刀」。作「吳鉤」屬侯韻，作「橫刀」屬豪韻。本詩其他韻腳為：州，尤韻；侯，侯韻，按王力《漢語語音史》中隋到中唐及晚唐到五代這兩個語音時期，尤侯幽都是同用，

〔註63〕〔晉〕郭璞注，〔宋〕邢昺疏：《爾雅注疏》（北京：北京大學出版社，2000 年），頁 195。

〔註64〕〔唐〕李賀撰，〔明〕曾益等注：《李賀詩注》（臺北：世界書局，1963 年），頁 267。

〔註65〕詳參張伯偉：《全唐五代詩格彙考》（南京：鳳凰出版社，2002 年），頁 59。

豪獨用，兩類韻並不通押。〔註 66〕又李賀不論是近體或古體也未有「尤、侯、幽」與「豪」通押的詩例。今以「吳鈎」屬侯韻，作「吳鈎」是。

（3）音韻呼應

68-1-2　本「作」張公子（〈答贈〉）

宋蜀本、北宋本、蒙古本、毛氏本、書棚本作「本作」；元刊本、王解本作「本是」。本詩是一首五言律詩，黏對不失，對偶工整，整首詩的音韻關聯性強。在此前提下，將「作」與「是」二字置於詩句語流中，檢視其音韻的呼應關係。

本	作 是	張	公	子，	曾	名	葂	綠	華
puən	tsak zje	ȶjaŋ	kuŋ	tsi	dzʰən	mjɛŋ	ŋak	ljuok	ɣua

分析二句的音韻關係：「本」、「張」、「公」聲母皆爲塞音，「子」、「曾」爲塞擦音，「名」、「葂」爲鼻音；「本」、「曾」主要元音皆爲央元音〔-ə-〕，「張」、「葂」、「華」主要元音皆爲低元音〔-a-〕、〔-ɑ-〕；「本」、「張」、「公」、「曾」、「名」韻尾皆收鼻音韻尾〔-ŋ〕、〔-n〕，「葂」、「綠」皆收塞音韻尾〔-k〕。以上分析可以看出此聯的音韻關係密切。今將「作」置入句中，則聲母可與「子」相應，主要元音可與「張」、「葂」、「華」相應，入聲韻尾〔-k〕可與「葂」、「綠」相應；若置入「是」，則對應程度明顯減弱。「作」與「是」意思相近，在詩中皆可通解，今取音韻對應程度較高的「作」字。

3、就版本的鑑定來考訂異文現象

與王解本對校的六個版本皆爲較早的古本。若六個版本用字相同，而異於王解本，異文義同或皆可通解，在詩律上又無不妥，則以古本時代較早，一從古本用字，如下例。

〔註 66〕王力：《漢語語音史》（北京：商務印書館，2008 年），頁 243、287。

50-32-2　　蹙「頞」北方奚（〈送秦光祿北征〉）

宋蜀本、宣城本、蒙古本、毛氏本、書棚本、元刊本作「蹙頞」，王解本作「蹙額」。

陳弘治注：「《舊唐書・北狄傳》：『奚國，蓋匈奴之別種也。』……二句預言師出則虜必喪膽，即西旅之犬亦將隨之逃竄也。」〔註67〕《廣韻》：「頞，鼻齃（鼻梁）。」「蹙頞」，謂皺眉頭也，如《孟子・梁惠王下》：「舉疾首蹙頞而相告」〔註68〕；「蹙額」亦為皺眉之義，如《藝文類聚・猿》：「揚眉蹙額，若愁若瞋。」〔註69〕二者義同，在音韻呼應上亦皆有對應，以古本皆作「蹙頞」，今從古本作「蹙頞」。

以上為異文考訂的方法，詩文確定後，接著便是一字多音的考訂問題。以下就字音的考訂提出考訂原則。

二、李賀近體詩一字多音的考訂

《廣韻》字頭共出現 25335 次，3848 次字頭下出注又音，其中 2529 次字頭下以「又某某切」、「本某某切」、「本又某某切」的形式關聯又音，1295 次用了「又音某」、「本音某」、「本又音某」的形式，20 次用「又音平聲」之類的四聲相承的方式，4 次如「龓」字注「又音寵揔」指出該字在特定詞語中的讀音。〔註70〕又音字佔了將近五分之一，比例頗高。林素貞指出又音的來源有古今音變、方音不同及四聲別義三個方面。〔註71〕今審定字音，若可在意義上可做出區辨，則依《廣韻》標音，對於《廣韻》中只注又某某切，又音某，

〔註67〕陳弘治：《李長吉歌詩校釋》（臺北：嘉新水泥公司文化會，1969 年），頁 179。

〔註68〕〔漢〕趙岐注，〔宋〕孫奭疏：《孟子注疏》（北京：北京大學出版社，2000 年），頁 39。

〔註69〕〔唐〕歐陽詢撰，汪紹楹校：《藝文類聚》（上海：上海古籍出版社，1965 年），頁 1653。

〔註70〕趙雍：〈《廣韻》與實際收字處音切不一致之又音釋疑〉，載於《漢語史研究集刊》第 18 輯（成都：巴蜀書社，2015 年 1 月），頁 219～220。

〔註71〕詳見林素珍：〈《廣韻》又音探源〉，《中華學苑》第 9 期（1972 年 3 月），頁 39～102。

無有任何義釋的,或者又音同義的,則須另立擇音的標準。如《廣韻》中「取」字在麌韻處注:「收也,受也,七庾切。」又於厚韻處注:「又七庾切。」麌韻擬音〔-juo〕,厚韻擬音〔-u〕,二音差距明顯,又無意義的區別,若以今音推斷,則恐以今度古;若以音韻相應程度來取決,則有自製和諧音律之嫌,且無法解決其他聲調不同的又音問題。

　　戴震說:「疑於聲者,以義正之。」〔註72〕定聲當由義求,然《廣韻》注釋簡略,須參酌其他字書如《說文大徐本》、《說文段注》、《玉篇》、《龍龕手鑑》、《康熙字典》等,始可確定字義。對於無法以義辨音者,一則依今人如周祖謨、林素真等學者的研究進行判定,二則依據唐人的疏注,如孔穎達的《五經正義》、顏師古的《漢書》注、張守節《史記正義》、司馬貞《史記索隱》、李治等的《後漢書》注、何超的《晉書音義》、唐僧慧琳的《一切經音義》等。此外,詩律中對偶的雙聲、疊韻對〔註73〕可作為審訂的參考,《全唐詩》中的用韻情形亦可供作韻母、聲調的判準。若依然無法斷定者,則依比例原則取注疏中出現頻率較高的讀音,並附注另一讀音。若有出現比例相當而又義同者,則依置於詩句中的音韻對應關係來擇取,並附注另一讀音。以下就異音的情形分作聲母不同、韻母不同、聲調不同、聲韻皆異及音韻無法對應或不合詩律的異讀幾類,利用上述的審訂原則,各舉一至二例說明。

(一)聲調不同的異音

　　聲調不同形成的異讀情形最多,或上、去二讀,或去、入二讀,

〔註72〕〔清〕戴震:《戴東原先生全集‧戴東原集》卷四〈轉語二十章序〉(臺北:大化書局,1978年),頁1056。

〔註73〕雙聲、疊韻對為詞彙部分音素(聲母或韻母)重複相連互對的對偶形式,空海注:「古人同出斯對。」此二種乃唐人常見之對偶形式。詳見《文鏡秘府論‧東卷‧二十九種對》。〔日〕遍照金剛撰,王利器校注:《文鏡秘府論校注》(臺北:貫雅文化事業有限公司,1991年),頁262~264。

或平、去二讀，或平、上二讀，其中平上、平去異讀的情形較少，且可依詩律進行判斷，較容易區辨，對於上、去、入又讀的部分，除了依詩律進行判斷，更得依唐人疏注進行審定，以下舉例說明之。

1、借

32-4　　　牽去「借」將軍（〈馬詩二十三首〉之十二）

《廣韻》「借」有去、入二讀，皆注「假借」（頁 423、516）。按《史記・周本紀》「秦借道兩周之間，將以伐韓，周恐借之畏於韓，不借畏於秦。」張守節《正義》：「前『借』字讀入聲，後『借』字讀去聲。」〔註 74〕「秦借道」之借乃向人借物之意；「周之借與不借」乃借物與人之意。又《漢書・朱博傳》「又見孝成之世委任大臣，假借用權。」顏師古注：「鄧展曰：『假音休假。借音以物借人。』」〔註 75〕《史記・孝文本紀》「吳王詐病不朝，就賜几杖。羣臣如袁盎等稱說雖切，常假借用之。」裴駰《集解》：「蘇林曰：『假音休假。借音以物借人。』」〔註 76〕二注不注反切，而以「以物借人」標音，「以物借人」相對於「向人借物」，讀如「以物借人」即表示向人借物的借字讀音當異於此。此二注可與張守節的正義相互印證，去、入的讀音是有辨義功能的。

又顏師古注《敘傳》「臣無百年之柄，至於成帝，假借外家」〔註 77〕，李賢等注《後漢書・鄭太傳》：「董卓彊忍寡義，志欲無猒。若借之朝政，授以大事」〔註 78〕及《獨行列傳》：「充遷侍中。大將

〔註 74〕　〔漢〕司馬遷撰，〔日〕瀧川龜太郎編：《史記會注考證》（高雄：麗文文化事業股份有限公司，1997 年），頁 79。

〔註 75〕　〔漢〕班固撰，〔唐〕顏師古注：《新校漢書集注》（臺北：世界書局，1978 年），頁 3409。

〔註 76〕　〔漢〕司馬遷撰，〔日〕瀧川龜太郎編：《史記會注考證》（高雄：麗文文化事業股份有限公司，1997 年），頁 196。

〔註 77〕　〔漢〕班固撰，〔唐〕顏師古注：《新校漢書集注》（臺北：世界書局，1978 年），頁 4208。

〔註 78〕　〔南朝宋〕范曄撰，〔唐〕李賢等注：《新校後漢書注》（臺北：世界書局，1972 年），頁 2257。

軍鄧驚貴戚傾時，無所下借。以充高節，每卑敬之。」〔註79〕借字皆爲「以物借人」之意，皆注去聲子夜反。

綜上，借字義爲「以物借人」，讀去聲；「向人借物」，則讀入聲。本句「牽去借將軍」義爲牽馬去借給將軍，爲以物借人，故「借」字當讀去聲。

2、斷

5-1-2	掃「斷」馬蹄痕（〈始爲奉禮憶昌谷山居〉）
7-4-2	石「斷」紫錢斜（〈過華清宮〉）
26-4-2	髮「斷」鋸長麻（〈馬詩二十三首〉之六）
48-1-5	宋玉愁空「斷」（〈惱公〉）
48-34-4	殘蜺憶「斷」虹（〈惱公〉）
50-17-2	屢「斷」呼韓頸（〈送秦光祿北征〉）
50-30-4	魚腸且「斷」犀（〈送秦光祿北征〉）
64-6-3	神劍「斷」青銅（〈王濬墓下作〉）
68-4-2	柳「斷」舞兒腰（〈荅贈〉）

《廣韻》「斷」字有上、去二聲三讀：「斷絕，都管切。」（頁286）「絕也，徒管切。」（頁285）「決斷，丁貫切。」（頁403）按《龍龕手鑑》：「都管反，絕也，又徒管反，亦絕也，截也。又都貫反，決斷也。」〔註80〕《玉篇》：「丁管、徒管二切，截也。又丁乱切，決也。」〔註81〕從以上注解可知上、去異義，讀去聲爲對事情或訴訟的決定或判斷。

林素珍以爲：「按前者（端母上聲）爲他動詞，後者（定母上聲）爲自動詞。如禮記曲禮『庶人齗之，』鄭注云「不橫斷。」釋

〔註79〕〔南朝宋〕范曄撰，〔唐〕李賢等注：《新校後漢書注》（臺北：世界書局，1972年），頁2685。

〔註80〕〔遼〕釋行均：《龍龕手鑑》，《中華再造善本・唐宋編・經部・39》（北京：北京圖書館出版社，2003年），卷一頁47。

〔註81〕〔梁〕顧野王撰：《玉篇》（臺北：臺灣中華書局，1982年），卷中頁46。

文斷音短（端母）。周禮司刑『刖罪五百，』鄭注云『刖，斷足也。』釋文『斷丁管反。』（端母）至於『若司寇斷獄，』斷者乃決斷之義，釋文無音，是音徒管反也。」〔註82〕林氏以爲決斷之義應讀上聲定母，然從唐人的注疏來看，《一切經音義》注《大方廣佛華嚴經綱要卷第八十・入法界品之二十一》「聽訟斷獄，斷，都亂反。」〔註83〕又《漢書・鄭弘傳》「仁者明其施，勇者見其斷。」顏師古注：「斷音丁喚反。」〔註84〕又《史記・老子韓非列傳》「自勇其斷，則毋以其敵怒之」，張守節《正義》：「斷音端亂反。劉伯莊云：『貴人斷甲爲是，說者以乙破之，乙之理難同，怒以下敵上也。』」〔註85〕以上爲決斷、判斷、判決之意，唐人皆注去聲。故今不採林氏之說，而以歸納唐人音注爲準。

　　從字書、韻書來看，上聲二讀當無意義上的區別，唐人注疏中亦可證得：《大般涅槃經第十六卷》「斷截手足」，慧琳《一切經音義》注「徒管反」〔註86〕（定母）；《左傳注疏・襄公二十三年》「或以戟鉤之斷肘而死」，孔穎達疏：「斷音短」〔註87〕（端母）。二者皆爲截斷肢體之意，可見二音同義。今詩句中「斷」字皆非決斷之意，故皆讀上聲；又歸納唐人注疏，除《一切經音義》二母皆有，其餘疏注，上聲皆注端母，故今從端母，並附注定母。

〔註82〕　林素珍：〈廣韻又音探源〉，《中華學苑》第 9 期（1972 年 3 月），頁95。

〔註83〕　〔唐〕釋慧琳：《一切經音義》，見《續修四庫全書・經部・小學類》196（上海：上海古籍出版社，1995 年），頁 539。

〔註84〕　〔漢〕班固撰，〔唐〕顏師古注：《新校漢書集注》（臺北：世界書局，1978 年），頁 2904。

〔註85〕　〔漢〕司馬遷撰，〔日〕瀧川龜太郎編：《史記會注考證》（高雄：麗文文化事業股份有限公司，1997 年），頁 1039。

〔註86〕　〔唐〕釋慧琳：《一切經音義》，見《續修四庫全書・經部・小學類》196（上海：上海古籍出版社，1995 年），頁 565。

〔註87〕　〔周〕左丘明撰，〔晉〕杜預注，〔唐〕孔穎達正義：《春秋左傳正義》（北京：北京大學出版社，2000 年），頁 1137。

（二）聲母不同的異音

聲母不同的異音分為音近與音異二類，雖然《顏氏家訓・音辭》中曾說南音「清舉而切詣」，北音「沉濁而鈋鈍」〔註88〕，然此為概括式的歸納，確切的讀音當以唐人疏注為準。

3、嫣

8-3-5　　可憐日暮「嫣」香落（〈南園十三首〉之一）

《廣韻》「嫣」有平、上、去三聲四讀，平聲一許延切，長皃，好皃（頁139）；一於乾切，長皃（頁143）。上聲於蹇切（頁295），去聲於建切（頁398），上、去皆注長皃。又《說文大徐本》：「長皃，於建切。」〔註89〕《龍龕手鑑》：「許延、於軋、於蹇三反，長好皃，又人名，又於建反。」〔註90〕《玉篇》：「許乾、於建二切，長美皃。」〔註91〕可知平、上、去三聲於義無異。

今唐人疏注皆為平聲，故就平聲許延切（曉母）（〔xjæn〕）、於乾切（影母）（〔ʔjæn〕）二個讀音來審定。《漢書・揚雄傳》「有周氏之蟬嫣兮」，顏師古注：「嫣音於連反」〔註92〕；《史記・淮陰侯列傳》「禽夏說閼與」，司馬貞《索隱》：「閼音曷，又音嫣。」〔註93〕《史記・李將軍列傳》〔註94〕、《漢書・李廣傳》〔註95〕中「韓嫣」，張

〔註88〕〔北齊〕顏之推：《顏氏家訓》（臺北：臺灣商務印書館，1979年），頁173。

〔註89〕〔漢〕許慎撰，〔南朝宋〕徐鉉校定：《說文解字》（香港：中華書局，1972年），頁261。

〔註90〕〔遼〕釋行均：《龍龕手鑑》，《中華再造善本・唐宋編・經部・39》（北京：北京圖書館出版社，2003年），卷二頁39。

〔註91〕〔梁〕顧野王撰：《玉篇》（臺北：臺灣中華書局，1982年），卷上頁25。

〔註92〕〔漢〕班固撰，〔唐〕顏師古注：《新校漢書集注》（臺北：世界書局，1978年），頁3516。

〔註93〕〔漢〕司馬遷撰，〔日〕瀧川龜太郎編：《史記會注考證》（高雄：麗文文化事業股份有限公司，1997年），頁837。

〔註94〕〔漢〕司馬遷撰，〔日〕瀧川龜太郎編：《史記會注考證》（高雄：麗文文化事業股份有限公司，1997年），頁1152。

〔註95〕〔漢〕班固撰，〔唐〕顏師古注：《新校漢書集注》（臺北：世界書局，

守節、顏師古皆注「音偃」，以上皆爲平聲影母。然《一切經音義》引玄應注《央掘魔羅經第二卷》「嫣音虛延反」〔註96〕，又「韓嫣」張守節注：「又音許乾反」〔註97〕，爲曉母。依比例原則，唐人注爲「影母」的例子較多，故今注爲影母，並附注曉母。

4、蟾

66-8-4　　鉤隆小「蟾」蜍（〈釣魚詩〉）

《廣韻》「蟾」有職廉〔tɕjæm〕、視占〔ʑjæm〕二切（頁226）。職廉切注「蟾蠩，蝦蟆也」，視占切注「蟾光，月彩」。「蜍」有以諸〔jo〕、署魚〔ʑjo〕二切。以諸切注「蜘蛛」（頁67），署魚切注「蟾蜍也」（頁71）。

依《廣韻》注則蟾蜍當讀〔tɕjæm ʑjo〕，然「蟾光」爲月光之意，蟾爲月亮的代稱，按《淮南子・精神訓》：「日中有踆烏，而月中有蟾蜍。」〔註98〕蟾蜍爲月亮的代稱，「蟾光」與「蟾蜍」之「蟾」於義無異，皆爲蟾蜍之義，在讀音上應該相同。《後漢書・張衡傳》：「外有八龍，首銜銅丸，下有蟾蜍，張口承之。」李賢等注：「蟾蜍，蝦蟇也。蟾音時占反〔ʑjæm〕，蜍音時諸反〔ʑjo〕。」〔註99〕又此句的對句「餌懸春蜥蜴」中「蜥蜴」疊韻，「蟾蜍」依《後漢書》注，讀〔ʑjæm ʑjo〕，雙聲，可與「蜥蜴」疊韻互應。故「蟾」今依《後漢書》注讀視占切。

（三）韻母不同的異讀

韻母不同的情形一則二韻在《廣韻》中同用，如「街」，一讀

1978年），頁2450。
〔註96〕〔唐〕釋慧琳：《一切經音義》，見《續修四庫全書・經部・小學類》197（上海：上海古籍出版社，1995年），頁120。
〔註97〕〔漢〕司馬遷撰，〔日〕瀧川龜太郎編：《史記會注考證》（高雄：麗文文化事業股份有限公司，1997年），頁1152。
〔註98〕〔漢〕劉安等編，劉文典集解：《淮南鴻烈集解》（臺北：文史哲出版社，1992年），頁221。
〔註99〕〔南朝宋〕范曄撰，〔唐〕李賢等注：《新校後漢書注》（臺北：世界書局，1972年），頁1909。

「佳」韻，一讀「皆」韻，「佳」、「皆」同用；一則介音不同，如「舷」，一讀開口，一讀合口；亦有差距較大的用韻，如「姹」，一讀「厚」韻，一讀「禡」韻。以上情形依唐人疏注進行審定，舉例如下：

1、打

51-4-4　　柳花偏「打」內家香（〈酬荅二首〉之一）

《廣韻》「打」字有德冷（梗韻）（頁 317）、都挺（迥韻）二切（頁 319），皆注「擊也」。按《一切經音義·大寶積經第十六卷》：「打治，打，吳音為頂，今不取，《集訓》音德冷反，《廣雅》：打，擊也。」〔註 100〕黃淬伯云：「六朝舊音，多存於江左，故唐人謂之吳音，而以關中之音為秦音。」〔註 101〕此為地域不同所產生的異音，惟李賀為北方詩人，李賀韻部通用情形亦與周祖謨〈唐五代的北方語音〉的韻部合用情形相合〔註 102〕，故今從《一切經音義》讀梗韻德冷切。

2、島

63-24-2　　江「島」滯佳年（〈潞州張大宅病酒遇江使寄上十四兄〉）

《廣韻》「島」，都晧切（晧韻），又音鳥（篠韻）（頁 302），二讀義同。《五經文字》、《龍龕手鑑》皆讀「晧韻」〔註 103〕，《玉篇》「晧韻」、「篠韻」皆有〔註 104〕。按《一切經音義》注「島」音有 6 例，5 例為「晧韻」，1 例二讀並注。又《晉書·碣石篇》：「水何淡

〔註 100〕　〔唐〕釋慧琳：《一切經音義》，見《續修四庫全書·經部·小學類》196（上海：上海古籍出版社，1995 年），頁 424。

〔註 101〕　黃淬伯：《慧琳一切經音義反切攷》（北京：中華書局，2010 年），頁 9。

〔註 102〕　詳見本論文第三章第二節李賀近體詩的用韻表現中的李賀近體詩韻目合用情形。

〔註 103〕　詳見〔唐〕張參：《五經文字》，《景印摛藻堂四庫全書薈要·經部·經解類》第七七冊（臺北：世界出版社，1986 年），頁 33；〔遼〕釋行均：《龍龕手鑑》，《中華再造善本·唐宋編·經部·39》（北京：北京圖書館出版社，2003 年），卷二頁 42。

〔註 104〕　《玉篇》：「島，丁了、多老二切，海中山可居也。」見〔梁〕顧野王撰：《玉篇》（臺北：臺灣中華書局，1982 年），卷下頁 10。

淡，山嶋竦峙。」何超《晉書音義》注：「嶋（即「島」），都浩反（晧韻）。」〔註 105〕又《漢書・田儋傳》：「橫懼誅，而與其徒屬五百餘人入海，居隝中。」韋昭注：「海中山曰隝。」可知「隝」即「島」也，顏師古注：「（隝）音丁老反（晧韻）。」〔註 106〕唐人注多讀「晧韻」，故今據此讀「晧韻」。

（四）聲母、韻母皆異的異讀

此類詩文中有兩例，爲「車」與「簪」。「車」字的判定以前賢的研究爲標準；「簪」字正好用於韻腳，可就用韻的規律審視之。

1、車

1-4-4　　何事還「車」載病身（《出城寄權璩楊敬之》）

10-1-7　　竹裡繅絲挑網「車」（《南園十三首》之三）

23-2-2　　驅「車」上玉崑（《馬詩二十三首》之三）

27-4-4　　誰爲挽「車」轅（《馬詩二十三首》之七）

《廣韻》「車」字，有九魚（$[kjo]$）、昌遮（$[tɕʰja]$）二切（頁 67、164）。漢劉熙《釋名・釋車》：「車，古者曰車，聲如居，言行所以居人也。今曰車，車，舍也，行者所處若舍也。」〔註 107〕又《經典釋文》引韋昭語：「（車）古皆音尺奢反，後漢以來始有居音。」〔註 108〕二音孰先孰後，劉、韋意見正好相反。按金周生〈「車」字異讀考──以唐詩用韻爲觀察中心〉的研究，上古「車」字本有二讀，僅聲母不同，意義並無差別；在東漢時代，「魚」部韻母產生變化，故同韻之二音變爲不同韻母，故有劉熙與韋昭之齟齬。劉熙、

〔註 105〕〔唐〕何超撰：《晉書音義》，見楊家駱編：《新校本晉書并附編六種》（臺北：鼎文書局，1979 年），頁 3234。

〔註 106〕〔漢〕班固撰，〔唐〕顏師古注：《新校漢書集注》（臺北：世界書局，1978 年），頁 1851。

〔註 107〕〔漢〕劉熙撰，王雲五主編：《叢書集成簡編・釋名》（臺北：臺灣商務印書館，1966 年），頁 116。

〔註 108〕〔唐〕陸德明：《經典釋文》（上海：上海古籍出版社，1984 年），頁 219。

韋昭所謂古讀某、今讀某，在「車」字的用韻上是找不出規則的，以此金氏認爲「車」從古至今都是一個「義同」的「二音字」。〔註109〕李賀近體詩中，除了〈南園十三首〉之三「竹裡繅絲挑網車」可就用韻來做判斷，其餘皆依各詩句的音韻對應關係來擇取，並附註另一讀音。

2、簪

54-4-5　　　髮冷青蟲「簪」（〈謝秀才有妾縞練改從於人秀才留之不得後生感憶座人製詩嘲誚賀復繼四首〉之三）

《廣韻》「簪」字有側吟（〔tʃjem〕，侵韻）、作含（〔tsʌm〕，覃韻）二切。側吟切下注「《說文》曰：首笄也。」（頁220）作含切下僅標示「又側岑切」（頁222）。「簪」爲韻腳，此詩其他韻腳「禁」、「心」、「深」、「碪」皆爲侵韻，按李賀不論古體或近體，侵韻皆獨用〔註110〕；又王力《漢語語音史》隋到中唐及晚唐到五代時期，侵韻皆獨用〔註111〕；周祖謨〈唐五代的北方語音〉侵韻也獨用〔註112〕，故「簪」當押侵韻，讀側吟切。

（四）音韻無法對應或不合詩律的異讀

除了《廣韻》又音的情形，尚有一些字音若依《廣韻》標音，則會造成詩歌出韻或音韻不協調的狀況，今皆以唐人疏注進行審定。

1、陂

48-11-1　　　「陂」陀梳碧鳳（〈惱公〉）

「陂陀」義爲參差崢嶸貌，下對「娿裊帶金蟲」，「陂陀」、「娿裊」皆爲連綿詞，「娿裊」疊韻，「陂陀」依《廣韻》擬音〔pjě dʰɑ〕

〔註109〕 金周生：〈「車」字異讀考——以唐詩用韻爲觀察中心〉，《輔仁國文學報》第二十八期（2009年4月），頁131～132。

〔註110〕 詳見本論文第三章第二節李賀近體詩的用韻表現中的李賀近體詩韻目合用情形。

〔註111〕 王力：《漢語語音史》（北京：商務印書館，2008年），頁243、287。

〔註112〕 周祖謨：〈唐五代的北方語音〉，收錄於《周祖謨語言文史論集》（北京：學苑出版社，2004年），頁260。

卻無音韻關聯。按司馬貞《史記索隱・司馬相如傳》：「登陂陁。陂音普何反。陁音徒何反。」〔註113〕又《漢書・司馬相如傳》「罷池陂陁，下屬江河。」顏師古注：「陂音普河反」〔註114〕。又《一切經音義・僧祇律第十七卷》：「山坡，又作陂，同，普何反。」〔註115〕綜上，「陂」字當讀普何反（〔pʰɑ〕），與「陁」字爲疊韻關係。

2、緫

48-70-5　鉤絛辮五「緫」(〈惱公〉)

《廣韻》「緫」字只上聲作孔切（董韻）一讀（頁 236），本詩〈惱公〉爲五言排律，共50韻，100句，押東、鍾平聲韻，全詩黏對不失，對偶工整，唯此句出韻。按吳正子注：「鉤，帶鉤。絛，與條同，編絲繩。鉤絛，謂繫帶鉤之絛也。緫，絲數也。」《詩經・召南・羔羊》：「羔羊之縫，素絲五緫。」《毛傳》：「緫，數也。」孔穎達疏：「緫，子公反」〔註116〕，「鉤絛辮五緫」與「素絲五緫」的緫字義同〔註117〕，當從孔氏讀子公反。

以上爲詩文中一字多音的呈現情形與考訂方式。李賀詩歌的音韻表現是中唐時期的語音切片，除了依循《廣韻》之外，尚須參照唐人的說法、唐詩的格律與學者的考證，以求更貼近賀詩的原始音韻。

李賀的版本複雜，至今學者仍多所討論，李賀用詞特異，亦爲異文取捨無法獲得共識的原因之一。文本語言是韻律分析的基礎，異文的審訂是確定此基礎的必要動作。異文審定後，接著做一字多音的考訂，如此才能進行下一步的韻律的描述及統計分析。

〔註113〕〔漢〕司馬遷撰，〔日〕瀧川龜太郎編：《史記會注考證》（高雄：麗文文化事業股份有限公司，1997年），頁1226。

〔註114〕〔漢〕班固撰，〔唐〕顏師古注：《新校漢書集注》（臺北：世界書局，1978年），頁2536。

〔註115〕〔唐〕釋慧琳：《一切經音義》，見《續修四庫全書・經部・小學類》197（上海：上海古籍出版社，1995年），頁267。

〔註116〕〔漢〕毛亨傳，〔漢〕鄭玄箋，〔唐〕孔穎達疏：《毛詩正義》（北京：北京大學出版社，2000年），頁103。

〔註117〕吳企明：《李長吉歌詩編年箋注》（北京：中華書局，2012年），頁351。

第六節　本文組織架構

　　本論文共分六章，第一章緒論首先界定語言風格的方向與內涵；第二節論述以李賀近體詩為研究題材的動機與目的；第三節爬梳前人對李賀詩歌及韻律風格的研究成果，並提出本論文對李賀研究的開展面向；第四節提出李賀詩歌的參照版本，羅列所有近體詩的詩目，且說明研究方法的運用原則與步驟；第五節提出研究材料的整理原則，討論李賀近體詩異文與一字多音的考訂方法；第六節說明本論文的組織架構。

　　第二章就頭韻來看李賀近體的韻律，首先討論的是唐人詩格對聲母韻律的說法及頭韻的韻律效果，接著釐清中古聲母系統及歸類頭韻的聲母類別，第三、四、五節即以相諧的聲母類別檢視單一詩句、兩句及整首詩的頭韻表現，最後總結李賀頭韻的韻律特色。

　　第三章就韻母來進行韻律的檢視，首先討論唐人詩格對韻母韻律的論述，並提出韻母韻律的探討方向。第二節檢視李賀近體的用韻情形，歸納李賀韻部合用的韻類，討論其用韻偏好及押韻體例。第三節以李賀韻部合用的韻類來檢視其句中韻的表現；第四節探討陰聲韻尾、陽聲韻尾、入聲韻尾在單一詩句及詩歌結構中的韻律呈現，最後總結韻母的韻律表現。

　　第四章為從聲調來論李賀近體韻律，聲調的規範是近體詩的一大特色，也是唐人詩格中討論的重點，故本章先就唐人詩格對聲律的論述進行梳理，抽繹唐人的聲律觀，作為李賀近體詩韻律的對照起點。第二節就李賀近體詩單一詩句及一首詩中的出句（奇數句）的四聲組合進行檢視，並解釋其韻律安排的用意。第三節就李賀在單一詩句及整首詩中使用入聲的情形，來討論入聲所形成的韻律效果，最後總結李賀近體詩聲調的韻律特色。

　　第五章聲音重複的韻律主要討論疊字、雙聲、疊韻所形成的韻律效果。首先先檢視唐人詩格對重複音響的韻律討論，接著梳理今人學者對李賀重複音響的研究成果，藉此照映出李賀近體詩重複音

響的韻律表現。第二節檢視李賀近體詩單一詩句及兩句間的疊字韻律，第三節探討李賀近體詩單一詩句的雙聲、疊韻表現，及兩句間的雙聲、疊韻的對應情形，最後總結李賀近體聲音重複的韻律特色。

　　第六章為結論，歸結李賀近體詩聲母、韻母、聲調及聲音重複各個層面的韻律特色，並進一步綜合各音素的韻律，就整首詩來看李賀韻律的交響，最後提出論文檢討與展望。

第二章　從頭韻論李賀近體詩的韻律風格

　　漢字由聲母、韻母及聲調三個音素組成，漢字的語音特色為一字一音節，聲母為音節的開頭音響，本章即探討此開頭音響在詩歌中所形成的韻律效果，亦即探討頭韻的韻律。

　　本章首先要討論的是唐代詩格及英詩頭韻對聲母韻律的探討，以此抽繹出聲音的美的原則與模式。接著釐清李賀所處的語音時期的聲母特徵，並分析歸類可以構成頭韻的聲母類別，在此基礎上，對李賀近體詩的頭韻韻律進行檢視。檢視的層面先就整體聲母的成分與聲音性質做一概括性的鳥瞰，概覽李賀近體整體聲母的主要旋律。在此主調的氛圍中，再由單句、兩句、一個詩歌段落或一整首詩，逐層檢視李賀頭韻韻律的表現，最後進行綜合分析，並詮釋李賀的頭韻的運用手法及所形成的音響效果。

第一節　聲母韻律的探討

一、唐代詩格對聲母音韻的討論

　　近體詩是魏晉齊梁一路至初、盛唐，幾經試驗修正所淬煉出的結晶。在齊梁之時，音韻的討論主要偏重在聲音殊異的變化，覺得

這樣的表現才是「美」，如沈約云：「欲使宮羽相變，低昂互節，若前有浮聲，則後須切響。一簡之內，音韻盡殊；兩句之中，輕重悉異。」〔註1〕又如劉勰《文心雕龍·聲律》：「凡聲有飛沉，響有雙疊。雙聲隔字而每舛，迭韻雜句而必睽；沉則響發而斷，飛則聲颺不還，並轆轤交往，逆鱗相比，迕其際會，則往蹇來連，其為疾病，亦文家之吃也。」〔註2〕不管是沈約的「音韻盡殊」、「輕重悉異」抑或劉勰「轆轤交往，逆鱗相比」，皆為概念性的原則理論，強調的是音韻「殊異」的美感，並未具體指出聲、韻、調該如何安排才能達到和諧優美。

及至八病、對偶論的提出，才分別對聲、韻、調有了具體討論，這些討論保存於初、盛唐的詩格之中，故從初、盛唐的詩格中可一窺唐人對聲母韻律措置的想法。至於初、盛唐的詩格，最直接、最基本的材料是《文鏡秘府論》。《文鏡秘府論》為日本弘法大師空海刪削、整理唐人諸家詩格、詩式而成，其中元兢的《詩腦髓》更是古詩向律體詩過渡階段的理論總結。以下各章之詩格引文皆出自《文鏡秘府論》，並以元兢的聲律理論作主要的參照。

八病是詩格中對聲律毛病的探討，其中聲調佔四病，聲母、韻母佔四病，皆為一句或兩句中出現同樣音響的犯病。八病的提出實際上就是在音韻上避同求異，強調音響的「殊異」美感。八病關於聲母的犯病有傍紐、正紐二病。《文鏡秘府論》云：

> 正紐者，五言詩「壬」、「衽」、「任」、「入」，四字為一
> 紐：一句之中，已有「壬」字，更不得安「衽」、「任」、「入」
> 等字。如此之類，名為犯正紐之病也。〔註3〕

〔註1〕見《宋書·謝靈運傳》，〔梁〕沈約撰，楊家駱編：《新校本宋書附索引》（臺北：鼎文書局，1987年），頁1775。

〔註2〕〔南朝梁〕劉勰著，詹鍈義證：《文心雕龍義證》（上海：上海古籍出版社，1989年），頁1218。

〔註3〕〔日〕遍照金剛撰，王利器校注：《文鏡秘府論校注》（臺北：貫雅文化事業有限公司，1991年），頁513。

　　　　傍紐者，五言詩一句之中有「月」字，更不得安「魚」、
「元」、「阮」、「願」等之字，此即雙聲，雙聲即犯傍紐。
〔註4〕

正紐即一句之中，有一字四聲分為兩處者；傍紐則為隔字雙聲。二
者皆以為一句中出現相同聲母是一種音韻的毛病，承繼的是六朝強
調音韻殊異的調聲觀念。然而這觀念在唐代並未受到強化，反而被
弱化。如元兢就當時文人的實際創作情形論二病：「（傍紐）文人無
以為意。又若不隔字而是雙聲，非病也。」〔註5〕又「此病（正紐）
輕重，與傍紐相類，近代咸不以為累，但知之而已。」〔註6〕元兢
的意思，一則雙聲非聲病，再則此類聲病無傷大雅，甚至毋須理會。
可見唐人對與音韻安排的觀念，已異於六朝強調音響「殊異」的想
法。同樣的聲母在一句中出現是可以被接受的，雙聲更是一種特殊
的韻律表現。

　　唐人詩格除了犯病的討論外，另外討論極多的還有對偶。有意
識的建構對偶，濫觴於六朝，六朝詩歌對句的比例高達 60%，洎至
初唐，屬對的探討更加精細，詩句對偶的比例也越發增長，高達
75%。〔註7〕《筆札華梁·論對屬》云：「凡為文章，皆須對屬。誠
以事不孤立，必有配匹而成。」〔註8〕至王昌齡《詩格》亦然認為
「凡文章不得不對」，並引梁朝湘東王《詩評》：「作詩不對，本是吼
文，不為詩。」〔註9〕可見偶句是律體的基本結構。

　　對偶論中對聲母的探討有雙聲對、賦體對、雙聲側對、異類對

〔註4〕　〔日〕遍照金剛撰，王利器校注：《文鏡秘府論校注》（臺北：貫雅文
　　　　化事業有限公司，1991 年），頁 507。
〔註5〕　〔日〕遍照金剛撰，王利器校注：《文鏡秘府論校注》（臺北：貫雅文
　　　　化事業有限公司，1991 年），頁 510。
〔註6〕　〔日〕遍照金剛撰，王利器校注：《文鏡秘府論校注》（臺北：貫雅文
　　　　化事業有限公司，1991 年），頁 515。
〔註7〕　參見林于弘：《初唐前期詩歌研究》（新北市：花木蘭文化出版社，2007
　　　　年），頁 136～137。
〔註8〕　張伯偉：《全唐五代詩格彙考》（南京：鳳凰出版社，2002 年），頁 65。
〔註9〕　張伯偉：《全唐五代詩格彙考》（南京：鳳凰出版社，2002 年），頁 171。

四種。雙聲對指兩句中聲母相同的兩字對舉相應，如「留連千里賓，獨待一年春。」〔註 10〕「留連」與「獨待」雙聲相對。賦體對同於雙聲對，差別在於賦體對包含雙聲、疊韻、重字的三種對應。雙聲側對指的是對偶的詞彙在詞義上不相對，然而有聲音上雙聲的對應關係，如「花明金谷樹，葉映首山薇」〔註 11〕「金谷」與「首山」即是單純雙聲相對而已。異類對如空海所釋：「或雙聲以酬疊韻，或雙擬而對回文；別致同詞，故云異類。」〔註 12〕異類對非專論聲母，然其中涉及雙聲與疊韻互對，亦是唐人運用聲母韻律的另一個角度。

　　綜上所述，唐代詩格對一句中出現隔字雙聲的聲病已然「除罪」，不認爲是一種音韻上的不協調。除此之外，詩格對雙聲的音韻效果有積極的建設，藉著偶句的對應，實驗了聲母相同的兩字可形成的相諧音效。雖然詩格多關注在兩字雙聲的趣味上，並未討論到一句中多個聲母相同相諧的音效，但可以確定的是，相同音響效果的相諧在近體詩中是被關注的。

　　聲母的韻律效果曾在古典詩歌中佔有一席之地，葉桂桐在《中國詩律學》中便討論了上古《詩經》中的押聲現象。所謂「押聲」就是聲母相同，相近或相鄰的字構成的規律韻律效果。《詩經》中押韻往往同時押聲，無韻詩相當普遍地押聲。然而隨著上古聲母的單化與失落，音節結構當中，輔音的成分逐漸減退，元音的成分逐漸佔優勢〔註 13〕，押韻成了韻律的主軸，對於聲母的韻律功能的討論也由是漸弱。

　　近體詩對聲母韻律雖未有過多的著墨，然而不代表在詩歌創作

〔註 10〕〔日〕遍照金剛撰，王利器校注：《文鏡秘府論校注》（臺北：貫雅文化事業有限公司，1991 年），頁 281。

〔註 11〕〔日〕遍照金剛撰，王利器校注：《文鏡秘府論校注》（臺北：貫雅文化事業有限公司，1991 年），頁 313。

〔註 12〕〔日〕遍照金剛撰，王利器校注：《文鏡秘府論校注》（臺北：貫雅文化事業有限公司，1991 年），頁 278。

〔註 13〕張世祿：〈漢語語音發展的規律〉，徐州師範學院學報（哲學社會科學版）4 期（1980 年），頁 5。

上便不注重聲母的韻律表現。如竺師家寧曾舉杜甫詩〈白帝城最高樓〉「城間徑窄旌旗愁，獨立縹渺之飛樓」，「徑、旌旗」、「縹渺、飛」都運用了同類聲母來形成相諧的音效。又如杜甫〈秋興〉之六「瞿唐峽口曲江頭」中聲母有五個字是舌根音，也是聲母相諧的具體實踐。〔註14〕

二、頭韻的音韻效果

　　語音學上所謂「韻」，是指音節上的母音之「倍音」。而詩律學上所謂用韻，則就整個音節而言，指相同聲音之重複。音節的構造，既合有子音與母音，當然用韻也就有子音或母音之相同二者，一種是前半節子音相同的重複（consonance），我們稱之爲「雙聲」；一種是後半節母音相同的重複（assonance），我們稱之爲疊韻。而詩語上的用韻問題：一是配列於語句首一音節之語根上的雙聲作用，而稱之爲「頭韻法」；二是尤其常見的，配列於語句末一音節之語尾上的疊韻作用，而稱之「韻腳法」。〔註15〕

　　相較於漢詩，英詩對音節開頭的韻律有比較清楚的討論，即頭韻表現（Alliteration）。英詩中的「頭韻」指的是兩個或幾個，相鄰或相隔不遠的詞，以相同的一個或幾個輔音音素開頭所形成的韻律表現，如英國詩人 Samuel Taylor Coleridge 的名詩〈古舟子詠〉（The Rime of the Ancient Mariner）中運用〔f〕、〔b〕與〔s〕形成頭韻：

> The fair breeze blew, the white foam flew,
>
> The furrow followed free;
>
> We were the first that ever burst
>
> Into that silent sea.

在古英語（Old English）和中古英語（Middle English）中，頭韻還包

〔註14〕詳參竺師家寧：《語言風格與文學韻律》（臺北：五南圖書出版股份有限公司，2005 年），頁 91。

〔註15〕詳參王夢鷗：《文學概論》（臺北：藝文印書館，2001 年），頁 83～84。

括以元音音素（可以相同，也可以不同）開頭的詞，叫「元音頭韻」（vowel alliteration）。例如，angle－ever－eager－eye，並且在那時頭韻還具有結構上的功能。現代英語（Modern English）中，則頭韻僅指「輔音頭韻」（consonant alliteration）；並且它在格律上的功能已爲韻腳所取代，而只是有時用作聲音上的一種美飾，或用以強調某些重要的詞。〔註16〕

頭韻爲韻腳所取代，似乎也與漢詩押聲爲押韻所取代有相同的軌跡。儘管現代英語中的頭韻已失去格律上功能，沒有以元音開頭的「元音頭韻」（vowel alliteration），僅指「輔音頭韻」（consonant alliteration），然而漢字聲母多由輔音擔任，正可借助英詩中頭韻的說法，來檢視近體詩聲母形成的音韻效果，在此亦將之稱爲「頭韻」。

頭韻所形成的韻律效果在於聲音的重複，如竺師家寧所說：「傳統的『押韻』，是讓一個音節的後半重複出現，以此達到韻律效果，一個音節的前半重複出現，也一樣可以達到韻律效果。」〔註17〕「頭韻」便是利用字音開頭的部分，相同的聲母，或相近似的聲母（發音方法或發音部位相同），在詩中反覆出現，互相呼應，形成韻律效果的一種手段。這種手段便會產生節奏，而節奏會加強讀詩者對詩歌音韻的感受，如早川先生說：

> 節奏是指在相當規則的時間內，一個聽覺上的刺激不斷的重複，所產生的效果而言。……產生節奏就是要激起別人的注意和興趣。的確，節奏有極大的影響力，所以即使我們不打算分散注意力，我們還是會被它吸引去。〔註18〕

相同聲母的重複確實可以形成一種節奏，然而這種節奏是否就是韻律美的呈現。關於這點，竺師家寧有這樣的揭示：

〔註16〕吳翔林：《英詩格律及自由詩》（北京：商務印書館，1993年），頁99。
〔註17〕竺師家寧：《語言風格與文學韻律》（臺北：五南圖書出版股份有限公司，2005年），頁91。
〔註18〕S.I.早川著，鄧海珠譯：《語言與人生》（臺北：遠流出版社，1984年5月新一版），頁80。

> 「美」必須在「多樣中求統一」，聲母完全一樣，就會
> 造成過分的整齊一致，變得機械而刻板，缺乏「多樣」的
> 變化效果。如白居易〈琵琶行〉描寫琵琶聲：「嘈嘈切切錯
> 雜彈」一句中，聲母的搭配是 dz^h-dz^h-ts^h-ts^h-dz^h-d^h，正
> 是表現了「多樣的統一」。句中有三種不同的聲母，呈現了
> 「多樣」，但是前六個字音卻是相似的送氣舌尖塞擦音，呈
> 現了「統一」，因此我們讀起來很有韻味。〔註19〕

美的表現就是異中求同，同中取異的和諧狀態，如近體詩在形制上，
既有偶對的工整，又有平仄的錯落，頭韻的表現當在此原則下進行探
討。又形成頭韻的聲母通常由輔音擔任，輔音的形成是發音器官的某
點受到了阻礙，使氣流產生調節作用。決定其性質的兩個要素為發音
部位和發音方法。所以，以下探討頭韻現象，可就這兩個面向來討論
相諧的條件。

第二節　李賀近體詩聲母的整體表現

　　探討頭韻之前，當先釐清李賀當時的聲母類別，聲母類別可藉
由《廣韻》反切上字的繫聯，及等韻圖的輔助求出。求出聲類後，
進一步要推求的就是聲母的念法，即音值的擬測。音值的擬測除了
韻書、韻圖的材料，還須參照字母、方言、對音等研究材料。前賢
對此已有豐碩的成果，本論文便是假借前賢的研究，進行文學作品
的語言風格探究。音值的擬測確定後，接著便可就發音部位、發音
方法進行頭韻相諧的原則訂立，以此相諧的原則檢視李賀近體詩的
頭韻韻律。

一、中古聲母系統

　　李賀生於唐德宗貞元六年（790A.D.），卒於唐憲宗元和十一年
（816A.D.），在語音史上屬於中古前期。這時期聲母系統的研究，

〔註19〕竺師家寧：《語言風格與文學韻律》（臺北：五南圖書出版股份有限
　　　公司，2005 年），頁 80。

有兩種較完整的材料可供利用：一是根據韻書反切上字的系聯，一是唐代後期制定的守溫三十字母。依前賢的研究結果，李賀所在的中唐時期的聲類，較之魏晉南北朝，知系字已由端系字中分化出來〔註20〕。較之中古後期的三十六字母，一則反切完全不分輕唇與重唇，守溫三十字母唇音也只有「不」、「芳」、「並」、「明」四類。二則反切系聯的結果，正齒音可以清楚地分爲不同的兩大類：「章、昌、船、書、禪」和「莊、初、從、生、俟」，兩類尚未合併成「照、穿、牀、審、禪」五母。三則反切上字的喻母實際上分成「云」、「以」兩類不同的聲母。喻三（云母）在上古時代和匣母是同一個聲母，到了中古一、二、四等不變，稱爲匣母，三等受了〔j〕介音的影響，變成了顎化的舌根濁擦音〔ɣj-〕。〔註21〕到了中古後期，「云」母把顎化的〔ɣ-〕失落，與「以」母合併，皆爲零聲母。確定了聲母類別後，進一步要推測的是聲母的讀法，即音值的擬測。藉由音值的擬訂，更可具體的描述聲母的韻律，使抽象的聲音得以用符號的形式呈現，利於進行後續的對比分析。

　　本論文音值的擬構依循董同龢《漢語音韻學》的中古聲母系統，共分 37 個聲母，董同龢的音值擬測的特色在與全濁聲母皆擬爲送氣；日母擬爲舌面鼻音〔n̠-〕；泥、娘二母不分，皆擬爲〔n-〕；照二系俟母從崇母分出，自成一母擬爲〔ʒ-〕。以下依現代語音學的發音部位與發音方法，將 37 個聲母列表如下。送氣符號董同龢以「ʻ」表示，爲求清楚標示，以下皆以「ʰ」替代；零聲母董同龢以「○」表示，以下皆以「ø」替代。表格架構主要依據王力《漢語語音史》第四章隋——中唐音系之聲母表〔註22〕，發音部位及發音方法的稱呼，

〔註20〕王力：「隋——中唐時代的聲母和魏晉南北朝聲母的名稱、數目和音值完全相同。只有一點，表中舌面前音加括號的（ȶ知）、（ȶʰ徹）、（ȡ澄）乃是唐天寶年間由端透定分化出來的。」王力：《漢語語音史》（北京：商務印書館，2008 年），頁 181。

〔註21〕竺師家寧：《聲韻學》（臺北：五南圖書出版股份有限公司，1993 年11 月二版二刷），頁 321。

〔註22〕王力：《漢語語音史》（北京：商務印書館，2008 年），頁 182。

參酌董同龢《漢語音韻學》及竺師家寧《聲韻學》略有修改。

表 2-1　中古聲母表

			雙唇	舌尖前	舌尖中	舌尖面	舌面前	舌根	喉
塞音	清	不送氣	p（幫、非）		t（端）		ʈ（知）	k（見）	ʔ（影）
		送氣	pʰ（滂、敷）		tʰ（透）		ʈʰ（徹）	kʰ（溪）	
	濁		bʰ（並、奉）		dʰ（定）		ɖʰ（澄）	gʰ（羣）	
鼻音			m（明、微）		n（泥、娘）		ɳ（日）	ŋ（疑）	
邊音					l（來）				
塞擦音	清	不送氣		ts（精）		tʃ（莊）	tɕ（章）		
		送氣		tsʰ（清）		tʃʰ（初）	tɕʰ（昌）		
	濁			dzʰ（從）		dʒʰ（崇）	dzʰ（船）		
擦音	清			s（心）		ʃ（生）	ɕ（書）	x（曉）	
	濁			z（邪）		ʒ（俟）	ʑ（禪）	ɣ（匣） ɣj（云）	
零聲母							øj（以）		

　　中國古時的音韻家把聲母分做喉音、牙音、舌音、齒音與唇音五類。這種分類法，就現代語音學的分類看來，自然是不適當的。唇、牙、舌、齒、喉不單是發音部位，亦包含發音方法，如王力說：「古人舌與齒的分別，不是按發音部位來分，而是按發音方法來分。……只要是塞音，都叫作舌音（舌頭、舌上）；只要是塞擦音或摩擦音，都叫作齒音（齒頭、正齒）。」〔註23〕唇、牙、舌、齒、喉既非以同一標準進行劃分，則不可以此作為發音方法或部位的座標軸。故今以現代語音學的分類，將發音部位分作唇音、舌尖音、舌面音、舌根音、喉音等；發音方法則有塞音、塞擦音、擦音、鼻

〔註23〕王力：《漢語音韻》（北京：中華書局，2003 年），頁 76。

音、邊音五種。

另外，曉、匣二母，字母將之歸於喉音，高本漢認為是舌根音，董同龢以為二母是舌根擦音或是喉擦音其實難以斷定。董同龢說：「依現代方言，假定這兩個聲母在中古時期是 h- 與 ɦ- 或者是 x- 與 ɣ- 可能性都是一樣的。字母一向把曉與匣列入『喉音』，然不能據以推斷中古是 h- 與 ɦ-，因為現代官話的 x- 還有人以為是喉音。」〔註24〕董同龢對於高本漢將之歸為舌根音，雖不完全認同，然也依循慣例歸於舌根，故上表將其發音部位歸於舌根。

以上為中古前期的聲母系統，在進行頭韻的探討之前，得先確立的是相諧聲母的類別。頭韻除了相同聲母的重複，發音部位、方法相同的聲母亦可形成「多樣中的統一」的音韻美，以下試提出聲母相諧歸類的標準。

二、聲母相諧的類別

陳新雄說：「古音凡發音部位相同者，即可互相諧聲或通用也，因其部位相同，音易流轉故也。」〔註25〕發音部位是發音時氣流在口腔中受到修飾（如阻塞或約束等）的實際位置，氣流受到修飾的位置相同，發出的聲響當然較為接近。筆者依此原則，將中古前期聲母依照發音部位的不同歸為以下幾類：

（一）雙唇音

　　p-（幫、非）、pʰ-（滂、敷）、bʰ-（並、奉）、m-（明、微）

（二）舌尖前音

　　ts-（精）、tsʰ-（清）、dzʰ-（從）、s-（心）、z-（邪）

（三）舌尖中音

　　t-（端）、tʰ-（透）、dʰ-（定）、n-（泥、娘）、l-（來）

〔註24〕董同龢：《漢語音韻學》（臺北：文史哲出版社，2011年），頁152。
〔註25〕陳新雄：《古音學發微》（臺北：文史哲出版社，1996年），頁670。

（四）舌尖面音

  tʃ-（莊）、tʃʰ-（初）、dʒʰ-（崇）、ʃ-（生）、ʒ-（俟）

（五）舌面前音（知系）

  ʈ-（知）、ʈʰ-（徹）、ɖʰ-（澄）、ɳ-（日）

（六）舌面前音（章系）

  tɕ-（章）、tɕʰ-（昌）、dʑʰ-（船）、ɕ-（書）、ʑ-（禪）

（七）舌根音

  k-（見）、kʰ-（溪）、gʰ-（羣）、ŋ-（疑）、x-（曉）、ɤ-（匣）、ɤj-（云）

（八）喉音

  ʔ-（影）

（九）零聲母

  ø（以）

  知系與章系皆為舌面前音，原則上該歸為一類，然則二類合併，則相諧聲母過多，容易流於濫造頭韻的毛病；再者章系與莊系中古同列為齒音，端系與知系為舌音，既然莊系、端系各為獨立一類，故應將章系與知系分為兩類。諧聲聲類分妥後，接著才能進行頭韻的統計與分析。

三、李賀近體詩中聲母的整體表現

  在進行頭韻的討論之前，可先就聲母的發音的性質，對賀詩整體的聲母表現做一整體的統計，一窺賀詩中聲母的大概輪廓。

  聲母多由輔音擔任，輔音發音時，氣流都有阻礙（唯一的例外是 h），阻礙的方式可能是完全的阻塞，或是部分的約束，聲帶並不一定震動；另外，發輔音聲氣流可以從口腔逸出，成為口腔輔音（oral consonant），亦可以由鼻腔逸出成為鼻音（nasal）。所以描述輔音時，主要以發音方式、發音部位、聲帶震動與否為依據。〔註26〕發音部

〔註26〕謝國平：《語言學概論》（臺北：三民書局，2007 年），頁 79。

位是發音時氣流在口腔中受到修飾（如阻塞或約束等）的實際位置；發音方式主要是指發音氣流在口腔裡被修飾的方式，如完全的阻塞、部分受約束，或是轉由鼻腔逸出。聲帶是否震動則是漢語音韻學中的清音、濁音問題。所謂清音即發音時聲帶不震動的輔音；濁音即聲帶震動的輔音。以下分別就這三方面，檢視李賀近體詩聲母的整體表現。

（一）發音部位

表 2-2　聲母發音部位統計表

發音部位	雙唇	舌尖前	舌尖中	舌尖面	舌面前	舌根	喉音
出現次數	369	431	443	92	481	816	125
百分比（%）	12.9	15.1	15.6	3.2	16.9	28.7	4.4

李賀近體詩共 2840 字，扣除零聲母（以母）83 字，計 2757 字。在發音部位上以舌根音比例最高，佔 28.7%，相較其他發音部位，出現頻率高出很多。比例最低的是舌尖面音，僅佔 3.2%。

（二）發音方法

表 2-3　聲母發音方法統計表

發音方法	塞音	擦音	塞擦音	鼻音	邊音
出現次數	1101	699	387	378	192
百分比（%）	39.9	25.3	14	13.7	6.9

扣除零聲母（以母）的 2757 字中，塞音字共 1101 字，佔了將近百分之四十的比例，即每五個字就有兩個字是塞音。其次是擦音 699 字，佔了總數的四分之一。由此可以推知，李賀近體詩聲母的表現乃以塞音為主調，擦音次之。塞音為發音時氣流通路閉塞，然後突然打開發出的爆破音，強烈而短暫；擦音發音時，口腔某一點形成一狹窄的通道，氣流通過時產生摩擦的聲音。較之塞音，擦音

可以持續一段時間。可知李賀近體在發音方法上，聲母整體表現以短促而強烈的爆破音為主調。

（三）清濁表現

輔音按調音方式分為兩大類：阻音和響音。有準隨機波亦有聲道阻礙的是阻音，無準隨機波但有聲道阻礙的是響音。〔註27〕在漢語中，阻音有塞音、擦音、塞擦音；響音有邊音、鼻音。清濁主要是阻音的問題，元音和響音儘管有時也有清化的「清元音」、「清鼻音」、「清邊音」、「清近音」等，但都很少見，且大多不作為區別特徵。〔註28〕

漢語音韻學上，清濁的分別是一個很重要的概念，塞音、塞擦音、擦音皆分清濁兩套，清音又分為送氣與不送氣。以下依江永《音學辨微》對清濁的分類〔註29〕，進行李賀近體詩聲母清濁表現的探討：

表2-4　聲母清濁表現統計表

江永分類	全清	次清	全濁	次濁	又次清	又次濁
發音說明	不送氣的清音	送氣的清音	一般的濁音	響音和半元音	清擦音	濁擦音
字　母	幫、非、見、端、知、精、莊、章、影	滂、敷、溪、透、徹、清、昌、初	並、奉、羣、定、澄、從、崇、船	明、微、疑、泥、娘、來、日、以	心、生、書、曉	邪、俟、禪、匣、云
數　量	774	319	395	653	361	338
百分比（%）	27.3	11.2	13.9	23	12.7	11.9

〔註27〕朱曉農：《語音學》（北京：商務印書館，2010年），頁134。「隨機波」依朱氏定義為：連串聲波的振幅大小接近於隨機而不規律，詳見本書第55頁。

〔註28〕朱曉農：《語音學》（北京：商務印書館，2010年），頁81。

〔註29〕江永將清濁分為全清、次清、全濁、次濁、又次清、又次濁六類，詳見〔清〕江永：《音學辨微》，收錄於《叢書集成續編》第20冊（上海：上海書局，1994年），頁6。

　　清音即不帶音的輔音，發音時聲帶不震動；濁音即帶音的輔音，發音時聲帶震動。若單就清濁來看，清音（全清、次清、又次清）有1454字，佔51.1%；濁音（全濁、又次濁）有733字，佔25.8%，李賀近體詩的聲母一半以上為清音。又清音中，不送氣清音數量最多，佔清音總數的一半以上。若以響度來看李賀清濁安排，根據羅常培於《普通語音學綱要》對響度的劃分，輔音中以鼻音、邊音和半元音的響度最大，其次為濁擦音，其次是濁塞音，再其次為清擦音，響度最低的是清塞音。〔註30〕李賀近體詩整體聲母以響度最低的清音為主，響度最大的鼻音、邊音和半元音比例最小。

　　進行三方面的檢視之後，最後就字母出現的次數進行統計：

表 2-5　聲母字母次數統計表

字　　母	見〔k-〕	匣、云〔ɣ-〕〔vj-〕	來〔l-〕	心〔s-〕	明、微〔m-〕
出現次數	275	195	192	150	135
百分比（%）	9.6	6.8	6.7	5.2	4.7

　　依出現次數排序，前五名依序為見母、匣（云）母、來母、心母、明（微）母。舌根音有兩母：見母、匣（云）母，心母為舌尖前音，來母為舌尖中音，明（微）母為雙唇音；塞音有見母、明（微）母，擦音有心母、匣（云）母，邊音有來母；清音有見母、心母，濁音有匣（云）母。舌根不送氣清塞音的見母佔了將近十分之一，約每十個字即有一字是見母，出現頻率相當高。俟母為0次，最少，其次徹母5次，莊母9次。

　　歸結上述的統計結果，李賀的整體聲母表現，就發音部位而言，舌根音的比例最高，幾乎每十個字就有三個是舌根音，舌尖面音的比

〔註30〕詳見羅常培、王均編著：《普通語音學綱要》（北京：商務印書館，1981年），頁34。

例最低。以發音方法來看，短促而強烈的塞音比例最高，幾乎每五個字就有兩字是塞音，邊音的比例最低。清濁的安排方面，清音的比例大於濁音大於響音和半元音，清音佔了整體的一半以上，清音中又以不送氣清音的比例最高。李賀最常使用見母字，幾乎每十個字就有一個是見母字；俟母字沒有出現，其次徹母字只有 5 個。

第三節　李賀近體詩中單一詩句的頭韻表現

檢視了李賀近體聲母的整體表現後，接著要就詩句中聲母相諧的表現來做討論。根據本章第二節聲母相諧的類別，首先作討論的是單一詩句中的頭韻現象。單一詩句中，若出現了好幾次發音部位相同的聲母，便會形成重複呼應的韻律。要能達到這種韻律效果，則一句中至少要有一半的音節開頭音響相同或相近，即五言詩一句中出現三個以上聲母相同或相近，七言詩一句中出現四個以上聲母相同或相近。

接著依相諧位置分為連續相諧、不完全連續相諧與間隔相諧三種類型來討論頭韻的韻律。連續相諧為同類聲母連續出現，可以造成最明顯的相諧效果。間隔相諧為五言中第一、三、五字相諧，形成隔一字規律的相諧節奏，七言詩並未出現此類相諧情形，故不列入討論。不完全連續相諧則介於兩者之間，相諧聲母部分連續，部分隔字相諧。

這三類再依相諧的聲母個數及類別羅列詩例進行討論，在相諧的詩句後標註聲母音值，並劃上底線作記，最後就相諧聲母的數量及類別進行統計分析。

一、聲母連續相諧

連續相諧為五言一句中三字以上，七言四字以上連續並列的聲母相諧情形。以下依連續相諧的字數分五言中三個聲母相諧、五言七言中四個聲母相諧、五言七言中五個聲母相諧三個部分進行討論。

（一）五言中三個聲母相諧

舌根音

1、7-8　　　泉上有〔ɣ-〕芹〔gʰ-〕芽〔ŋ-〕（〈過華清宮〉）

2、33-2　　長聞俠〔ɣ-〕骨〔k-〕香〔x-〕（〈馬詩二十三首〉之十三）

3、36-3　　莫嫌〔ɣ-〕金〔k-〕甲〔k-〕重（〈馬詩二十三首〉之十六）

4、42-2　　隨鸞撼〔ɣ-〕玉〔ŋ-〕珂〔kʰ-〕（〈馬詩二十三首〉之二十二）

5、42-3　　少君〔k-〕騎〔gʰ-〕海〔x-〕上（〈馬詩二十三首〉之二十二）

6、48-53　　龜〔k-〕甲〔k-〕開〔kʰ-〕屛澀（〈惱公〉）

7、48-79　　使君〔k-〕居〔k-〕曲〔kʰ-〕陌（〈惱公〉）

8、50-17　　屢斷呼〔x-〕韓〔ɣ-〕頸〔k-〕（〈送秦光祿北征〉）

9、68-8　　　新買後〔ɣ-〕園〔ɣj-〕花〔x-〕（〈荅贈〉）

10、69-8　　急〔k-〕語〔ŋ-〕向〔x-〕檀槽（〈感春〉）

舌尖中音

11、48-46　　琉〔l-〕璃〔l-〕疊〔dʰ-〕扇烘（〈惱公〉）

12、50-38　　侯調〔dʰ-〕短〔t-〕弄〔l-〕哀（〈送秦光祿北征〉）

13、63-15　　詩封兩〔l-〕條〔dʰ-〕淚〔l-〕（〈潞州張大宅病酒遇江使寄上十四兄〉）

14、70-3　　　南〔n-〕塘〔dʰ-〕蓮〔l-〕子熟（〈梁公子〉）

舌尖前音

15、7-4　　　石斷紫〔ts-〕錢〔dzʰ-〕斜〔z-〕（〈過華清宮〉）

16、29-1　　飂叔死〔s-〕匆〔tsʰ-〕匆〔tsʰ-〕（〈馬詩二十三首〉之九）

　　五言一句中連續三個聲母相諧有 16 例，舌根音最多，佔了 10 例。連續三字的位置以第三、四、五字相連的情形最多，有 8 例，其

次第二、三、四字相連，第一、二、三字相連最少，各有 4 例。

（二）五言、七言中四個聲母相諧

舌尖中音

1、48-58　鴉啼〔dʰ-〕露〔l-〕滴〔t-〕桐〔dʰ-〕（〈惱公〉）

舌根音

2、48-98　河〔ɣ-〕橋〔gʰ-〕閣〔ŋ-〕禁〔k-〕鐘（〈惱公〉）

3、64-10　棘〔k-〕徑〔k-〕臥〔ŋ-〕乾〔k-〕蓬（〈王濬墓下作〉）

4、16-2　曲〔kʰ-〕岸〔ŋ-〕迴〔ɣ-〕篙〔k-〕舴艋遲（〈南園十三首〉之九）

連續四個相諧的有 4 例，五言詩 3 例，七言詩 1 例。以舌根音相諧的情形最多，五言詩 3 例中，舌根音有 2 例，舌尖中音 1 例；七言詩 1 例爲舌根音。其中〈惱公〉「鴉啼露滴桐」使用連續的舌尖中音（dʰ-l-t-dʰ）來模擬露水滴落梧桐葉上的滴答聲響，四個舌尖中音中有三個是塞音，爲瞬間爆發短促的聲響，更如露珠滴落梧桐葉面瞬間迸散的聲音。

（三）五言、七言中五個聲母相諧

舌根音

1、30-3　君〔k-〕王〔ɣ-〕今〔k-〕解〔k-〕劍〔k-〕（〈馬詩二十三首〉之十）

2、10-3　桃膠〔k-〕迎〔ŋ-〕夏〔ɣ-〕香〔x-〕琥〔x-〕珀（〈南園十三首〉之三）

連續五個相諧的有 2 例，五言詩 1 例，七言詩 1 例，聲母皆爲舌根音。第 1 例五言詩五字皆爲同類聲母，頭韻的表現相當的強烈，尤其五個聲母中有四個都是舌根清塞音，使得整個句子不斷的重複舌根阻塞的聲響。〈馬詩二十三首〉之十最後兩句爲「君王今解劍，何處逐英雄」，此詩借用項羽與烏騅的典故，慨嘆霸王已然棄械，如

今還有誰可以追隨，李賀以馬自喻，良駒當與英雄匹配，而時無英雄，埋沒千里之才，感慨既深，連續的舌根音、連續的塞音的阻塞音效是可以呈現這種有志難伸的哽塞的情懷。

連續相諧部分皆無相同聲母連續出現的情形，至多在五個相諧聲母中出現連續三個相同的聲母。各個連續相諧的型態，皆以舌根音表現最為強勢，全部 21 例中，舌根音佔了 15 例，其次為舌尖中音，佔 4 例。

二、聲母不完全連續相諧

不完全連續指的是相諧的聲母只有部分連續，如三個相諧聲母中有兩個相連，另一個隔字相諧。以下分五言中三個聲母相諧、五言七言中四個聲母相諧、七言中五個聲母相諧三個部分來進行討論。

（一）五言中三個聲母相諧

雙唇音

1、48-11　　陂〔pʰ-〕陀梳碧〔p-〕鳳〔bʰ-〕（〈惱公〉）

2、48-17　　髮〔p-〕重疑盤〔bʰ-〕霧〔m-〕（〈惱公〉）

3、48-28　　買〔m-〕藥問〔m-〕巴〔p-〕賓（〈惱公〉）

4、48-42　　門〔m-〕鋪〔pʰ-〕綴白〔bʰ-〕銅（〈惱公〉）

舌根音

5、3-5　　　纖可〔kʰ-〕承香〔x-〕汗〔ɣ-〕（〈竹〉）

6、27-3　　　君〔k-〕王〔ɣ-〕若燕去〔kʰ-〕（〈馬詩二十三首〉之七）

7、28-3　　　吾〔ŋ-〕聞果（k-〕下〔ɣ-〕馬（〈馬詩二十三首〉之八）

8、32-4　　　牽（kʰ-〕去（kʰ-〕借將軍（k-〕（〈馬詩二十三首〉之十二）

9、48-32　　　胘〔ɣ-〕急（k-〕是張弓（k-〕（〈惱公〉）

10、48-43　　隈花〔x-〕開〔kʰ-〕兔徑〔k-〕（〈惱公〉）

11、48-49　　細管〔k-〕吟〔ŋ-〕朝幌〔ɣ-〕（〈惱公〉）

12、48-55　　黃〔ɣ-〕庭留衛〔ɣj-〕瓊〔k-〕（〈惱公〉）

13、48-72　　峽〔ɣ-〕雨〔ɣj-〕濺輕〔kʰ-〕容（〈惱公〉）

14、50-8　　　豪〔ɣ-〕彥〔ŋ-〕騁雄〔ɣ-〕材（〈送秦光祿北征〉）

15、50-10　　旗〔qʰ-〕懸〔ɣ-〕日月〔ŋ-〕低（〈送秦光祿北征〉）

16、50-21　　寶玦〔k-〕麒〔qʰ-〕麟起〔kʰ-〕（〈送秦光祿北征〉）

17、50-25　　呵〔x-〕臂懸〔ɣ-〕金〔k-〕斗（〈送秦光祿北征〉）

18、50-44　　何〔ɣ-〕日刺蛟〔k-〕迴〔ɣ-〕（〈送秦光祿北征〉）

19、53-8　　　旗〔qʰ-〕鼓〔k-〕夜迎〔ŋ-〕潮（〈畫角東城〉）

20、59-6　　　羅薰〔x-〕袴〔kʰ-〕褶香〔x-〕（〈追賦畫江潭苑四首〉之一）

21、61-2　　　綰根〔k-〕玉〔ŋ-〕鏇花〔x-〕（〈追賦畫江潭苑四首〉之三）

22、62-6　　　霜乾〔k-〕玉〔ŋ-〕鐙空〔kʰ-〕（〈追賦畫江潭苑四首〉之四）

舌尖中音

23、4-3　　　遠隄〔t-〕龍〔l-〕骨冷〔l-〕（〈同沈駙馬賦得御溝水〉）

24、21-1　　　龍〔l-〕脊貼〔tʰ-〕連〔l-〕錢（〈馬詩二十三首〉之一）

25、25-3　　　何當〔t-〕金絡〔l-〕腦〔n-〕（〈馬詩二十三首〉之五）

26、48-26　　單〔t-〕羅〔l-〕挂綠〔l-〕蒙（〈惱公〉）

27、48-45　　玳〔dʰ-〕瑁釘〔t-〕簾〔l-〕薄（〈惱公〉）

28、48-89　　跳〔dʰ-〕脫〔dʰ-〕看年〔n-〕命（〈惱公〉）

29、68-5　　　露〔l-〕重金泥〔n-〕冷〔l-〕（〈苔贈〉）

舌尖前音

30、25-4　　　快走〔ts-〕踏清〔tsʰ-〕秋〔tsʰ-〕（〈馬詩二十三首〉之五）

31、27-1　　西〔s-〕母酒〔ts-〕將〔ts-〕闌（〈馬詩二十三首〉
　　　　　　之七）

32、33-4　　將〔ts-〕送〔s-〕楚襄〔s-〕王（〈馬詩二十三首〉
　　　　　　之十三）

33、48-41　　井〔ts-〕檻淋清〔tsʰ-〕漆〔tsʰ-〕（〈惱公〉）

34、50-27　　清〔tsʰ-〕蘇〔s-〕和碎〔s-〕蟻（〈送秦光祿北征〉）

35、54-2　　蜂子〔ts-〕作〔ts-〕花心〔s-〕（〈謝秀才有妾縞練改
　　　　　　從於人秀才留之不得後生感憶座人製詩嘲誚賀復繼四首〉
　　　　　　之三）

36、56-4　　辛〔s-〕苦尚相〔s-〕從〔dzʰ-〕（〈昌谷讀書示巴童〉）

37、58-4　　今秋〔tsʰ-〕似〔z-〕去秋〔tsʰ-〕（〈莫種樹〉）

38、64-3　　白草〔tsʰ-〕侵〔tsʰ-〕煙死〔s-〕（〈王濬墓下作〉）

舌面前音（章系）

39、54-6　　睡〔ʑ-〕熟〔ʑ-〕小屏深〔ɕ-〕（〈謝秀才有妾縞練改
　　　　　　從於人秀才留之不得後生感憶座人製詩嘲誚賀復繼四首〉
　　　　　　之三）

40、57-4　　誰〔ʑ-〕識〔ɕ-〕怨秋深〔ɕ-〕（〈巴童答〉）

41、58-2　　種〔tɕ-〕樹〔ʑ-〕四時〔ʑ-〕愁（〈莫種樹〉）

喉音

42、4-1　　入苑〔ʔ-〕白泱〔ʔ-〕泱〔ʔ-〕（〈同沈駙馬賦得御溝
　　　　　　水〉）

零聲母

43、54-5　　夜〔ø〕遙〔ø〕燈焰〔ø〕短（〈謝秀才有妾縞練改從
　　　　　　於人秀才留之不得後生感憶座人製詩嘲誚賀復繼四首〉之
　　　　　　三）

　　五言三個聲母不完全連續相諧的有 43 例，其中舌根音相諧情形
最多，有 18 例；其次是舌尖前音 9 例，舌尖中音 7 例。相諧的三個

聲母，只有第 42 例三個聲母相同，皆爲喉塞音〔ʔ-〕；兩個聲母相同，一個相近的舌尖前音有 9 例、舌面前音（章系）有 3 例、舌尖中音有 5 例。雙唇音、舌根音三個中有兩個聲母相同的比例較少，多爲三個音近相諧。三個聲母皆同，頭韻效果當然最明顯，其次爲三個中有兩個聲母相同，特別是相同的兩個聲母又緊鄰出現，如第 33 例〈惱公〉「井〔ts-〕檻淋清〔tsʰ-〕漆〔tsʰ-〕」，這種連續的重複可以產生強調的效果。

（二）五言、七言中四個聲母相諧

舌根音

1、7-2　　宮〔k-〕簾隔〔k-〕御〔ŋ-〕花〔x-〕(〈過華清宮〉)

2、23-2　　驅〔kʰ-〕車〔k-〕上玉〔ŋ-〕崑〔k-〕(〈馬詩二十三首〉之三)

3、26-1　　飢〔k-〕臥〔ŋ-〕骨〔k-〕查牙〔ŋ-〕(〈馬詩二十三首〉之六)

4、42-1　　汗〔ɣ-〕血〔x-〕到王〔ɣ-〕家〔k-〕(〈馬詩二十三首〉之二十二)

5、48-75　　魚〔ŋ-〕生玉〔ŋ-〕藕〔ŋ-〕下〔ɣ-〕(〈惱公〉)

6、50-4　　驕〔k-〕氣〔kʰ-〕似橫〔ɣ-〕霓〔ŋ-〕(〈送秦光祿北征〉)

7、50-43　　今〔k-〕朝擘〔gʰ-〕劍〔kʰ-〕去〔kʰ-〕(〈送秦光祿北征〉)

8、55-3　　戟〔k-〕幹〔k-〕橫〔ɣ-〕龍簴〔gʰ-〕(〈謝秀才有妾縞練改從於人秀才留之不得後生感憶座人製詩嘲誚賀復繼四首〉之四)

9、67-7　　錦〔k-〕帶休〔x-〕驚〔k-〕雁〔ŋ-〕(〈奉和二兄罷使遣馬歸延州〉)

10、69-7　　胡〔ɣ-〕琴〔gʰ-〕今〔k-〕日恨〔ɣ-〕(〈感春〉)

11、1-3　　　自言〔ŋ-〕漢〔x-〕劍〔k-〕當飛去〔k-〕(〈出城寄權璩楊敬之〉)

12、9-1　　　宮〔k-〕北田塍曉〔x-〕氣〔kʰ-〕酣〔ɣ-〕(〈南園十三首〉之二)

13、14-4　　　明朝歸〔k-〕去〔kʰ-〕事猿〔vj-〕公〔k-〕(〈南園十三首〉之七)

14、18-1　　　長巒谷〔k-〕口〔kʰ-〕倚筇〔ɣ-〕家〔k-〕(〈南園十三首〉之十一)

15、45-3　　　無情有〔vj-〕恨〔ɣ-〕何〔ɣ-〕人見〔k-〕(〈昌谷北園新筍四首〉之二)

16、51-1　　　金〔k-〕魚〔ŋ-〕公〔k-〕子夾〔k-〕衫長(〈酬答二首〉之一)

舌尖前音

17、6-7　　　錢〔dzʰ-〕塘蘇〔s-〕小〔s-〕小〔s-〕(〈七夕〉)

18、45-1　　　斫取〔tsʰ-〕青〔tsʰ-〕光寫〔s-〕楚辭〔z-〕(〈昌谷北園新筍四首〉之二)

　　四個聲母相諧的共有 18 例，五言詩有 11 例，七言詩有 7 例，舌根音佔了 16 例，舌尖前音有 2 例。四個聲母皆同的情形沒有出現，最多只有三個聲母相同，一個相近的例子，如第 5、15、16、17 例，其中第 5、15、16 三例為舌根音，第 17 例為舌尖前音。兩個聲母相同，另兩個相近的例子最多，18 例中佔了 12 例，可以說是四個聲母相諧的主要的相諧形式。再從同聲母的排列來看，三個同聲母緊鄰排列的只有第 15、17 二例，兩個同聲母緊鄰排列的則有第 5、7、8、18 四例，上述六例在頭韻的表現上最為明顯。

（三）七言中五個聲母相諧

1、13-2　　　曉〔x-〕月〔ŋ-〕當簾挂〔k-〕玉〔ŋ-〕弓〔k-〕(〈南園十三首〉之六)

2、15-4　　　　　魚〔ŋ-〕擁香〔x-〕鉤〔k-〕近〔gʰ-〕石磯〔k-〕

〈〈南園十三首〉之八〉

　　五個聲母相諧的只有 2 例，皆爲舌根音。二例中皆有兩個相同同聲母隔字相諧，皆爲見母〔k-〕。

　　綜上，不完全連續相諧以三字相諧的 43 例最多，其次四字相諧 18 例，五字相諧 2 例最少。各類相諧聲類最多的皆爲舌根音，且與其他聲類比例懸殊，其次爲舌尖前音。在同聲母的排列上，三字相諧中，舌尖中音、舌尖前音、舌面前音（章系）三類多以連續兩個相同聲母並列，搭配一音近聲母的形式來相諧；四字相諧的則以兩個相同的聲母搭配兩個音近的聲母的相諧形式居多。

三、聲母間隔相諧

　　間隔相諧指的是隔一字規律的相諧情形，五言是指第一、三、五字相諧，七言則指第一、三、五、七字相諧。李賀近體詩中並無七言詩例，故在此僅討論五言相諧情形。

雙唇音

1、64-8　　　墳〔bʰ-〕科馬〔m-〕鬣封〔p-〕（〈王濬墓下作〉）

舌根音

2、24-3　　　向〔x-〕前敲〔kʰ-〕瘦骨〔k-〕（〈馬詩二十三首〉之四）

3、48-10　　　江〔k-〕圖畫〔ɣ-〕水蕻〔ɣ-〕（〈惱公〉）

4、57-1　　　巨〔gʰ-〕鼻宜〔ŋ-〕山褐〔ɣ-〕（〈巴童荅〉）

5、63-9　　　岸〔ŋ-〕幘寨〔kʰ-〕紗幌〔ɣ-〕（〈潞州張大宅病酒遇江使寄上十四兄〉）

6、64-7　　　耕〔k-〕勢魚〔ŋ-〕鱗起〔kʰ-〕（〈王濬墓下作〉）

7、68-7　　　琴〔gʰ-〕堂沽〔k-〕酒客〔kʰ-〕（〈荅贈〉）

舌尖前音

8、61-1　　　<u>翦</u>〔ts-〕翅小〔s-〕<u>鷹</u>斜〔z-〕（〈追賦畫江潭苑四首〉之三）

舌面前音（章系）

9、20-8　　　<u>燒</u>〔ɕ-〕竹<u>照</u>〔tɕ-〕漁<u>船</u>〔dzʰ-〕（〈南園十三首〉之十三）

　　間隔相諧共有 9 例，舌根音最多，9 例中佔了 6 例。各類皆音近相諧，無有三字同聲母的狀況。間隔相諧可以形成規律的隔字頭韻韻律，相諧的聲母在句中形成較強的節奏點，產生「強－弱－強－弱－強」的節奏音效。

　　以上為單句聲母相諧的三種表現型態，三種型態依相諧的聲母個數及類別統計如下：

表 2-6　單一詩句頭韻統計表

		雙唇音	舌尖前音	舌尖中音	舌尖面音	舌面前音（知系）	舌面前音（章系）	舌根音	喉音	零聲母	總計
連續相諧	3 個相諧		2	4				10			16
	4 個相諧			1				3			4
	5 個相諧							2			2
不完全連續相諧	3 個相諧	4	9	7			3	18	1	1	43
	4 個相諧		2					16			18
	5 個相諧							2			2
間隔相諧	3 個相諧	1	1				1	6			9
次數總計		5	14	12	0	0	4	57	1		94

　　由上表可知，三種型態以不完全連續相諧的情形最多，各類皆以三個相諧的次數最多。聲母類型則以舌根音佔絕對優勢，每一小類中

皆有詩例，舌尖前音次之，舌尖中音再次之，舌面前音（知系）、舌尖面音兩類皆無相諧詩例，由此可知，舌根音是單句相諧的主調。再就單句頭韻句數與整體詩歌句數的比例來看，李賀近體詩共 536 句，單一詩句頭韻句數有 94 句，佔了總體的 17.5%。

第四節　李賀近體詩中兩句的頭韻表現

　　偶句是近體詩的基本單位，又近體詩注重聯與聯的連綴關係，故本節所討論的兩句可以是偶句，也可以是一聯的下句，與次一聯的上句（以下為行文簡潔稱之為「非偶句」）。偶句是互補的相對關係，聯與聯則是互黏的相承關係，皆可當作檢視頭韻的單位。

　　古典詩歌因漢字一字一音節的特性，詩句可以做整齊的排列，在視覺與聽覺上都可呈現一種規律的美感。若在這些整齊排列的詩句上，於相同音節位置，置入相同、相近的聲母，便可呈現清楚的頭韻韻律。此外，若兩句中上句的末字與下句的首字相同聲母，亦可形成頂真連綴的頭韻音效。

　　以下分同聲母頂真與同音節位置相諧來進行討論。同音節位置相諧的部分，又可分為一處相諧、兩處、三處、四處相諧。相諧位置越多，頭韻的效果越明顯；相同的聲母相應，頭韻效果較相近聲母相諧為強。因此，若只一處相諧，則僅採計相同聲母，相近聲母不予討論，以一處相諧的頭韻效果已較薄弱，若採計相近的聲母，則頭韻效果更不明顯。兩處以上的相諧才納入相近聲母進行討論。

　　另外，同音節位置相諧的部分，凡兩句中有其中一句另與它句相諧者，或有一處連貫三句以上相諧者，皆納入下一小節連環相諧的部分來討論。如〈南園十三首〉之六：「尋章摘句老雕蟲，曉月〔ŋ-〕當〔t-〕簾〔l-〕挂玉〔ŋ-〕弓。不〔p-〕見〔k-〕年〔n-〕年〔n-〕遼海〔x-〕上，文〔m-〕章何處哭秋風。」第二、三句的第二、三、四、六字相諧，然第三句的第一字又與第四句的第一字相諧。又如〈馬詩二十三首〉之二十一：「暫〔dzʰ-〕繫騰黃馬，仙

〔s-〕人上綵樓〔l-〕。須〔s-〕鞭玉勒吏〔l-〕，何事謫高州。」第二、三句原有兩處對應相諧，然而第一字貫串第一、二、三句相諧。為避免詩例重複統計，故上列情形不列入兩句聲母相諧的討論，皆歸於下一小節連環相諧的範疇。

一、兩句首尾聲母相同頂眞的相諧

雙唇音

1、63-19　　覺騎燕地馬〔m-〕，

　　63-20　　夢〔m-〕載楚溪船。(〈潞州張大宅病酒遇江使寄上十四兄〉)

舌根音

2、2-1　　別弟三年後〔ɣ-〕，

　　2-2　　還〔ɣ-〕家一日餘。(〈示弟〉)

3、27-2　　東王飯已乾〔k-〕，

　　27-3　　君〔k-〕王若燕去。(〈馬詩二十三首〉之七)

4、37-3　　世人憐小頸〔k-〕，

　　37-4　　金〔k-〕埒畏長牙。(〈馬詩二十三首〉之十七)

5、50-11　　榆稀山易見〔k-〕，

　　50-12　　甲〔k-〕重馬頻嘶。(〈送秦光祿北征〉)

6、9-1　　宮北田塍曉氣酣〔ɣ-〕，

　　9-2　　黃〔ɣ-〕桑飲露窣宮簾。(〈南園十三首〉之二)

舌尖中音

7、48-8　　夜帳減香筒〔dʰ-〕，

　　48-9　　鈿〔dʰ-〕鏡飛孤鵲。(〈惱公〉)

8、48-22　　休開翡翠籠〔l-〕，

　　35-3　　弄〔l-〕珠驚漢燕。(〈惱公〉)

9、50-22　　銀壺狒狻啼〔dʰ-〕，

　　50-23　　桃〔dʰ-〕花連馬發。(〈送秦光祿北征〉)

10、50-25　呵臂懸金斗〔t-〕，

　　　50-26　當〔t-〕唇注玉罍。(〈送秦光祿北征〉)

11、63-15　詩封兩條淚〔l-〕，

　　　63-16　露〔l-〕折一枝蘭。(〈潞州張大宅病酒遇江使寄上十四兄〉)

舌面前音（知系）

12、53-5　淡菜生寒日〔ṇ-〕，

　　　53-6　鯆〔ṇ-〕魚濺白濤。(〈畫角東城〉)

舌面前音（章系）

13、34-3　廻看南陌上〔z-〕，

　　　34-4　誰〔z-〕道不逢春。(〈馬詩二十三首〉之十四)

14、58-1　園中莫種〔tɕ-〕樹〔z-〕，

　　　58-2　種〔tɕ-〕樹〔z-〕四時愁。(〈莫種樹〉)

喉　音

15、35-2　何能伏虎威〔ʔ-〕，

　　　35-3　一〔ʔ-〕朝溝隴出。(〈馬詩二十三首〉之十五)

　　首尾同聲頂眞相諧共有 15 例，只 1 例連續兩字頂眞（第 14 例），其餘皆單字同聲頂眞。頂眞聲母以舌根音及舌尖中音最多，各佔 5 例。七言詩僅 1 例，其餘皆爲五言詩例。頂眞相諧爲一句的最末音節，與次句的起始音節的聲母的呼應，可以形成相承連續的音效，使兩句在朗讀時有一氣呵成的連貫性。

二、兩句一處聲母相同相諧

　　一處同聲相諧指的是兩句的同一個音節點，出現相同的聲母，所形成的頭韻效果。單純只一處相諧的詩例極少，有些音節點根本沒有詩例，故不再以相諧音節點做分類，而是將所有詩例羅列於下，一併討論。

舌根音

1、14-3　　　見買若耶溪水劍〔k-〕，
　14-4　　　明朝歸去事猿公〔k-〕。（〈南園十三首〉之七）
2、49-1　　　渠水紅繁擁御〔ŋ-〕牆，
　49-2　　　風嬌小葉學娥〔ŋ-〕粧。（〈三月過行宮〉）

舌尖前音

3、48-65　　短佩愁填粟〔s-〕，
　48-66　　長絃怨削菘〔s-〕。（〈惱公〉）

舌面前音（章系）

4、56-3　　　君憐垂〔ʑ-〕翅客，
　56-4　　　辛苦尚〔ʑ-〕相從。（〈昌谷讀書示巴童〉）

喉音

5、69-4　　　柳斷舞兒腰〔ʔ-〕，
　69-5　　　上幕迎神燕〔ʔ-〕。（〈感春〉）

一處同聲母相諧共 5 例。相諧的聲母類別有，舌根音 2 例，舌尖前音、舌面前音（章系）、喉音各 1 例。相諧的位置在五言、七言末字的有 3 例，五言第三字的有 1 例，七言第六字的有 1 例。末字為韻腳的所在音節，為詩句中的最大停頓點。相鄰的兩句，末字通常一個押韻，一個不押韻，這形成了聲音的變化性。若末字在聲母上同音相諧，則可造成統一性的音響效果，變化與統一調和可形成和美的音樂效果。又五言詩為二三句式，即一句五字斷為上二下三兩個音組的念法。第三字為下三音組的開頭，在節奏上也是被強調的。再就相諧的句式來看，偶句有 4 例，非偶句有 1 例，即兩句一處聲母相同的多為偶句。

三、兩句兩處聲母相諧

兩處相諧以聲母相同或相近分作：聲母相同、一同一近及聲母相近三類。聲母相同且在兩句中有兩處相應，其頭韻效果強於同聲

母一處相諧。尤其在一句只有五字的五言詩中，頭韻效果更為清楚；兩處相諧的音節位置越近，頭韻效果也越明顯；一同一近及聲母相近，較之同聲，在頭韻程度上依次遞減。

（一）聲母相同

1、21-3　　無人織〔tɕ-〕錦〔k-〕韉，

　　21-4　　誰為鑄〔tɕ-〕金〔k-〕鞭。（〈馬詩二十三首〉之一）

2、18-3　　自履藤〔dʰ-〕鞋收〔z-〕石蜜，

　　18-4　　手牽苔〔dʰ-〕絮長〔z-〕蒓花。（〈南園十三首〉之
　　　　　　十一）

　　聲母相同的有 2 例，1 例為聲母緊鄰，另 1 例隔字相諧，相諧的音節都是較集中的。音節位置上，五言詩 1 例落在第三、四字上，七言 1 例在第三、五字上。聲母出現次數以舌面前音（章系）出現 2 次最多，兩例皆為偶句。

（二）一同一近

1、23-3　　鳴騶辭〔z-〕鳳苑〔ʔ-〕，

　　23-4　　赤驥最〔ts-〕承恩〔ʔ-〕。（〈馬詩二十三首〉之三）

2、48-2　　嬌〔k-〕嬈粉自〔dzʰ-〕紅，

　　48-3　　歌〔k-〕聲春草〔tsʰ-〕露。（〈惱公〉）

3、65-2　　請上琵琶〔bʰ-〕絃〔ɣ-〕，

　　65-3　　破得春風〔p-〕恨〔ɣ-〕。（〈馮小憐〉）

4、9-3　　長腰〔ʔ-〕健〔gʰ-〕婦偷攀折，

　　9-4　　將餧〔ʔ-〕吳〔ŋ-〕王八繭蠶。（〈南園十三首〉之二）

5、12-3　　請君〔k-〕暫上凌煙閣〔k-〕，

　　12-4　　若箇〔k-〕書生萬戶侯〔ɣ-〕。（〈南園十三首〉之五）

　　一同一近的有 5 例，五言 3 例，七言 2 例。聲母相鄰的有 2 例，隔一字的有 1 例。聲母類別以舌根音最多，5 例中有 4 例出現舌根音相諧，其中第 5 例兩組皆為舌根音。其次舌尖前音、喉音各有兩

組相諧，雙唇音一組。偶句有 3 例，非偶句有 2 例。

（三）聲母相近

1、20-6　　遙嵐〔l-〕破月懸〔ɤ-〕，

　　20-7　　沙頭〔dʰ-〕敲石火〔x-〕。（〈南園十三首〉之十三）

2、23-1　　忽〔x-〕憶周〔tɕ-〕天子，

　　23-2　　驅〔k-〕車上〔z-〕玉崑。（〈馬詩二十三首〉之三）

3、34-3　　廻看南陌〔m-〕上〔z-〕，

　　34-4　　誰道不逢〔bʰ-〕春〔tɕʰ-〕。（〈馬詩二十三首〉之十四）

4、48-37　　繡沓褰〔kʰ-〕長慢〔m-〕，

　　48-38　　羅裙結〔k-〕短封〔p-〕。（〈惱公〉）

5、48-72　　峽雨〔ɤj-〕濺〔s-〕輕容，

　　48-73　　拂鏡〔k-〕羞〔ts-〕溫嶠。（〈惱公〉）

6、48-74　　熏〔x-〕衣避貫〔k-〕充，

　　48-75　　魚〔ŋ-〕生玉藕〔ŋ-〕下。（〈惱公〉）

7、50-7　　將軍〔k-〕馳〔dʰ-〕白馬，

　　50-8　　豪彥〔ŋ-〕騁〔tʰ-〕雄材。（〈送秦光祿北征〉）

8、50-27　　清〔tsʰ-〕蘇和〔ɤ-〕碎蟻，

　　50-28　　紫〔ts-〕膩卷〔k-〕浮杯。（〈送秦光祿北征〉）

9、55-6　　端〔t-〕坐據〔k-〕胡牀，

　　55-7　　淚〔l-〕濕紅〔ɤ-〕輪重。（〈謝秀才有妾縞練改從於人秀才留之不得後生感憶座人製詩嘲誚賀復繼四首〉之四）

10、56-1　　蟲響〔x-〕燈光〔k-〕薄，

　　56-2　　宵寒〔ɤ-〕藥氣〔kʰ-〕濃。（〈昌谷讀書示巴童〉）

11、65-24　　今〔k-〕朝直〔dʰ-〕幾錢，

　　62-25　　裙〔gʰ-〕垂竹〔t-〕葉帶。（〈馮小憐〉）

12、66-1　　秋〔tsʰ-〕水釣〔t-〕紅渠，

　　66-2　　仙〔s-〕人待〔dʰ-〕素書。（〈釣魚詩〉）

13、9-1　　宮〔k-〕北田塍曉氣〔kʰ-〕酣，

　　9-2　　黃〔ɣ-〕桑飲露窣宮〔k-〕簾。（〈南園十三首〉之二）

聲母音近相諧的有 13 例，五言 12 例，七言僅 1 例。舌根音出現最頻繁，13 例中只有 2 例沒有舌根音，有 3 例兩組聲母皆為舌根音；其次舌尖中音、舌尖前音各 3 例，雙唇音、舌面前音（知系）、舌面前音（章系）各 2 例。相諧音節緊鄰的有 3 例，隔一字的有 7 例，位置較為接近，頭韻效果也較清楚。相諧音節點以第一字 7 例（包含七言 1 例），及第三字 8 例，這兩個位置最多。

兩處相諧以同音相諧的頭韻效果最強，一同一近次之，聲近又次之；在位置上，緊鄰的兩個音節的頭韻效果最集中。聲母相同的有 2 例，一同一近的有 5 例，聲母相近的有 13 例。聲母相同的 2 例相諧位置相鄰或相近，一近一同與聲母相近的也多呈現位置相連或接近的情形。聲類部分，舌根音出現的比例最高，聲母相同的 2 例中舌根音有 1 例，一近一同 5 例中舌根音有 4 例，聲母相近 13 例中有 11 例出現舌根音，全部 20 例中有 5 例兩組聲母皆為舌根音。

兩句出現兩個音節相諧，即產生兩次聲母的呼應，這樣的呼應使兩句間的聲音的關聯更緊密，也讓呼應的音節點產生較強的節奏，如〈南園十三首〉之十一：「白履藤〔dʰ-〕鞋收〔ʐ-〕石蜜，手牽苔〔dʰ-〕絮長〔ʐ-〕蒓花。」當讀到第二句的時候，同音節位置出現兩次與第一句相同的聲母，這種呼應便會強化這些頭韻音節的節奏力度，形成輕重交錯的節奏韻律。

四、兩句三處聲母相諧

三處相諧可以造成非常明顯的頭韻效果，尤其在五言之中，相諧音節已超過整句音節的一半以上。以下分聲母兩同一近、一同二近與聲母相近三個部分進行討論。

（一）兩同一近

1、70-1　　　風〔p〕采出〔tɕʰ〕蕭家〔k〕

　　　70-2　　　本〔p〕是菖〔tɕʰ〕蒲花〔x〕（〈梁公子〉）

（二）一同二近

2、48-29　　　匀〔ø〕臉〔l-〕安斜雁〔ŋ-〕，

　　　48-30　　　移〔ø〕燈〔t-〕想夢熊〔ɣ-〕。（〈惱公〉）

3、59-1　　　吳〔ŋ-〕苑〔ʔ-〕曉蒼〔tsʰ-〕蒼，

　　　59-2　　　宮〔k-〕衣〔ʔ-〕水濺〔ts-〕黃。（〈追賦畫江潭苑四

　　　　　　　首〉之一）

（三）聲母相近

4、22-1　　　臘〔l-〕月〔ŋ-〕草〔tsʰ-〕根甜，

　　　22-2　　　天〔tʰ-〕街〔k-〕雪〔s-〕似鹽。（〈馬詩二十三首〉

　　　　　　　之二）

5、69-7　　　胡〔ɣ-〕琴〔gʰ-〕今〔k-〕日恨，

　　　69-8　　　急〔k-〕語〔ŋ-〕向〔x-〕檀槽。（〈感春〉）

　　　三處相諧的有 5 例，皆為五言詩例，皆出現在偶句中，依然以舌根音最多，聲母相近的第 2 例甚至相諧三處皆是舌根音。聲母相近一類在相諧位置上，為緊鄰的三個音節互應；一同二近則為兩音節相連，另一音節隔字相諧；兩同一近的則隔字規律的出現相諧。在頭韻效果上，聲母相同的效果最明顯，位置緊鄰的頭韻效果也最明顯，以上的安排，三個相近的聲母皆緊密並列，兩同一近的反而隔字相諧，這是形成明顯頭韻效果的安排手法。

五、兩句四處聲母相諧

1、63-23　　　豈〔kʰ-〕能〔n-〕忘舊〔gʰ-〕路〔l-〕，

　　　63-24　　　江〔k-〕島〔t-〕滯佳〔k-〕年〔n〕。（〈潞州張大宅

　　　　　　　病酒遇江使寄上十四兄〉）

　　四處相諧有 1 例，爲舌根音與舌尖中音相諧的組合。音節組合形式上，爲二、二音節各自相鄰相諧，相諧的次序爲舌根音、舌尖中音交錯排列，既形成舌根音與舌尖中音舌位的前後交錯變化，也呈現音節間緊密的呼應音效。總結兩句聲母相諧的表現，統計如下：

表 2-7　兩句間的頭韻表現統計表

		詩例	雙唇音	舌尖前音	舌尖中音	舌尖面音	舌面前音（知系）	舌面前音（章系）	舌根音	喉音	零聲母
首尾同聲頂眞		15	1		5		1	2	5	1	
一處聲同相諧	末字	3		1					1	1	
	第 3 字	1						1			
	第 6 字	1							1		
兩處聲同、聲近相諧	聲同	2			1			2	1		
	一同一近	5	1	2					5	2	
	聲近	13	2	3	3		2	2	14		
三處聲同、聲近相諧	兩同一近	1	1						1	1	
	一同二近	2			1	1			2	1	1
	聲近	2		1	1				4		
四處聲同、聲近相諧		1			2				2		
總計		46	5	8	13	0	3	8	36	5	1

　　兩句聲母相諧的頭韻表現共有 46 例：兩句首尾同聲母頂眞的有

15 例；兩句在相同位置相諧造成頭韻效果的部分，以兩處相諧的詩例最多，有 20 例；一處同聲母相諧的有 5 例；三、四處聲同、聲近相諧的各有 5 例、1 例。再就相諧聲類來看，舌根音在表現上與它類聲母形成較大的差距，或許我們可以說，李賀刻意的使用舌根音造成頭韻的主調。又舌尖面音相諧次數爲 0，可見李賀對於這類聲母較無關注。

在相諧位置上，上表僅能顯示一處同音相近的音節點，以末字 3 例（五言 2 例，七言 1 例）爲最多，第三字 1 例（五言），第六字 1 例（七言）。兩處相諧 20 例中以第三字 12 例（含七言 2 例）最多，第一字 8 例（含七言 1 例）次之。三、四處的相諧則詩例少，又相諧點多，較無法看出相諧點的刻意安排，故不論。歸納一處、兩處相諧的音節點，至少可以比較確定的是，李賀在兩句相諧的結構中較偏重在第三音節上形成頭韻效果。

兩句相同位置對應相諧的關係討論結束後，進一步的，當考慮近體詩是一設計精密的音韻結構體，有些無法在單句、兩句中討論的頭韻現象，須置於整首詩中才能討論，故以下以整首詩（或排律中的一個段落）來檢視頭韻的表現。

第五節　李賀近體詩中連環相諧的頭韻表現

皎然《詩議》說：「八病雙枯（拈），載發文蠹，遂有古、律之別。」〔註31〕皎然認爲在八病的探討，與雙拈整體聲律的建構下，近體詩的格律於此完成。近體詩乃以偶句爲基本單位，偶句間又以「相黏」的方式相互連綴，如此往復，遂形成一音韻緊密的整體。故頭韻的表現除了探討單一詩句、兩句間的音韻聯繫外，亦須探討整體的韻律表現。

在探討以兩句爲單位的頭韻表現時，筆者發現有些頭韻現象連

〔註31〕〔唐〕皎然著，許清雲輯校：《皎然詩式輯校新編》（臺北：文史哲出版社，1984 年），頁 3。

絡了數句，形成一個不可分割的韻律網絡，這些頭韻大抵分爲兩種型態：第一種類型是以兩句所形成的頭韻爲基本單位，兩組頭韻共用同一個句子，形成交疊接力的音效。如三句中第一、二句的第二字相諧，緊接著第二、三句的第三字又相諧；第二句既跟第一句有頭韻呼應，也跟第三句有頭韻呼應，這兩組頭韻如接力一般，交疊連續，形成一種一波未平，一波又起的連綿韻律。第二種型態爲，一詩中有一至兩個音節點貫串數句相諧。如一首絕句，四句皆在第二字出現聲母相諧的情形，即在固定音節點上接二連三的出現相諧的聲響效果，形成規律性的頭韻節奏。以上兩種型態，皆連串數句構成一整體性的韻律網絡，筆者名之爲連環相諧。第一種類型以其能形成相疊連綿的頭韻效果，筆者稱之爲連綿型連環相諧；第二種類型以其能造成貫串的頭韻效果，筆者稱之爲貫串型連環相諧。

　　貫串型的連環相諧是在相同的音節點上，連續數句出現聲母的相諧，如此形成聲母在句中的同一個節奏點上連續的呼應的韻律，如〈昌谷北園新筍四首〉之三：「家泉石眼〔ŋ-〕兩三莖，曉看陰根〔k-〕紫脈生。今年水曲〔kʰ-〕春沙上，笛管新篁〔ɣ-〕拔玉青。」這首七言絕句每一句皆在第四個音節以舌根音相諧，產生規律的呼應韻律，強化了第四音節的節拍，形成一種規律的節奏。連綿型連環相諧是以兩句聲母同音節相諧爲韻律單位，彼此交疊，形成三句中有兩組聲母相諧，一組聲母的共鳴一結束另一組的呼應緊接著出現，形成一種一波未平，一波又起的連綿音響效果，如〈馬詩二十三首〉之十八：

38-1	伯	樂	向	前	看〔kʰ-〕
38-2	旋	毛	在	腹〔p-〕	間〔k-〕
38-3	祇	今	掊〔bʰ-〕	白〔bʰ-〕	草
38-4	何	日	驀〔m-〕	青	山

　　這首五絕的第一、二句在第五音節以舌根音相諧,第二、三句緊接著在第四音節出現唇音頭韻,第三、四句又在第三音節出現一次唇音相諧。四句中在三個音節點上出現三次的聲母相諧,讀第一、二句時有一次的聲母相諧,讀到第三句時,在另一個音節點緊接著出現另一次的聲母呼應,讀到第四句時又在另一個音節出現頭韻,如此交疊的、連綿不絕的聲母的迴響,產生一種疊唱的音效,讓人有盈盈於耳的聽覺感受,這種交疊的排列也讓詩歌的整體音韻關係更加緊密。

　　李賀近體詩共 70 首,出現連環相諧的詩有 46 首,佔了 65.7% 的比例。46 首中甚至有通首連環相諧的情況,如〈馬詩〉組詩 23 首中有 7 首,〈南園〉組詩 13 首中有 4 首,及〈昌谷北園新笋四首〉第三首,皆是通首連環相諧。其他如〈竹〉8 句中有 7 句連環相諧,〈追賦畫江潭苑四首〉之三 8 句中有 6 句連環相諧,排律〈惱公〉百句有 9 處連環相諧,〈送秦光祿北征〉44 句中有 4 處連環相諧。這些統計顯示了連環相諧應是賀詩聲母韻律上的一種刻意的安排。

　　以下依連環的句數分作三句、四句、五句、六句、七句五種類別進行討論。各類再依照聲母相諧的組數分成二到八組,如有兩處聲母相諧則為兩組,有三處即為三組。各組中再依連環形式分作連綿型與貫串型兩種。並在詩文的每個相諧點以方框括示,標註聲母音值,最後進行統計分析,探討連環相諧組構的韻律效果。

一、三句聲母連環相諧

(一)二組連環

連綿型

1、〈始為奉禮憶昌谷山居〉

5-1	掃	斷	馬	蹄	痕
5-2	衙	廻	自	閉〔p-〕	門
5-3	長	鎗	江	米〔m-〕	熟〔z-〕
5-4	小	樹	棗	花	春〔tɕ-〕

2、〈始為奉禮憶昌谷山居〉

5-5	向	壁	懸	如	意
5-6	當	簾	閱	角〔k-〕	巾
5-7	犬〔kʰ-〕	書	曾	去〔kʰ-〕	洛
5-8	鶴〔ɣ-〕	病	悔	遊	秦

3、〈馬詩二十三首〉之五

25-1	大	漠	沙	如	雪
25-2	燕	山	月〔ŋ-〕	似	鈎
25-3	何〔ɣ-〕	當	金〔k-〕	絡	腦
25-4	快〔kʰ-〕	走	踏	清	秋

4、〈馬詩二十三首〉之十二

32-1	批	竹	初	攢	耳
32-2	桃〔dʰ-〕	花	未	上	身
32-3	他〔tʰ-〕	時	須〔s-〕	攬	陣
32-4	牽	去	借〔ts-〕	將	軍

5、〈惱公〉

48-33	晚	樹	迷	新	蝶
48-34	殘	蜺	憶	斷	虹〔ɣ〕
48-35	古〔k〕	時	填	渤	澥〔ɣ〕
48-36	今〔k〕	日	鑿	崆	峒

6、〈惱公〉

48-69	褥	縫	篸	雙	綫〔s-〕
48-70	鈎	綯	辮〔bʰ-〕	五	緫〔ts-〕
48-71	蜀	煙	飛〔p-〕	重	錦
48-72	峽	雨	濺	輕	容

7、〈莫種樹〉

58-1	園	中	莫	種〔tɕ-〕	樹
58-2	種	樹〔ʐ-〕	四	時〔ʐ-〕	愁
58-3	獨	睡〔ʐ-〕	南	牀	月
58-4	今	秋	似	去	秋

8、〈潞州張大宅病酒遇江使寄上十四兄〉

63-17	莎〔s-〕	老	沙	雞	泣
63-18	松〔z-〕	乾〔k-〕	瓦	獸	殘
63-19	覺	騎〔gʰ-〕	燕	地	馬
63-20	夢	載	楚	溪	船

9、〈奉和二兄罷使遣馬歸延州〉

67-1	空	留	三	尺	劍
67-2	不〔p-〕	用	一	丸	泥
67-3	馬〔m-〕	向〔x-〕	沙	場	去
67-4	人	歸〔k-〕	故	國	來

10、〈梁公子〉

70-5	御	賤	銀	沫	冷
70-6	長	簟〔dʰ-〕	鳳	窠	斜
70-7	種	柳〔l-〕	營	中	暗〔ʔ-〕
70-8	題	書	賜	館	娃〔ʔ-〕

11、〈出城寄權璩楊敬之〉

1-1	草	暖	雲	昏	萬	里	春
1-2	宮	花〔x-〕	拂	面	送	行	人
1-3	自	言〔ŋ-〕	漢	劍	當	飛〔p-〕	去
1-4	何	事	還	車	載	病〔bʰ-〕	身

12、〈昌谷北園新筍四首〉之一

44-1	籜	落	長	竿	削	玉	開
44-2	君〔k-〕	看	母	筍	是	龍	材
44-3	更〔k-〕	容	一	夜	抽	千〔tsʰ-〕	尺
44-4	別	却	池	園	數	寸〔tsʰ-〕	泥

13、〈昌谷北園新筍四首〉之四

47-1	古	竹	老	梢	惹	碧	雲
47-2	茂〔m-〕	陵	歸	臥	歎	清	貧
47-3	風〔p-〕	吹	千	畝	迎	雨	嘯〔s-〕
47-4	鳥	重	一	枝	入	酒	樽〔ts-〕

14、〈酬荅二首〉之一

51-1	金	魚	公	子	夾〔k-〕	衫	長
51-2	密	裝	腰	鞓	割〔k-〕	玉	方〔p-〕
51-3	行	處	春	風	隨	馬	尾〔m-〕
51-4	柳	花	偏	打	內	家	香

15、〈酬荅二首〉之二

52-1	雍	州〔tɕ-〕	二	月	海	池	春
52-2	御	水〔ɕ-〕	鶒	鷛	暖	白〔bʰ-〕	蘋
52-3	試	問	酒	旗	歌	板〔p-〕	地
52-4	今	朝	誰	是	拗	花	人

貫串型

16、〈馬詩二十三首〉之七

27-1	西	母	酒	將	闌
27-2	東	王〔ɣj-〕	飯	已	乾〔k-〕
27-3	君	王〔ɣj-〕	若	燕	去〔kʰ-〕
27-4	誰	為〔ɣj-〕	捵	車	轅〔ɣj-〕

17、〈馬詩二十三首〉之二十一

41-1	暫〔dzʰ-〕	繫	騰	黃	馬
41-2	仙〔s-〕	人	上	綵	樓〔l-〕
41-3	須〔s-〕	鞭	玉	勒	吏〔l-〕
41-4	何	事	謫	高	州

18、〈惱公〉

48-59	黃	娥	初	出	座〔dzʰ〕
48-60	寵	妹	始〔ɕ〕	相	從〔dzʰ〕
48-61	蠟	淚	垂〔ʑ〕	蘭	燼〔z〕
48-62	秋	蕪	掃	綺	櫳

19、〈送秦光祿北征〉

50-15	風	吹	雲〔vj-〕	路	火
50-16	雪	汗	玉〔ŋ-〕	關〔k-〕	泥
50-17	屢	斷	呼〔x-〕	韓〔ɣ-〕	頸
50-18	曾	燃	董	卓	臍

20、〈送秦光祿北征〉

50-23	桃	花	連	馬	發
50-24	綵	絮	撲	鞍	來〔l-〕
50-25	呵	臂	懸	金〔k-〕	斗〔t-〕
50-26	當	唇	注	玉〔ŋ-〕	罍〔l-〕

21、〈畫角東城〉

53-5	淡	榮	生	寒	日
53-6	鮰	魚〔ŋ-〕	譔	白〔bʰ-〕	濤
53-7	水	花〔x-〕	霧	抹〔m-〕	額
53-8	旗	鼓〔k-〕	夜	迎	潮

22、〈潞州張大宅病酒遇江使寄上十四兄〉

63-1	秋	至	昭	關〔k-〕	後〔ɣ-〕
63-2	當	知	趙	國〔k-〕	寒〔ɣ-〕
63-3	繫	書	隨	短	羽〔vj-〕
63-4	寫	恨	破	長	箋

　　三句中出現兩組連環頭韻的有兩種韻律型態，一種是貫串三句，在同一個音節上形成聲母相諧，產生一種規律的節奏，如〈馬詩二十三首〉之七：「西母酒將闌，東王〔vj-〕飯已乾〔k-〕。君王〔vj-〕若燕去〔kʰ-〕，誰爲〔vj-〕挽車轅〔ɣj-〕。」這首絕句的後三句的第二、五音節以舌根音連續相諧，接二連三的舌根音不斷的呼應，強化了第二、五音節的節奏頓點，使得這三句詩前二後三的節拍更加明顯。除了貫串的韻律外，三句中出現兩組連環相諧還可以形成交疊連綿的韻律，如〈潞州張大宅病酒遇江使寄上十四兄〉：「莎〔s-〕老沙雞泣，松〔z-〕乾〔k-〕瓦獸殘。覺騎〔gʰ-〕燕地馬，夢載楚溪船。」第一、二句「莎」與「松」在第一音節以舌尖中音相諧，緊接著第二、三句「乾」與「騎」與第二音節以舌根音相諧，形成連綿接力的頭韻音效。

　　三句二組連環的有 22 例，連綿型有 15 例（五言 10 例，七言 5 例），貫串型有 7 例（皆爲五言）。連綿型五言 10 例中，相諧位置以

第一字次數最多，有 6 例，其次為第二、五字，有 4 例，其餘諸字皆為 3 次，第一、二、五字皆為五言重要的音節點，在這些音節上聲母相諧，頭韻效果更為明顯；相諧點的位置分布上，10 例中有 3 例位置緊鄰，4 例隔一字相諧，相諧音節點較集中可以形成較明顯的頭韻效果。七言 5 例則有 4 例呈現前後分布，即相諧的兩組分別在第一、二字與第六、七字上，頭韻效果較為薄弱。

貫串型有 7 例，其中 4 例貫串三句的相諧點在第五字上，其餘在第二字的有 2 例，第一、三字各 1 例。相諧點的位置分布上，7 例有 3 例位置緊鄰，2 例隔一字相諧，大抵相諧位置也是較集中的，頭韻效果是比較明顯的。

在聲母類型上，連綿型五言以舌根音 8 組最多，舌尖前音、舌面前音（章系）、雙唇音各 3 組次之，舌尖中音有 2 組，喉音有 1 組；七言雙唇音 4 組最多，舌根音 3 組次之，舌尖前音 2 組，舌面前音（章系）1 組。貫串型舌根音 8 組最多，舌尖前音、舌尖中音各 2 組次之，雙唇音、舌面前音（章系）各 1 組；貫串三句的聲母，舌根音 5 組最多，舌尖前音 2 組，舌尖中音 1 組。又 22 例中有 6 例兩組皆為舌根音，有 1 例兩組皆為舌面前音（章系）。總的來說，舌根音相諧情形最多，共有 19 組，雙唇音、舌尖前音各 7 組次之，其次依序舌面前音（章系）5 組，舌尖中音 4 組，喉音 1 組。貫串三句相諧的聲類，亦以舌根音 5 組最多，舌尖前音 2 組，舌尖中音 1 組。綜上，舌根音為三句二組相諧的主調。

同聲母相諧的部分，22 例中有 9 例出現同聲母的頭韻，其中第 5、11、15、21 四例，兩組聲母中皆出現相同聲母相諧。相同聲母類型以舌根音最多，有 7 組，舌尖前音 3 組次之，舌尖中音、舌面前音（章系）、喉音各 1 組。

（二）三組連環

連綿型

1、〈七夕〉

6-3	鵲	辭	穿	線	月
6-4	花	入	曝〔bʰ-〕	衣	樓
6-5	天	上	分〔p-〕	金〔k-〕	鏡〔k-〕
6-6	人	間	望	玉〔ŋ-〕	鉤〔k-〕

2、〈南園十三首〉之十三

20-3	柳〔l-〕	花〔x-〕	驚	雪	浦
20-4	菱〔l-〕	雨〔ɣ-〕	漲	溪	田〔dʰ-〕
20-5	古	剎	疏	鐘	度〔dʰ-〕
20-6	遙	嵐	破	月	懸

3、〈惱公〉

48-43	限	花	開	兔	徑
48-44	向	壁〔p-〕	印	狐	蹤
48-45	玟〔dʰ-〕	瑁〔m-〕	釘〔t-〕	簾	薄
48-46	琉〔l-〕	璃	疊〔dʰ-〕	扇	烘

貫串型

4、〈南園十三首〉之八

15-1	春	水	初	生	乳	燕	飛
15-2	黃	蜂	小	尾	撲	花	歸〔k-〕
15-3	窗	含	遠〔ɣ-〕	色	通	書〔ç-〕	幌〔ɣ-〕
15-4	魚	擁	香〔x-〕	鉤	近	石〔z-〕	磯〔k-〕

　　三句中出現三組頭韻的比出現兩組的多一組聲母相諧，故韻律效果更為明顯。這一類的形式多為三組頭韻中有兩組出現在相同的兩句中，形成兩句間有兩處頭韻的緊密呼應，另一組相諧聲母則以交疊的形式形成連綿型的連環頭韻。

　　三組連環的有 4 例，連綿型 3 例（皆五言），貫串型 1 例（七言）。連綿型有 2 例頭韻位置相連，1 例兩組相連，1 組隔字；貫串型 1 例二組相連，大體上這兩型的頭韻排列位置還算集中，呼應的音效也較為集中。在位置上，五言中各音節出現頭韻的比例相當，七言三句連貫頭韻的音節位置在末字。聲類方面，以舌根音 5 組最多，舌尖中音 4 組次之，雙唇音、舌面前音（章系）各 1 組。第 1、2 例出現同聲母相諧，分別是舌根音 1 組，舌尖中音 2 組。又四例中皆有 1 組清濁相對的聲母相諧，如第 2、4 例〔ɣ-〕、〔x-〕相諧，第 1 例〔p-〕、〔bʰ-〕相諧，第 3 例〔t-〕、〔dʰ-〕相諧，使得頭韻的呼應更加明顯。

（三）四組連環

連綿型

1、〈馬詩二十三首〉之十

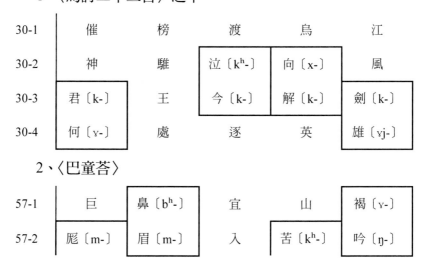

2、〈巴童答〉

57-3	非〔p-〕	君	唱	樂〔ŋ-〕	府
57-4	誰	識	怨	秋	深

貫串型

3、〈送秦光祿北征〉

50-41	內	子	攀	琪	樹
50-42	羌〔kʰ-〕	兒〔n-〕	奏	落	梅
50-43	今〔k-〕	朝〔ṭ-〕	擎	劍〔k-〕	去〔kʰ-〕
50-44	何〔ɣ-〕	日〔n-〕	刺	蛟〔k-〕	迴〔ɣ-〕

　　四組連環相諧有 3 例，連綿型 2 例，貫串型 1 例，皆為五言。排列形式上，有 2 例四組相諧聲母分作兩組兩組各自相連，1 例三組相連，一組隔字相諧。3 例以舌根音 9 組比例最高，雙唇音 2 組，舌面前音（知系）1 組，第 1 例四組皆為舌根音，第 3 例有 1 組聲母相同相諧，亦為舌根音。貫串三句的聲母有舌根音、舌面前音（知系）各 1 組。

　　出現四組連環相諧的，三句中任兩句至少都有兩組聲母相諧，其頭韻效果非常的明顯。這類的三個例子中，〈馬詩二十三首〉之十皆以舌根音來形成頭韻，第二、三句兩組頭韻位置緊鄰，第三、四句兩組頭韻位置一前一後，形成先集中呼應，接著前後呼應的先合後開的頭韻層次。〈巴童苔〉則第一、二句與第二、三句的頭韻位置緊鄰，四組呈現前後兩兩連綿連環的頭韻，且前兩組的連綿頭韻皆為雙唇音相諧，後兩組皆為舌根音相諧，同類聲母連綿相諧，在韻律上呈現出層遞的呼應音響。〈送秦光祿北征〉在第一、二音節處以相諧的聲母貫串三句，連三句的第一音節都是舌根音，第二音節都是舌面前音，舌位前後重複的運動，產生了規律的韻律節奏，後兩句在第四、五音節相諧的兩組舌根音也強調了句尾音節的呼應韻律。

（四）五組連環

連綿型

1、〈南園十三首〉之六

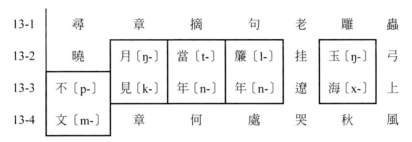

13-1	尋	章	摘	句	老	雕	蟲
13-2	曉	月〔ŋ-〕	當〔t-〕	簾〔l-〕	挂	玉〔ŋ-〕	弓
13-3	不〔p-〕	見〔k-〕	年〔n-〕	年〔n-〕	遶	海〔x-〕	上
13-4	文〔m-〕	章	何	處	哭	秋	風

　　五組連環一類僅有 1 例，為連綿型（七言），五組中有四組出現在兩聯間相鄰的兩句上，藉由大量的聲母相諧，緊密的連結了兩聯的聲音關係，剩餘的一組則與四組形成連綿交疊的韻律。聲類的部分，五組中舌根音與舌尖中音各有 2 組，位於兩聯間相鄰的兩句上，舌尖中音兩組近鄰出現，形成重複的頭韻表現，舌根音兩組一前一後，形成前後呼應的韻律；雙唇音有 1 組，形成了對句的聲母的呼應。

二、四句聲母連環相諧

（一）二組連環

貫串型

1、〈潞州張大宅病酒遇江使寄上十四兄〉

63-7	城	鴉	啼	粉	堞
63-8	軍〔k-〕	吹	壓	蘆	煙
63-9	岸〔ŋ-〕	幘	褰〔kʰ-〕	紗	幌
63-10	枯〔kʰ-〕	塘	臥〔ŋ-〕	折	蓮
63-11	木	窗	銀〔ŋ-〕	跡	畫
63-12	石	磴	水	痕	錢

2、〈昌谷北園新笋四首〉之三

46-1	家〔k-〕	泉	石	眼〔ŋ-〕	兩	三	莖
46-2	曉〔x-〕	看	陰	根〔k-〕	紫	陌	生
46-3	今〔k-〕	年	水	曲〔kʰ-〕	春	沙	上
46-4	笛	管	新	篁〔ɣ-〕	拔	玉	青

　　二組連環有 2 例，五言七言各 1 例。這兩例兩組頭韻皆貫串三句以上形成相諧，皆隔字排列。發音部位相同的聲母在同一個音節位置接二連三的出現，形成規律的重複節奏，加上兩例聲母皆爲舌根音，舌根音在詩中的兩個音節點上重複出現，也形成彼此呼應的效果。

（二）三組連環

連綿型

1、〈示弟〉

2-5	病	骨〔k-〕	猶	能	在
2-6	人	間〔kʰ-〕	底	事	無〔m-〕
2-7	何	須	問	牛〔ŋ-〕	馬〔m-〕
2-8	拋	擲	任	梟〔k-〕	盧

2、〈馬詩二十三首〉之十八

38-1	伯	樂	向	前	看〔kʰ-〕
38-2	旋	毛	在	腹〔p-〕	間〔k-〕
38-3	祇	今	培〔bʰ-〕	白〔bʰ-〕	草
38-4	何	日	蓦〔m-〕	青	山

3〈潞州張大宅病酒遇江使寄上十四兄〉

63-13	旅〔l-〕	酒	侵	愁	肺
63-14	離〔l-〕	歌	繞	懦〔n-〕	絃
63-15	詩	封	兩	條〔dʰ-〕	淚〔l-〕
63-16	露	折	一	枝	蘭〔l-〕

貫串型

4、〈始為奉禮憶昌谷山居〉

5-9	土	甄	封	茶〔dʰ-〕	葉
5-10	山	杯	鎖	竹〔ʈ-〕	根〔k-〕
5-11	不	知〔ʈ-〕	船	上	月〔ŋ-〕
5-12	誰	棹〔dʰ-〕	滿	溪	雲〔ɣ-〕

5、〈馬詩二十三首〉之十三

33-1	寶	玦	誰	家〔k-〕	子
33-2	長	聞	俠	骨〔k-〕	香〔x-〕
33-3	堆	金	買	駿〔ts-〕	骨〔k-〕
33-4	將	送	楚	襄〔s-〕	王〔ɣj-〕

6、〈馬詩二十三首〉之十七

37-1	白	鐵	剉	青〔tsʰ-〕	禾
37-2	硙	間	落〔l-〕	細〔s-〕	莎
37-3	世	人	憐〔l-〕	小〔s-〕	頸〔k-〕
37-4	金	埒	畏	長	牙〔ŋ-〕

7、〈馬詩二十三首〉之二十

40-1	重	圍〔ɣj-〕	如	燕	尾
40-2	寶	劍〔k-〕	似〔z-〕	魚	腸
40-3	欲	求〔gʰ-〕	千〔tsʰ-〕	里	腳〔k-〕
40-4	先	釆	眼	中	光〔k-〕

8、〈惱公〉

48-13	杜	若	含	清〔tsʰ-〕	露
48-14	河〔ɣ-〕	蒲〔bʰ-〕	聚	紫〔ts-〕	茸
48-15	月〔ŋ-〕	分〔p-〕	蛾	黛	破
48-16	花〔x-〕	合	醫	朱	融

9、〈惱公〉

48-97	漢〔x-〕	苑	尋	官〔k-〕	柳
48-98	河〔ɣ-〕	橋	闊	禁〔k-〕	鐘
48-99	月〔ŋ-〕	明	中	婦	覺〔k-〕
48-100	應	笑	畫	堂	空〔kʰ-〕

10、〈謝秀才有妾縞練改從於人秀才留之不得後生感憶座人製詩嘲誚賀復繼四首〉之三

54-1	洞	房	思〔s-〕	不	禁
54-2	蜂	子	作〔ts-〕	花〔x-〕	心
54-3	灰	暖〔n-〕	殘〔dzʰ-〕	香〔x-〕	炷
54-4	髮	冷〔l-〕	青〔tsʰ-〕	蟲	簪

11、〈謝秀才有妾縞練改從於人秀才留之不得後生感憶座人製詩嘲誚賀復繼四首〉之四

55-1	尋	常	輕〔kʰ-〕	宋	玉
55-2	今〔k-〕	日	嫁〔k-〕	文	鴛
55-3	戟〔k-〕	幹〔k-〕	橫〔ɤ-〕	龍	簾
55-4	刀	環〔ɤ-〕	倚	桂	窗

　　三組相諧的有 11 例，皆爲五言，連綿型佔 3 例，貫串型佔 8 例。連綿型 3 例有 1 例三組相連排列，2 例兩組相連，一組隔字相諧。貫串型 8 例中有 7 例爲三句貫串，1 例四句貫串。三組的排列關係上，有 4 例相連排列，4 例兩組相連，一組隔字相諧。大體上，連綿型與貫串型在頭韻位置上也是較集中的，頭韻的音效是集中的。頭韻位置在第四字出現 9 例最多，第五字 8 例次之，第二字 6 例，第三字 5 例，第一字 4 例。

　　四句中有三組相諧的，在韻律的表現上，連綿型的連環相諧由三組頭韻交疊形成，在連綿疊唱的效果上是比兩組交疊更明顯的，如第 3 例〈潞州張大宅病酒遇江使寄上十四兄〉，四句先由前兩句的第一音節「旅」、「離」兩字以〔l-〕形成頭韻，緊接著第二、三句第四音節「懦」〔n-〕、「條」〔dʰ-〕又形成呼應，其後三、四句的第五音節「淚」、「蘭」再以〔l-〕形成頭韻。這種一組聲母呼應剛結束，另一組馬上出現，一而再，再而三的頭韻音響，形成綿密的頭韻聲網，讓頭韻的聲音表現更加綿密、立體。貫串型則以貫串三句以上的那組相諧聲母爲頭韻的主軸，聯繫另外兩組形成彼此呼應的聲音網絡。如第 4 例〈始爲奉禮憶昌谷山居〉四句，前兩句第四音節「茶」〔dʰ-〕、「竹」〔ʈ-〕形成頭韻，緊接著第二、三句第五音節「根」〔k-〕、「月」〔ŋ-〕形成頭韻，其後第三、四句在第二音節緊湊地出現「知」〔ʈ-〕、「棹」〔dʰ-〕的呼應，第五音節「月」〔ŋ-〕、「雲」〔ɤ-〕也再

次出現舌根音的相諧。第五音節連續三個舌根音的相諧形成了頭韻主要的節奏脈絡，並聯繫另外兩組相諧的聲母。

相諧聲類部分，連綿型 3 例，三組相諧聲母皆有兩組為同類，如第 2 例〈馬詩二十三首〉之十八有兩組聲母為雙唇音，一組為舌根音。貫串型 8 例中有 2 例（第 9、11 例）三組聲母皆為舌根音，8 例中有 3 例三組聲母兩組為同類。全部 11 例中，有 7 例出現相同聲母相諧，其中舌根音有 5 組最多，舌尖中音 3 組，舌尖前音 1 組。整體而言，相諧聲母以舌根音 18 組最多，舌尖中音、舌尖前音各 5 組次之，雙唇音 3 組，舌面前音（知系）2 組。

（三）四組連環

連綿型

1、〈同沈駙馬賦得御溝水〉

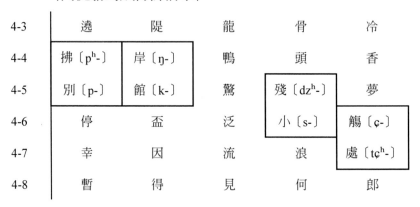

4-3	遶	隄	龍	骨	冷
4-4	拂〔pʰ-〕	岸〔ŋ-〕	鴨	頭	香
4-5	別〔p-〕	館〔k-〕	驚	殘〔dzʰ-〕	夢
4-6	停	盃	泛	小〔s-〕	觸〔ç-〕
4-7	幸	因	流	浪	處〔tɕʰ-〕
4-8	暫	得	見	何	郎

2、〈南園十三首〉之一

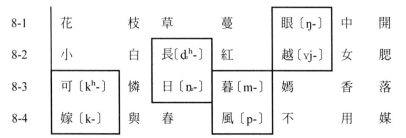

8-1	花	枝	草	蔓	眼〔ŋ-〕	中	開
8-2	小	白	長〔dʰ-〕	紅	越〔vj-〕	女	腮
8-3	可〔kʰ-〕	憐	日〔n-〕	暮〔m-〕	嫣	香	落
8-4	嫁〔k-〕	與	春	風〔p-〕	不	用	媒

3、〈南園十三首〉之三

10-1	竹	裡	繰	絲〔s-〕	挑	網	車
10-2	青	蟬	獨	噪〔s-〕	日	光〔k-〕	斜
10-3	桃	膠〔k-〕	迎〔ŋ-〕	夏	香	琥〔x-〕	珀
10-4	自	課〔kʰ-〕	越〔vj-〕	傭	能	種	瓜

4、〈南園十三首〉之十

17-1	邊〔p-〕	讓	今	朝	憶	蔡	邕
17-2	無〔m-〕	心	裁	曲	臥〔ŋ-〕	春〔tɕʰ-〕	風
17-3	舍	南	有〔ɣ-〕	竹	堪〔kʰ-〕	書〔ɕ-〕	字
17-4	老	去	溪〔k-〕	頭	作	釣	翁

貫串型

5、〈馬詩二十三首〉之十一

31-1	內	馬	賜〔s-〕	宮〔k-〕	人
31-2	銀〔ŋ-〕	韉	刺〔tsʰ-〕	麒〔gʰ-〕	麟
31-3	午〔ŋ-〕	時	鹽	坂〔p-〕	上
31-4	蹭	蹬	淊	風〔p-〕	塵

6、〈馬詩二十三首〉之十九

39-1	蕭	寺〔z-〕	駃	經〔k-〕	馬
39-2	元〔ŋ-〕	從〔dzʰ-〕	竺	國〔k-〕	來
39-3	空〔k-〕	知	有	善〔ʑ-〕	相
39-4	不	解	走	章〔tɕ-〕	臺

7、〈馬詩二十三首〉之二十二

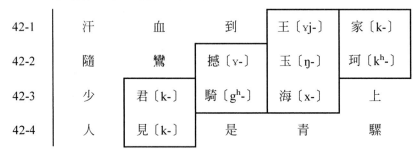

42-1	汗	血	到	王〔vj-〕	家〔k-〕
42-2	隨	鸞	撼〔ɣ-〕	玉〔ŋ-〕	珂〔kʰ-〕
42-3	少	君〔k-〕	騎〔gʰ-〕	海〔x-〕	上
42-4	人	見〔k-〕	是	青	騾

8、〈畫角東城〉

53-1	河	轉	曙	蕭	蕭
53-2	鴉	飛	睥〔pʰ-〕	睨〔ŋ-〕	高
53-3	帆〔bʰ-〕	長	標〔p-〕	越〔vj-〕	甸〔dʰ-〕
53-4	壁〔p-〕	冷	挂	吳〔ŋ-〕	刀〔t-〕
53-5	淡	茱	生	寒〔ɣ-〕	日
53-6	鱸	魚	潠	白	濤

9、〈馮小憐〉

65-3	破	得	春	風	恨
65-4	今〔k-〕	朝	直〔dʰ-〕	幾	錢
65-5	裙〔gʰ-〕	垂〔z-〕	竹〔ȶ-〕	葉	帶
65-6	鬢	濕〔ç-〕	杏〔ɣ-〕	花	煙
65-7	玉	冷	紅〔ɣ-〕	絲	重
65-8	齊	宮	妾	駕	鞍

10、〈南園十三首〉之四

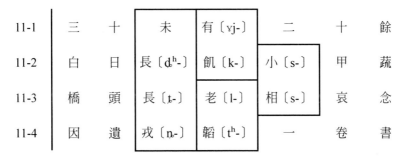

11-1	三	十	未	有〔ɣj-〕	二	十	餘
11-2	白	日	長〔dʰ-〕	飢〔k-〕	小〔s-〕	甲	蔬
11-3	橋	頭	長〔ȶ-〕	老〔l-〕	相〔s-〕	哀	念
11-4	因	遺	戎〔n-〕	韜〔tʰ-〕	一	卷	書

　　四組連環的有 10 例，連綿型有 4 例（五言 1 例，七言 3 例），貫串型有 6 例（五言 5 例，七言 1 例）。在排列形式上，連綿型五言詩 1 例，七言詩 3 例。四句中出現四組連綿型的連環頭韻，其主要的韻律形式為：四句中的某兩句有兩個音節出現頭韻（且多為緊鄰的音節），其餘的兩句間僅出現一個頭韻。如〈同沈駙馬賦得御溝水〉，四句中首兩句的第一、二音節連續出現頭韻，第二、三句緊接著在第四音節出現頭韻，第三、四句在第五音節也接續出現頭韻。頭韻不僅在首兩句出現了兩次，且音節位置相連，形成最顯著的韻律效果，其後兩句又連綿交疊兩次頭韻，形成了疊唱的效果。

　　貫串型 6 例，有 3 例四組位置相連，有 2 例四組中三組位置相連或相疊，有 1 例兩組相連，兩組交疊。整體而言，相諧聲母的分布位置還算集中。這一類的韻律表現主要是，在某個音節點有兩組頭韻連續出現，形成了規律的節奏。另外，相疊在同一音節上的兩組聲母彼此並不呼應，故兩組交替的間隙則由其他音節的頭韻來連綴。如第 6 例〈馬詩二十三首〉之十九，這首絕句在第四音節連續出現兩組頭韻，分別為第一、二句「經」〔k-〕與「國」〔k-〕相諧、第三、四句「善」〔ʑ-〕與「章」〔tɕ-〕相諧，第四音節成為頭韻的韻律節奏點；然而兩組頭韻不同聲類，在第二、三句的韻律便出現貫串韻律的停頓，此時則由第一音節「元」〔ŋ-〕、「空」〔k-〕舌根音的呼應橋接了這個停頓點，使得四句間的頭韻呈現一網狀結構，聲音呼應的表現更富層次。

　　不管是連綿型或是貫串型，聲母依然以舌根音最多，相諧的 40 組聲母中舌根音有 20 組，其次雙唇音 6 組，其次舌尖前音 5 組，舌面前音（章系）4 組，舌面前音（知系）3 組，舌尖中音 2 組。每例四組中，舌根音多佔兩組以上，第 7 例甚至四組皆為舌根音，貫串三句以上相諧的也皆為舌根音。相同聲母的頭韻部分，第 3、5、6、7、9、10 六例皆出現相同聲母相諧的頭韻表現，共有 7 組，舌根音佔 4 組，舌尖前音有 2 組，雙唇音 1 組，以上這些相同聲母所形成的呼應效果是最強烈的。除了同聲母的頭韻表現，各組中相諧的聲母也出現高度的相似性，如有 5 組頭韻為送氣與不送氣的相諧，如第 2、3、7 例的見母〔k-〕與溪母〔kʰ-〕，第 1、8 例的幫母〔p-〕與滂母〔pʰ-〕；另外還有 7 組聲母清濁相諧，如第 5 例的見母〔k-〕與羣母〔gʰ-〕；第 8 例的幫母〔p-〕與並母〔bʰ-〕、端母〔t-〕與定母〔dʰ-〕；第 9 例的見母〔k-〕與羣母〔gʰ-〕、知母〔ȶ-〕與澄母〔ȡʰ-〕、書母〔ç-〕與禪母〔z-〕；第 10 例的知母〔ȶ-〕與澄母〔ȡʰ-〕。

　　以上這些相諧的聲母，在聲音表現上是非常的接近，聲音越接近，產生共鳴的效果越清楚，頭韻所形成的聲音網絡便更加顯著。然而若頭韻的聲母完全相同的數量太多，則顯得刻意而呆板，若相應的聲母在發音方法上有些許的差異，如送氣與不送氣呼應，則不僅有明顯的頭韻效果，也產生了同中有異的變化音效。從這統一與變化的聲音調配，可以看出李賀對頭韻音效的精細安排。

三、五句聲母連環相諧

（一）二組連環

貫串型

1、〈追賦畫江潭苑四首〉之四

62-3	練	香	燻	宋	鵲
62-4	尋	箭	踏	盧〔l-〕	龍
62-5	旗	濕	金〔k-〕	鈴〔l-〕	重
62-6	霜	乾	玉〔ŋ-〕	鐙〔t-〕	空
62-7	今	朝	畫〔ɣ-〕	眉	早
62-8	不	待	景〔k-〕	陽	鐘

　　五句二組連環僅五言詩 1 例，爲貫串型。頭韻位置爲第三、四字，聲母類別爲舌根音與舌尖中音，舌尖中音有相同聲母相諧的情形。此例的頭兩句爲第四音節的頭韻呼應（「盧」與「鈴」），接著第二、三句在第三、四音節各出現了一組頭韻，在第四音節形成連續三次舌尖中頭韻的貫串音效，也開啓了第三音節的連串相諧，兩組貫串的韻律在此交疊，如接力一般，接續形成貫串的節奏。

（二）三組連環

貫串型

1、〈過華清宮〉

7-3	雲	生	朱	絡	暗
7-4	石	斷	紫	錢〔dzʰ-〕	斜
7-5	玉〔ŋ-〕	椀	盛	殘〔dzʰ-〕	露
7-6	銀〔ŋ-〕	燈	點	舊〔gʰ-〕	紗
7-7	蜀	王	無	近〔gʰ-〕	信
7-8	泉	上	有	芹〔gʰ-〕	芽

2、〈惱公〉

48-22	休	開	翡	翠	籠
48-23	弄	珠	驚	漢〔x-〕	燕
48-24	燒	蜜	引	胡〔ɤ-〕	蜂〔pʰ-〕
48-25	醉	纈	抛	紅〔ɤ-〕	網〔m-〕
48-26	單	羅	挂〔k-〕	綠	蒙〔m-〕
48-27	數	錢	教〔k-〕	姹	女
48-28	買	藥	問	巴	賨

　　三組連環的有五言兩例，皆爲貫串型，第 1 例在第四字，第 2
例在第四、五字形成連續的頭韻相諧。聲母類別以舌根音 4 組最多，
雙唇音、舌尖前音各 1 組。二例皆有相同的聲母相諧，第 1 例〈過
華清宮〉甚至三組皆同，同聲母的聲類有舌根音 4 組，雙唇音、舌
尖前音各 1 組。

　　這一類相同聲母相諧的比例很高，形成的頭韻效果當然最明
顯，如第 1 例〈過華清宮〉三組頭韻皆爲同聲母，五句的頭兩句在
第四音節先以舌尖濁塞擦音〔dz-〕形成呼應，接著第二、三句在第
一音節以舌根鼻音〔ŋ-〕相諧，最後三句又在第四音節形成舌根濁
塞音〔gʰ-〕的頭韻。同聲母形成的頭韻音效相當顯著，兩組頭韻在
第四音節上相疊出現，形成每句第四音節的連續聲母呼應的節奏，
而第一音節的頭韻起了連綴第四音節兩組頭韻的效果。第 2 例〈惱
公〉的三組相諧也都出現相同的聲母，五句中，先以舌根擦音在第
四音節出現連續兩次的呼應，在第二次呼應的同時，第五音節也以
雙唇音連續兩次形成貫串的音效，在第二次以雙唇鼻音的共鳴結束
之際，第三音節以舌根塞音緊接形成頭韻。這三個頭韻的音節點緊

鄰，產生集中的音響效果，且貫串與連綿音效同時進行，在整體音效上形成更多的層次感。

（三）四組連環

貫串型

1、〈王濬墓下作〉

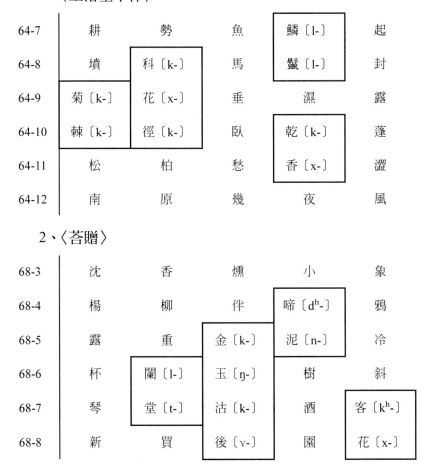

2、〈苔贈〉

　　四組連環有五言 2 例，皆爲貫串型，第 1 例在第二、四字，第 2 例在第三字，形成連續的頭韻表現。聲母皆以 k 組聲母爲主調，有 5 組，其次 t 組聲母 3 組。第 1 例有兩組同聲母相諧的情況，一爲舌根

音，一爲舌尖中音。

　　五句中出現四組連環相諧，頭韻的密度更高，所形成貫串或連綿疊唱的韻律更爲顯著。如第 2 例〈莟贈〉，五句中的第二到第四句，在第三音節處連續以舌根音相諧，形成頭韻的規律節奏點。以這個音節點爲主要的節奏脈絡，在第一、二句第四音節交疊了舌尖中音頭韻，第三、四句第二音節又同時出現舌尖中音頭韻，第四、五句第五音節也同時出現舌根音頭韻，除了貫串四句的這組頭韻，其他三組以連續交疊的形式形成疊唱連綿的音效，在頭韻的聲音表現上是非常豐富且多層次的。

（四）六組連環

　　五組連環沒有詩例，故直接討論六組連環。

貫串型

1、〈追賦畫江潭苑四首〉之一

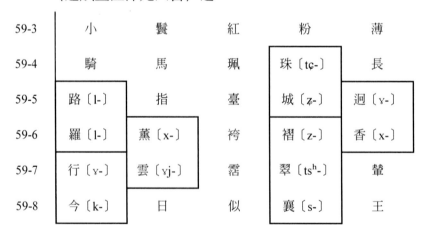

59-3	小	鬟	紅	粉	薄
59-4	騎	馬	珮	珠〔tɕ-〕	長
59-5	路〔l-〕	指	臺	城〔ʑ-〕	迴〔ɣ-〕
59-6	羅〔l-〕	薰〔x-〕	袴	褶〔ʑ-〕	香〔x-〕
59-7	行〔ɣ-〕	雲〔vj-〕	霑	翠〔tsʰ-〕	輦
59-8	今〔k-〕	日	似	襄〔s-〕	王

　　六組連環的有五言 1 例，爲連貫型，在第一、四字上連續相諧，以三組、三組各自相連，形成兩道較明顯的相諧脈絡。六組中舌根音最多，佔了三組，舌尖前音、舌尖中音、舌面前（章系）各一組，其中舌尖中音有 1 組相同聲母相諧。

　　五句中出現六組頭韻，此例又是五言詩，字數少，呼應的聲母多，頭韻所形成的呼應網絡更爲密集。五句的頭韻的層次爲，先是第四音節一組舌面前音的呼應，接著在第一、五音節各出現一組舌尖中邊音與舌根擦音的頭韻，接著在第二、四音節各出現舌根擦音及舌尖中音的頭韻，最後在第一、四音節各出現舌根音及舌尖中音的頭韻。上列四個呼應的層次中，舌根音的頭韻在三個層次中連續出現，然而出現的音節位置不同，讓人聽到不斷有舌根音的相諧，又不在固定的節奏點上，使人有舌根音的頭韻不斷在句中迴盪的感覺。另外，舌尖中音在第四音節連續兩次形成呼應，這兩次的呼應，同時出現兩次舌根音的頭韻，然而兩個舌根音頭韻一個在第二音節，一個在第一音節，呈現錯落的排列，反襯出兩次舌尖中音相諧的整齊貫串，也使得舌尖中音的貫串節奏更爲顯著。

四、六句聲母連環相諧

（一）五組連環

貫串型

1、〈惱公〉

48-53	龜〔k-〕	甲	開	屛〔bʰ-〕	澀
48-54	鵝〔ŋ-〕	毛	滲	墨〔m-〕	濃
48-55	黃〔ɣ-〕	庭	留	衛〔vj-〕	瓘
48-56	綠	樹〔z-〕	養	韓〔ɣ-〕	馮
48-57	雞	唱〔tɕʰ-〕	星	懸〔ɣ-〕	柳〔l-〕
48-58	鴉	啼	露	滴	桐〔dʰ-〕

2、〈惱公〉

48-79	使	君	居	曲	陌
48-80	園〔vj-〕	令	住	臨	卬
48-81	桂〔k-〕	火	流	蘇	暖〔n-〕
48-82	金〔k-〕	爐	細	炷	通〔tʰ-〕
48-83	春	遲〔ḑ-〕	王	子	態〔tʰ-〕
48-84	鶯	囀〔ṭ-〕	謝〔z-〕	娘	慵〔ʑ-〕
48-85	玉	漏	三〔s-〕	星	曙〔ʑ-〕
48-86	銅	街	五	馬	逢

　　五組連環有五言 2 例，皆為貫串型，各在第一、四音節，第一、五音節上有連貫的相諧，聲母類別較多元。聲母中出現同聲母相諧的情形，第 1 例有 1 組（舌根音），第 2 例有 3 組（舌根音、舌尖中音、舌面前音（章系））。聲母類別以舌根音三組最多，舌尖中音、舌面前音（章系）2 組次之，雙唇音、舌尖前音、舌面前音（知系）各 1 組。

　　六句中出現五組連環，且每一例中都有兩組是貫串三句的頭韻，貫串所形成的規律的節奏當然是很明顯的，兩組貫串頭韻接力出現呈現的變化節奏也是十分清楚的。如第 1 例〈惱公〉，頭韻的層次為：首先是第一、四音節分別為舌根音、雙唇音頭韻，接著是第一音節舌根音再次的相諧，接著是第四音節舌根擦音的頭韻，其後是第二舌面前音的頭韻及第四音節舌根擦音再一次的相諧，最後是第五音節舌尖前音的頭韻。從上列的層次中可看出，連續頭韻產生的貫串音效先是在第一音節出現，緊接著在第四音節出現，產生兩段不同的節奏韻律。

（二）六組連環

連綿型

1、〈追賦畫江潭苑四首〉之三

61-3	鞦〔tsʰ-〕	垂	粧	鈿	粟
61-4	箭〔ts-〕	簾〔bʰ-〕	釘〔t-〕	文	牙
61-5	矗	矗〔bʰ-〕	啼〔dʰ-〕	深〔ɕ-〕	竹
61-6	鵁〔k-〕	鵲	老〔l-〕	濕〔ɕ-〕	沙
61-7	宮〔k-〕	官	燒	蠟	火〔x-〕
61-8	飛	爐	汗	鉛	華〔ɣ-〕

　　六組連環有五言1例，主要以連綿韻律爲主，貫串三句的只有1組，兩種韻律相較之下，貫串主軸不明顯，故歸於連綿型。六組排列方式主要是並聯接續，如階梯狀。聲母的類別較爲多元，同聲母相諧的有〔bʰ-〕、〔k-〕、〔ɕ-〕三類各1組，〔ts-〕與〔tsʰ-〕只送氣與否的差別，〔t-〕與〔dʰ-〕、〔x-〕與〔ɣ-〕只清濁的差別，整體相諧程度極高。

　　六組頭韻，除了貫串三句的一組外，其他五組聲音十分的相近（有三組相同），如此頭韻的音效當然更明顯。此例的頭韻層次爲：先是第一音節舌尖塞擦音的相諧，接著是第二、三音節雙唇濁塞音及舌尖前音的頭韻，接著是第三、四音節舌尖前音及舌面前擦音的相諧，其後是第一音節舌根清塞音的頭韻，最後是第五音節舌根擦音的相諧。頭韻的排列大致呈現階梯狀的排列，形成連綿疊唱的音效。

（三）八組連環

　　七組連環沒有詩例，故直接討論八組連環。

貫串型

1、〈送秦光祿北征〉

50-27	清〔tsʰ-〕	蘇	和〔ɣ-〕	碎	蟻
50-28	紫〔ts-〕	膩	卷〔k-〕	浮〔bʰ-〕	盃〔p-〕
50-29	虎〔x-〕	鞞	先〔s-〕	蒙〔m-〕	馬〔m-〕
50-30	魚〔ŋ-〕	腸	且〔tsʰ-〕	斷	犀
50-31	趁〔tsʰ-〕	趕	西〔s-〕	旅	狗〔k-〕
50-32	蹙〔ts-〕	頵	北	方	奚〔ɣ-〕

　　八組連環有 1 例，雖以兩句相諧為主要類型，然在第一、三字的位置有明顯的連續貫串相諧，故歸於貫串型。聲母以舌尖前音最多，8 組中有 3 組，其中一組貫串四句，有 2 組聲母為送氣〔tsʰ〕與不送氣〔ts〕的相諧，1 組為〔tsʰ〕、〔s〕交錯互諧。其次，舌根音相諧有 3 組，雙唇音有 2 組。

　　六句中出現八組頭韻，頭韻的密度相當高，八組頭韻形成的整體音效也相當綿密豐富。此例的頭韻層次為：先是在第一、三音節舌尖塞擦音及舌根音的呼應，其次第四、五音節兩組雙唇音相諧，其後是第一、三音節舌根音、舌尖中音的頭韻，接著第三音節再一次舌尖中音的呼應，最後是第一、五音節舌尖塞擦音及舌根音的相諧。從以上的層次中，第一音節與第三音節不斷的出現頭韻音響，使這一段詩文的呼應音響在這兩個音節點上不斷被強調，五言詩句式為上二下三的節奏，第一、三音節為上二下三兩段音組的開頭，如此形成上二下三音組開頭強化的規律節奏。

五、七句聲母連環相諧

（一）六組連環

　　七句連環僅六組聲母連環相諧一例。

連綿型

1、〈竹〉

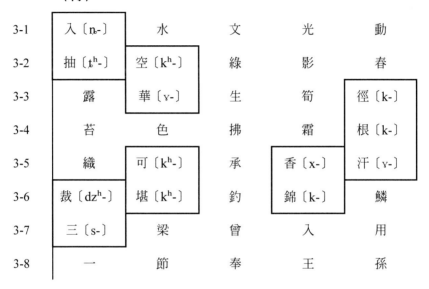

3-1	入〔n̠-〕	水	文	光	動
3-2	抽〔tʰ-〕	空〔kʰ-〕	綠	影	春
3-3	露	華〔ɣ-〕	生	筍	徑〔k-〕
3-4	苔	色	拂	霜	根〔k-〕
3-5	織	可〔kʰ-〕	承	香〔x-〕	汗〔ɣ-〕
3-6	裁〔dzʰ-〕	堪〔kʰ-〕	釣	錦〔k-〕	鱗
3-7	三〔s-〕	梁	曾	入	用
3-8	一	節	奉	王	孫

　　此例以兩句相諧為主體，又有七句之多，故儘管有一組三句連貫的相諧，然而貫串效果不明顯，故將此例歸為連綿型。七句連環只有1例，排列形式為四組在第一、二音節處交疊相諧，另兩組在四、五音節處交疊相諧。聲母類型以舌根音為相諧的主調，6組中佔了4組，其餘舌尖前音1組，舌面前音（知系）1組，同聲母相諧的有舌根音2組。

　　此例的頭韻層次為：先是第一音節舌面前音的相諧，接著是第二音節舌根音的呼應，接著是第五音節舌根塞音的頭韻，接著第五音節再次舌根音相諧，其後第二、四音節出現兩組舌根音頭韻，最後結束在第一音節舌尖前音的相諧。頭韻的音節位置，如回文的形式，從第一音節開始，漸進至第五音節，最後又回到第一音節上如此形成遞進連綿的回環音效；又除了第一音節的兩組頭韻，其他音節都是舌根音的相諧，如此形成舌根音迴盪的音效。這些頭韻的安排構成了綿密、立體的聽覺感受。

六、綜合討論

　　以上爲連環相諧的表現樣態，接著要綜合討論的是：各類型的數量及組合形式，整體聲母的表現及頭韻音節位置的安排，同聲母相諧及貫串三句以上相諧的聲母表現情形。

（一）連環相諧各類型的數量及組合形式

　　先就各類型出現的次數及排列的類型進行統計，如下表：

表 2-8　李賀近體詩連環相諧的類型統計表

		3 句	4 句	5 句	6 句	7 句	組別小計
2 組	連綿型	15	0	0			15
	貫串型	7	2	1			10
3 組	連綿型	3	3	0			6
	貫串型	1	8	2			11
4 組	連綿型	2	4	0			6
	貫串型	1	6	2			9
5 組	連綿型	1			0		1
	貫串型	0			2		2
6 組	連綿型			0	0	1	1
	貫串型			1	1	0	2
7 組	連綿型						0
	貫串型						0
8 組	連綿型				0		0
	貫串型				1		1
詩例次數		30	23	6	4	1	64

　　連環相諧串聯的句數以三句（30 例）、四句（23 例）連環爲主，其中又以三句二組 22 例最多，四句三組 11 例，四句四組 10 例次之。相諧組數以 2 組相諧 25 例最多，其次 3 組 17 例與 4 組 15 例。三句連環者以連綿型爲主要的相諧形式，相諧組數以二組連環最多；四

句以上的則以貫串型爲主要的相諧形式，三組、四組連環的情形較多。

（二）連環相諧整體聲母的表現及頭韻音節位置的安排

先就頭韻的聲母類別進行統計，如下表：

表 2-9　連環相諧聲母類別統計表

聲母類別	雙唇音	舌尖前音	舌尖面音	舌尖中音	舌面前音（知系）	舌面前音（章系）	舌根音	喉音	零聲母
出現組數	28	25	0	25	8	14	101	1	0

由上表可知，舌根音在連環相諧中佔有絕對優勢，有 101 組，其次依序爲雙唇音 28 組、舌尖前音 25 組、舌尖中音 25 組，舌面前音（章系）14 組，舌面前音（知系）8 組，喉音 1 組。舌尖面音、零聲母皆無詩例。舌尖前音、舌尖中音在單句與兩句的頭韻中是常出現的聲類，雙唇音在連環相諧中才有較顯著的表現。例子中各組皆爲同類聲母者也以舌根音最多，有 12 例，分別爲三句兩組 6 例，三句四組 1 例，四句兩組 2 例，四句三組 2 例，四句四組 1 例。除了舌根音，舌面前音（章系）在三句兩組中也有 1 例。總的來說，舌根音在各類連環中皆爲相諧的主調，甚至相諧的整個音段皆爲舌根音的旋律。

接著再就相諧位置，來看賀詩頭韻現象的主要音節位置。以下分五言、七言兩類，以相諧組數爲統計單位，如下表：

1、五　言

表 2-10　五言詩連環相諧音節位置統計表

音節位置	第一字	第二字	第三字	第四字	第五字
組　　數	35	28	27	44	36

2、七　言

表 2-11　七言詩連環相諧音節位置統計表

音節位置	第一字	第二字	第三字	第四字	第五字	第六字	第七字
組　　數	6	4	5	4	3	7	3

　　五言詩出現最多相諧組數的音節點在第四字，有 44 組，其次為第五字 36 組，第一字 35 組。七言則以第一字 6 組，及第六字 7 組較為明顯。由上可知，連環相諧中，李賀頭韻最常出現的音節點在五字中的第四字，其次為第一、五字，第一、五字為一句的開頭與結尾音節，在這兩個音節上所形成頭韻是最明顯的；又出現在第四音節的頭韻最多，第五音節為押韻所在，如在第四音節形成聲母的相諧，接著在第五音節又有韻母的呼應，如此聲音呼應的層次更為豐富；七言方面則為第一字及第六字，然而七言詩例較少，各音節點的組數差距不大，較難斷定是否為李賀慣用的頭韻音節。

（三）連環相諧同聲母相諧及貫串三句以上相諧的聲母表現情形

　　同聲母相諧以相同的聲母同音節位置重複出現，形成清楚的頭韻呼應；貫串三句以上則以同類聲母接二連三的不斷在同音節出現形成明顯的頭韻，這兩種表現都可產生非常明顯的頭韻效果。首先就出現相同聲母相諧的組數進行統計：

表 2-12　連環相諧出現相同聲母相諧統計表

聲母類別	雙唇音	舌尖前音	舌尖中音	舌尖面音	舌面前音（知系）	舌面前音（章系）	舌根音	喉音	零聲母
總計組數	4	7	10	0	0	3	32	1	0

| 聲母音值及數量 | p-1 組
bʰ-2 組
m-1 組 | tsʰ-1 組
dzʰ-2 組
s-4 組 | tʰ-1 組
dʰ-1 組
l-8 組 | | | ç-1 組
z-2 組 | k-17 組
kʰ-1 組
gʰ-1 組
ŋ-3 組
x-1 組
ɣ-6 組 | ʔ-1 組 | |

　　相同聲母相諧以舌根音數量最多，有 32 組，其次依序爲舌尖中音 10 組，舌尖前音 7 組，雙唇音 4 組，舌面前音（章系）3 組，喉音 1 組。出現最多的聲母爲見母〔k-〕17 組，其次來母〔l-〕8 組，其次匣母、云母〔ɣ-（ɣj-）〕6 組。見母爲舌根不送氣清塞音，見母的頭韻形成舌根爆發音的呼應；來母爲舌尖中邊音，是輔音中響度最大的，其頭韻的響度較大；匣、云母爲舌根濁擦音其頭韻形成的舌根較爲響亮的摩擦音。接著就貫串三句以上的相諧情形討論：

表 2-13　連環相諧貫串三句以上的聲類統計表

	雙唇音	舌尖前音	舌尖中音	舌面前音（知系）	舌面前音（章系）	舌根音	小計
連貫 3 句		4	4	2		24	34
連貫 4 句		2				4	6
總計	0	6	4	2	0	28	40

　　以上統計可知，連續三句相諧的情形有 34 例，四句的有 6 例。三句相諧的以舌根音 24 例最多，遠勝其他聲類的數量；四句相諧亦以舌根音 4 例最多。舌根音在相同音節不斷的出現，形成規律的呼應節奏。

　　綜上，連環相諧以三句、四句連環爲主，三句連環以連綿型爲主要的相諧形式，相諧組數以二組連環最多；四句以上則以貫串型爲主，三組、四組連環的情形較多。連環相諧的頭韻位置，五言以第四字最多，其次爲第一、五字；七言則以第一字及第六字爲多。舌根音在各類連環中皆爲相諧的主調，202 組的相諧聲母中，就佔

了 101 組，其次依序爲雙唇音 28 組、舌尖前音 25 組、舌尖中音 25 組，舌面前音（章系）14 例，舌面前音（知系）8 例。相同聲母相諧亦以舌根音數量最多，有 32 組，其次爲舌尖中音 10 組，舌尖前音 7 組，雙唇音 4 組。又見母〔k-〕是舌根音中出現最多的聲母，32 組中佔了 17 組；其次爲舌尖中音 10 組中佔了 8 組的來母〔l-〕。

第六節　小　結

　　本章探討李賀近體詩聲母的韻律表現，主要討論聲母相諧的頭韻現象。在進行頭韻探析之前，先以發音部位、發音方法、清濁情形觀察李賀近體詩聲母的整體表現，探求整體聲母的主要調性。在此主要的旋律中，進行單句相諧、兩句相諧及連環相諧三種頭韻形式的探討。以下將本章各節的討論進行歸整，並詮釋李賀近體詩頭韻現象的韻律表現。

一、李賀近體詩整體聲母的音響效果

　　在發音部位上，以舌根音比例最高，佔 28.7%，其次舌面前音 16.9%，其次舌尖中音 15.6%，比例最低的是舌尖面音，僅佔 3.2%。就發音方法來看，塞音字比例最高，佔 39.9%，幾乎每五個字就有兩個字是塞音，其次是擦音，佔 25.3%，比例最低的是邊音，佔 6.9%。就清濁來看，清音比例最高，佔 51.1%，濁音佔 25.8%，鼻音、邊音和半元音佔 22.9%最低。又清音中，不送氣清音比例最高，佔清音總數的 53.2%。37 個聲母的數量比例，前五名依序爲見母、匣（云）母、來母、心母、明（微）母。舌根不送氣清塞音的見母佔 9.6%，約每十個字即有一字是見母，其次匣（云）母佔 6.8%，比例最低三母爲俟母 0%、徹母 0.1%，莊母 0.3%。

　　由以上數據得知，李賀近體詩整體聲母，在發音部位以舌根音爲多，發音方法以氣流強烈而短暫的塞音爲主，清濁方面則以響度最低的清音爲主。字母方面以舌根不送氣清塞音的見母字數量最多，舌根

濁擦音匣（云）母字次之，字數最少的爲舌面前送氣清塞音之徹母、
舌尖面濁擦音之俟母、舌尖面不送氣清塞擦音之莊母。

二、頭韻的聲類表現

　　頭韻現象是相同或相類的聲母相諧所形成的韻律效果，下表爲三
種頭韻類型的聲母表現：

表 2-14　三種頭韻類型的聲類表現統計表

	雙唇音	舌尖前音	舌尖中音	舌尖面音	舌面前音（知系）	舌面前音（章系）	舌根音	喉音	零聲母
單句相諧出現組數	5	15	12	0	0	4	57	1	1
兩句相諧出現組數	5	8	13	0	3	8	36	5	1
連環相諧出現組數	28	25	25	0	8	14	101	1	0
總計	38	48	50	0	11	26	194	7	2
百分比	10.1	12.7	13.3	0	2.9	6.9	51.5	1.9	0.5

　　從上表的統計可知，舌根音表現最明顯，在三類頭韻類型中都
是絕對優勢。舌根音在整體聲母比例中佔 28.7%，然在頭韻現象中
竟佔了 51.5%，可見舌根音呈現較緊密的音韻呼應，可以說是李賀
較爲刻意的頭韻聲類的安排。

　　其次，相同聲母相諧是一種清楚的頭韻安排，兩句以上（含兩
句）出現相同聲母相諧的，舌根音有 41 組，舌尖中音有 16 組，舌
面前音（章系）有 10 組，舌尖前音 8 組，喉音 6 組、雙唇音 6 組，
零聲母、舌面前音（知系）各有 1 組，舌尖面音 0 組。舌根音依然
佔有絕對優勢，可看出舌根音在頭韻表現中的，絕非偶然相諧，乃
是有意的安排。相同聲母相諧又以舌根音見母 24 組最多，舌尖中
音來母有 10 組次之，舌根音匣（云）母有 9 組再次之，這也符合

了聲母整體統計的前五名（見母、匣（云）母、來母、心母、明（微）母）的數量。其中較特別的是心母字同聲母相諧只 5 組，反而僅佔 3.46%的禪母有 6 組同聲相諧。

　　由上可知，舌根音在相同或相類聲母形成的頭韻上，都佔了絕對優勢，舌根音的頭韻表現爲李賀刻意的安排是可以肯定的。其次，相同聲母的頭韻現象，大抵與聲母整體統計的各母數量成正比，字母數量越多的，同聲相諧的情況越多。然而禪母字數量不多，卻有 6 組的同聲相諧，也可說是李賀刻意的安排。

三、頭韻的形式表現

（一）頭韻類型

　　頭韻現象的類型有單句相諧、兩句相諧、連環相諧三種。單句相諧部分有 95 句，佔了總體詩句的 17.7%；95 句中以一句三個字相諧的情形最多，佔 72.6%；相諧詩文的排列關係以不完全連續的情形最多，佔 66.3%，其次連續排列 23.1%，其次間隔排列 10.5%。

　　兩句相諧共有 46 例，分爲兩部分，一爲首尾同聲母頂眞相諧 15 例，一爲相同音節聲母相諧 31 例。首尾同聲母頂眞相諧僅 15 例，共 30 句，佔總體詩句的 5.6%，比例不高，不是李賀著重的頭韻形式。同音節聲母相諧以兩處音節相諧的 20 例最多，且五言詩相諧的兩個音節點多相連或隔一字相諧，形成較集中的頭韻效果，七言詩例過少，故不論。

　　連環相諧共有 64 例，五言 53 例，七言 11 例，爲三種頭韻形式中表現最突出的一種。李賀近體 70 首詩有 46 首出現連環相諧，佔整體的 65.7%，46 首中又有 12 首通首連環相諧，長律則有多處連環相諧。相諧句數以三句連環 46.8%最多，四句 35.9%其次，兩者加總佔了整體的 82.7%，是主要的連環相諧的形式。相諧組數，三句連環以 2 組聲母相諧最多，佔三句連環的 73.3%，四句連環以 3 組、4 組相諧兩類爲主，各佔四句連環的 47.8%、43.4%。連環形

式又分爲連綿型與貫串型，連綿型以兩句相諧爲單位，交疊接力相諧，形成連綿疊唱的韻律效果；貫串型爲在固定音節點上，接二連三的出現相諧的聲響效果，形成規律的頭韻節奏。三句連環以連綿型爲主，四句以上則主要是貫串型。在相諧各組的分布位置上，各組間多爲相連或隔一字相諧，頭韻表現較爲集中。

（二）相諧音節位置

以下爲五言詩與七言詩，相諧聲母出現的音節位置的組數統計。

1、五　言

表2-15　五言詩頭韻音節位置統計表

音節位置	第一字	第二字	第三字	第四字	第五字
兩句相諧組數	13	10	14	8	10
連環相諧組數	35	28	27	44	36
總計	48	38	41	52	46

2、七　言

表2-16　七言詩頭韻音節位置統計表

音節位置	第一字	第二字	第三字	第四字	第五字	第六字	第七字
兩句相諧組數	1	1	2	0	1	2	2
連環相諧組數	6	4	5	4	3	7	3
總計	7	5	7	4	4	9	5

從統計中可知，五言詩頭韻出現頻率最高的位置在第四字，其次第一字，其次第五字。一詩中的奇數句與偶數句，末字（第五字）通常一押韻，一不押，這形成了聲音的變化性。若末字在聲母上相諧，則可形成統一性的音響效果，變化與統一的調和便是和美的樂

音。五言詩以五字爲一語流單位，第一字爲一段語流的第一個聲響，在音效上不容易受到其他音節聲音的影響，在此音節上設置頭韻，效果上可以得到強化。總之，第四字與第五字是能與押韻相互調和的頭韻表現，第一字的頭韻則能得到強化的效果。

　　七言詩頭韻出現頻率最高的位置在第六字，其次第一字，其次第三字。第六字與上述五言的第四字的效果相同，皆可與押韻相互調和，形成變化與統一的和諧。七言第一字與五言第一字的效果相同，爲語流最開頭的音響，可強化頭韻效果。又七言詩的節奏形式爲四三，即上半截是四言結構，下半截是三言結構，上半截與四言詩形式相同，下半截與三言詩形式相同。四言詩的節奏形式爲二二，三言詩的節奏形式爲二一〔註32〕，故七言節奏又可再細分爲二二二一，即七言第三字爲每一句的第一個停頓點後的起始音節，在頭韻效果上與第一字有相同的效果，只是程度上較第一字爲弱。

　　綜上所述，李賀五言與七言詩的頭韻較多安排在開頭音節與結尾音節上，開頭形成強化的頭韻音效，結尾可與押韻調和，形成變化中有統一的和諧韻律。

四、關於舌根音與見母字頭韻的討論

　　以上爲李賀近體詩的聲母韻律表現，有一個現象要繼續討論的是：舌根音是李賀整體聲母與頭韻表現的強勢聲類，又見母字是聲母中數量最多，頭韻表現最明顯的聲母，是否可以此斷定運用舌根音（尤其是見母字）形成頭韻，是李賀頭韻韻律的表現特色？

　　關於這個問題，若對照李賀同一語音時期的唐宋其他詩、詞人的音韻特色，或許可以獲得較適當的解釋。前賢的對唐宋詩、詞人的音韻研究已有不少的成果，學位論文方面，目前有盛唐時期的岑參七言古詩、孟浩然五言律詩、王昌齡五言古詩，中唐時期王建宮

〔註32〕詳參陳本益：《漢語詩歌的節奏》（臺北：文津出版社，1994年），頁225～239。

詞、韋應物五言絕句、劉禹錫七言絕句、韓愈古體詩，晚唐時期李
商隱七言律詩，宋朝黃庭堅七言律詩、柳永長調、李清照詞，共 17
篇。然而並非所有論文皆統計了聲類與字母，故以下僅列出有清楚統
計的論文來做對照，分為見母字的運用及舌根音的頭韻表現兩方面來
討論。為了便於對照，下列論文僅徵引數據部分，不做全文引述。

（一）關於「見」母字的運用

《孟浩然五言律詩音韻風格之研究》

　　孟浩然五言律詩使用見母的比例最高，佔全部作品的 9.69%，其
次依序為來母 6.72%，匣母 5.5%，以母 4.4%，心母 4.1%，娘母、徹
母使用最少。〔註33〕

　　單一詩句的頭韻表現，見母比率遠高於其他聲母，雙聲詞也以見
母使用次數最多，佔 20.3%。〔註34〕

《岑參七言邊塞古詩之音韻風格研究》

　　總計 1788 字中，「見」母字使用最多，有 169 次；其次「來」
母字 105 次；其次「匣」母 97 次，「心」母 84 次，而以「娘」母和
「初」母最少。〔註35〕

《黃庭堅七言律詩音韻風格研究》

　　對句形式的頭韻，運用舌根發音部位的聲母最多，佔總數的
37%，其中又以發音方法為不送氣清塞音〔k-〕的見母字被使用的
次數最多。〔註36〕

《柳永《樂章集》長調之音韻風格——以創調、僻調為對象》

〔註33〕以上數據為統計表的統計結果，詳見陳靜儀：《孟浩然五言律詩音韻
　　　風格之研究》（國立彰化師範大學國文學系碩士論文，2009 年），頁
　　　27～56。
〔註34〕陳靜儀：《孟浩然五言律詩音韻風格之研究》，頁 161～162。
〔註35〕陳文鐸：《岑參七言邊塞古詩之音韻風格研究》（國立彰化師範大學
　　　國文學系碩士論文，2014 年），頁 71～73。
〔註36〕黎采綝：《黃庭堅七言律詩音韻風格研究》（國立政治大學國文教學
　　　碩士學位班碩士論文，2006 年），頁 67。

　　柳永《樂章集》長調 6866 字中，見母字 547 字（7.96%）最多，其次來母 434 字（6.32%），心母 395 字，影母 362 字，匣母 341 字。徹母的 11 字最少。〔註37〕

　　對比以上的研究結果，整體聲母的統計，皆以見母出現的比例最高，其次為來母，其次為心母、匣母、影母等，徹母、娘母、初目最少，與李賀近體整體聲母表現大抵相符，且出現的比例也相近。再從《廣韻》整體的聲母統計來看，字數最多的是見母，有 1461 字，佔整體 8.33%；其次來母字 1167 字，佔整體 6.65%。徹母有 205 字，佔整體 1.17%，初母 152 字，佔整體 0.87%；娘母 115 字，佔整體 0.66%。〔註 38〕即從客觀的事實來看，見目、來母在《廣韻》中本來就是字數最多的聲類，徹母雖然不是字數最少的聲類，然而在比例上確實是較低的一類。

　　綜上，見母字的大量使用是唐宋詩詞中存在的一種現象，這種現象是否具有普遍性，因研究成果有限，尚無法斷言，然可以確定的是，這並不是李賀的個人風格。產生這種現象的原因，或因見母字本身數量就比較多，或因見母字為常用字詞，然而絕非詩人刻意以見母短促阻塞的聲響效果來詮釋自己的人生際遇。即見母字的大量使用，並非詩人刻意的安排，而是唐、宋詩詞的一種語言現象。

（二）關於舌根音的頭韻表現

《岑參七言邊塞古詩之音韻風格研究》

　　出現頭韻的 88 句詩例中，牙音 25 例（28.4%）最高，其次為喉音 17 例（19.3%），齒頭音 17 例（19.3%）。〔註39〕

《王建宮詞及其語言風格研究－以音韻和詞彙為範圍》

〔註37〕簡雅慧：《柳永《樂章集》長調之音韻風格——以創調、僻調為對象》（國立彰化師範大學國文學系碩士論文，2010 年），頁 68〜69。

〔註38〕《廣韻》聲類統計數字依據沈建民：《〈廣韻〉各聲類字的一個統計分析〉，《徐州師範大學學報》（哲學社會科學版）第 26 卷第 2 期（2000 年 6 月），頁 48。

〔註39〕陳文鐸：《岑參七言邊塞古詩之音韻風格研究》，頁 85。

頭韻出現的 178 次中，牙音（見系）最多有 90 次（50.56%），其次為舌頭音（端系）36 次（20.22%）和齒頭音（精系）26 次（14.60%）。〔註40〕

《韓愈古體詩的音韻風格》

（頭韻）出現律以牙音的比例最高，佔了 31%，與其他發音部位都有很明顯的差距。〔註41〕

《韋應物五言絕句之語言風格學研究——以音韻和詞彙為研究範疇》

韋應物五言絕句 72 句詩句中，運用舌根音形成頭韻的情形，佔所有詩句中的 47%，為單一頭韻所佔數量最多者。〔註42〕

《劉禹錫七言絕句詩之語言風格研究——以音韻和詞彙為研究範疇》

單一頭韻重複的有 339 句，以舌根韻最多，佔了 31.56%，共有107 句。兩兩頭韻搭配使用的句子共有 226 句，最常搭配使用的也是舌根音，共 130 句。〔註43〕

《黃庭堅七言律詩音韻風格研究》

在 178 組上下呼應的對句中，運用舌根音構成頭韻現象的 66 組最多，佔全體總數的 37%。其次以舌尖前音（精系）、舌尖面音（照系）以及舌尖中音（端系）較常被用來營造頭韻效果。〔註44〕

〔註40〕吳彥融：《王建宮詞及其語言風格研究－以音韻和詞彙為範圍》（臺北市立教育大學中國語文學系碩士論文，2013 年），頁 60。
〔註41〕陳穩如：《韓愈古體詩的音韻風格》（臺北市立教育大學中國語文學系碩士論文，2004 年），頁 128。
〔註42〕陳威遠：《韋應物五言絕句之語言風格學研究——以音韻和詞彙為研究範疇》（臺北市立教育大學中國語文學系碩士論文，2011 年），頁 41。
〔註43〕王美心：《劉禹錫七言絕句詩之語言風格研究——以音韻和詞彙為研究範疇》（臺北市立教育大學中國語文學系碩士論文，2011 年），頁 45。
〔註44〕黎采綝：《黃庭堅七言律詩音韻風格研究》（國立政治大學國文教學碩士學位班碩士論文，2006 年），頁 67。

《柳永《樂章集》長調之音韻風格——以創調、僻調爲對象》

頭韻在各發音部位的使用頻率而言，喉音有 2 次，舌根音有 121 次（33.33%），舌尖音有 203 次（55.92%），舌面音有 30 次，雙唇音有 5 次，唇齒音有 2 次，其中以舌尖音使用的次數最多，其次是舌根音。〔註45〕

以上頭韻現象皆以牙音（見系）或舌根音（見系、曉母、匣母、云母）比例最高，獨柳永長調以舌尖音爲最高，然而舌尖音包含舌尖前（精系）、舌尖中（端系）、舌尖面（莊系）三類，若按照本論文的分類，柳永長調亦以舌根音比例最高。既然以上皆以舌根音爲頭韻的主要聲類，那麼以舌根音來形成聲母相諧，當然不可歸爲李賀的個人特色，只能說在整體詩歌中，舌根音所佔的比例較高，故形成頭韻的機率較高，而李賀刻意的排列這些同類聲母，使之有更明顯的韻律表現。

從以上的討論看來，唐宋詩人在頭韻的聲類上有極高的重複性，使用哪一種聲類，似乎不是詩人聲母韻律的展示面向，故不宜過度強調聲類所形成的效果，而是應該聚焦在聲母呼應的表現形式上，即頭韻的排列方式有哪幾種，什麼樣的排列方式可以造成什麼樣的韻律效果。

總的來說，李賀近體詩的頭韻表現，舌根音佔了極大的比例，舌根音在整體聲母中原本就佔最大的比例，然而在李賀刻意的編排下，使舌根音有更突出的相諧表現，如在連環相諧的頭韻中，不斷交疊排列舌根音，形成舌根音不斷迴盪的呼應音效。在頭韻形式上，李賀最明顯的表現爲連綿型與貫串型的連環相諧，這種形式可以形成交疊串聯的韻律網絡，使得聲母的呼應更爲綿密與立體，具備多更多的層次，形成盈盈於耳的聽覺感受。

〔註45〕 簡雅慧：《柳永《樂章集》長調之音韻風格——以創調、僻調爲對象》（國立彰化師範大學國文學系碩士論文，2010 年），頁 103。

第三章　從韻母論李賀近體詩的
韻律風格

　　漢字音節由聲母、韻母、聲調三元素組成，聲母是音節的前段，韻母是音節的後段，它們各佔一定的發音時間。聲調是不佔時間的，它是附屬在韻母上的一種語音成分。〔註1〕聲母的元素是輔音，韻母則由韻頭、韻腹、韻尾三部分組成：韻頭為介音，韻腹為元音，韻尾則有元音與輔音二類。在一個音節中，元音的響度大過於輔音，亦即韻母是一個音節中音響最響亮的部分。

　　韻母最主要的成分是元音，決定元音性質的因素有三：舌位的高低、發音部位的前後，唇形的展圓。舌位的高低控制了口腔共鳴空間的大小，舌位越低，口腔的共鳴空間越大，聲音就越響亮。舌位的前後與唇型的展圓是連動的，基本上，前元音總是展唇的，後元音總是圓唇的。〔註2〕以下的韻律討論須借助這些唇形展圓、舌位前後、舌位高低的差異來說明韻母形成的韻律表現。

　　本章要探討的是李賀近體詩中韻母所形成的韻律，探討的面向為：李賀近體的用韻表現、相諧的韻母形成的句中韻的表現與韻尾的

〔註1〕竺師家寧：《聲韻學》（臺北：五南圖書出版股份有限公司，1993 年
　　　　11 月二版二刷），頁 5。
〔註2〕竺師家寧：《聲韻學》（臺北：五南圖書出版股份有限公司，1993 年
　　　　11 月二版二刷），頁 39。

安排。在討論之前，先就唐人對韻母韻律的討論做一檢視，以此對照李賀在這時代背景下的韻律表現。

第一節　韻母韻律的探討

一、唐代詩格對韻母韻律的討論

　　唐代詩格討論韻母所形成的音響效果有「大韻」、「小韻」、「八種韻」、「疊韻對」、「疊韻側對」、「賦體對」及「異類對」等說法。「大韻」、「小韻」是八病的其中兩病，討論的是一聯十個字中韻的調配問題〔註3〕；「八種韻」則是討論整首詩用韻的安排，焦點在韻腳上；「疊韻對」、「疊韻側對」、「賦體對」、「異類對」主要討論疊韻在對偶句中的表現。以下依文病、用韻及對偶三種主題分別進行討論。下文從《文鏡秘府論》所引用之詩例及解釋，為避免註腳過濫，除第一次的註腳外，其餘直接於引文後標註頁數。

（一）文病：大韻、小韻

　　在六朝追求「音韻盡殊」的審美觀念中，一句中出現相同音響的皆是聲律安排的瑕疵，詩格中稱之為文病。文病中關於韻母韻律的討論有「大韻」病、「小韻」病。所謂的「大韻」，即一聯中有字與韻腳（第十字）同韻的，如「紫翩拂花樹，黃鸝閒綠枝。」〔註4〕「鸝」與韻腳「枝」同為「支」韻，如此即犯「大韻」病，在音韻的安排上不美善，然而若是刻意地使用疊韻，則不為犯病。（頁502）

　　「小韻」病為一聯中，除了韻腳，其他九個字有同韻者，如詩例：「搴簾出戶望，霜花朝潒日。」（頁504）「望」與「潒」同為「漾」韻，此則犯「小韻」病。同樣的，若故為疊韻，則不在病限。（頁507）

〔註3〕唐代詩格討論的以五言詩為主，故以下詩格所說的一句，即五言詩一句五個字，一聯即五言詩兩句十個字。

〔註4〕〔日〕遍照金剛撰，王利器校注：《文鏡秘府論校注》（臺北：貫雅文化事業有限公司，1991年），頁501。

「大韻」、「小韻」最主要是要避免一聯中有相同音素出現，其實是延續了齊梁沈約等所提出的：「前有浮聲，則後須切響。一簡之內，音韻盡殊；兩句之中，輕重悉異。」〔註5〕的主張。這種主張強調的是音韻盡殊的趣味，然而入唐之後，聲律的發展日趨成熟，音韻的安排不單單在殊異性上打轉，而逐漸轉為追求殊性與共性調和的音韻配置。「大韻」、「小韻」的病犯在唐人詩格中已被淡化，如初唐的元兢《詩腦髓》對「大韻」的說法：「此病不足累文，如能避者彌佳。若立字要切，於文調暢，不可移者，不須避之。」（頁503）又對「小韻」的看法：「此病輕於大韻，近代咸不以為累文。」（頁506）詩格對聲律的討論大抵到元兢之時已然完備〔註6〕，從元兢的說法可知「大韻」病牽涉韻腳，所以「能避彌佳」，然而如害文意，則「不須避之」，「小韻」則唐人已不以為意了。

（二）用韻：八種韻

除了消極的避免文病外，對於用韻的積極建置，在《文鏡秘府論》有所謂的「八種韻」，「八種韻」分別為：連韻、疊韻、轉韻、疊連韻、擲韻、重字韻、同音韻、交鏁韻。以下列點分別說明：

1、連韻：即首句入韻。

2、疊韻：即韻腳與前一字疊韻。如詩例：「看河水漠瀝，望野草蒼黃；露停君子樹，霜宿女姓姜。」（頁73）第二句「蒼黃」疊韻，且「黃」為韻腳。

3、轉韻：即一首詩非一韻到底，而有轉換其他韻部押韻。如詩例：「蘭生不當門，別是閒田草；凩被霜露欺，紅榮已先老。謬接瑤花枝，結根君王池；顧無馨香美，叨沐清風吹。余芳若可佩，

〔註5〕〔南朝梁〕沈約等撰，楊家駱編：《新校本宋書附索引》（臺北：鼎文書局，1987年），頁1775。

〔註6〕王夢鷗說：「（文病）大抵自沈約至於上官儀多注意字音之組織，自元兢以下乃漸涉及語意之組織；抑且自此以後，對聲病幾於無所發明，而日增之文病皆在語意方面。」見王夢鷗《初唐詩學著述考》（臺北：臺灣商務印書館，1977年），頁9。

卒歲長相隨。」（頁 74）前四句「草」、「老」押「晧」韻，後六句「枝」、「池」、「吹」、「隨」押「支」韻。

4、疊連韻：即「連韻」與「疊韻」同時出現。《文鏡秘府論》解釋：「第四、五與第九、十同韻。」如詩例：「羈客意盤桓，流淚下闌干；雖對琴觴樂，煩情仍未歡。」（頁 75）「盤桓」與「闌干」為疊韻詞，且「盤桓」的「桓」為首句入韻的韻腳。

5、擲韻：即每兩句換一韻，棄擲前韻不用。如詩例：「不知羞，不敢留。但好去，莫相慮。孤客驚，百愁生。飯蔬簞食樂道，忘飢陋巷不疲。」（頁 75）「羞」、「留」一韻（尤韻），「去」、「慮」一韻（御韻），「驚」、「生」一韻（庚韻）。

6、重字韻：即韻腳與前一字同字相疊。如詩例：「望野草青青，臨河水活活；斜峰纜舟行，曲浦浮積沫。」（頁 76）「活活」為重字，且「活」為韻腳。

7、同音韻：即一首詩中的韻腳同音。如詩例：「今朝是何夕，良人誰難覯；中心實憐愛，夜寐不安席。」（頁 77）韻腳「覯」與「席」同音。

8、交鏑韻：即韻句與非韻句各自押韻。《文鏡秘府論》詩例：「日暮此西堂，涼風洗修木。著書在南窗，門館常蕭蕭。苔草彌古亭，視聽轉幽獨。或問余所營，刈黍就空谷。」（頁 77-78）此詩押「屋」韻，非韻句（奇數句）末字「堂」與「窗」、「亭」與「營」又各自為韻，交鏑其中。

歸納《文鏡》的八種韻，疊韻、疊連韻、重字韻、同音韻這四種是在韻腳上形成相同聲響的趣味，差別在於：疊韻、疊連韻、重字韻三種是在韻句的最後兩音節形成連續的相同聲響，而同音韻是韻腳與韻腳的相同音響。連韻、疊連韻為首句入韻，第一、二句連續押韻的節奏；轉韻與擲韻是整體韻部轉換的安排，擲韻的換韻頻率比轉韻高；交鏑韻則是韻句（偶數句）押一種韻，非韻句（奇數句）押一種韻（或兩種），兩種韻律交錯而行。

（三）對偶：疊韻對、疊韻側對、賦體對、異類對

偶句是近體詩的組成單位，對偶中討論到韻母相對的有「賦體對」、「疊韻對」、「疊韻側對」、「異名對」四種。「疊韻對」為兩句的疊韻詞對舉相應，如詩例：「放暢千般意，逍遙一個心。」（頁287）「放暢」與「逍遙」疊韻相對。疊韻側對為兩詞意義不相對，然而在聲音上以疊韻關係互對，如詩例「平生披鱺帳，窈窕步花庭。」「平生」與「窈窕」只在聲音上互對。賦體對無異於疊韻對，只是賦體對不只探討疊韻相對，也包含雙聲、重字相對的討論。異類對則為雙聲對疊韻的討論。總的來說，對偶對韻母韻律的討論都是聚焦在疊韻上。

總結唐人詩格對韻母韻律的討論，在文病上，主要避免的是一聯中有個隔字同韻的現象；在對偶中，皆探討疊韻對偶的表現；在用韻部分，討論內容為韻腳疊韻、韻腳同音、首句入韻、轉韻及兩套韻交錯的表現。簡單的說，唐人詩格對韻母韻律的討論主要在疊韻的音效及韻腳的安排上。

二、韻母韻律的探討方向

唐人詩格中所探討的疊韻的音效及韻腳的安排當然是韻母韻律探討的兩個重要的面向，然而韻母既是一個音節中最響亮的段落，在一首詩的構成中，絕不單只在韻腳上或兩個音節的疊韻詞上產生韻律，而是在每一句詩中都可形成韻律。以下依據竺師家寧《語言風格與文學韻律》所提到的韻律方向，進一步討論韻母韻律。〔註7〕

（一）押　韻

押韻是韻文必然討論到的基本韻律。韻文之所以為韻文，在於押韻，如王力所說：「韻文的要素不在於『句』，而在於『韻』。有了韻腳，韻文的節奏就算有了一個安頓；沒有韻腳，雖然成句，詩的

〔註7〕竺師家寧：《語言風格與文學韻律》（臺北：五南圖書出版股份有限公司，2005年），頁76～77。

節奏還是沒有完。」〔註8〕韻腳之所以是韻文節奏的安頓點，在於韻腳以相同的音色，規律的頻率出現，如謝雲飛所說：

> 音色也就是「音質」，詩歌中所謂的「押韻」，就是用音色去表現音律的一種方法。也就是把同一音色的「音節」間隔多少時間就讓它重複出現一次，使這種「重複出現」顯得相當的規則化，而這時在詩歌的語言中便出現一種因音色而形成的音律，此之謂「音色律」。〔註9〕

相同音色的規律出現，便讓人在聽覺上有所期待，期待下一個節奏點重複音色的出現，這也就是韻文利用重複的韻律所形成的聽覺美感。在這種規律之中，唐人詩格已經討論了許多押韻形式的變化，如韻腳重字或疊韻、首句入韻、換韻、兩套用韻等等，都是在規律中形成變化的美的追求。

近體詩形成以後，宋代也出現一些用韻的說法。宋朝胡仔《苕溪漁隱叢話》引《湘素雜記》：「凡詩用韻有數格：一曰葫蘆，一曰轆轤，一曰進退。葫蘆韻者，前二後四；轆轤韻者，雙出雙入；進退韻者，一進一退。」〔註10〕郭紹虞釋曰：「凡兩韻相通者，先二韻甲，後四韻乙，為葫蘆格。……若律詩先二韻甲，次二韻乙，為轆轤格。兩韻間押，為進退格。」〔註11〕清人汪師韓《詩學纂聞》就提及李賀的用韻有這樣的表現：「李賀〈追賦畫江潭苑〉五律，雜用紅、龍、空、鐘四字，此則開後人轆轤進退之格，詩中另有一體矣。」〔註12〕，紅、龍、空、鐘四個韻腳分別為東韻、鍾韻、東韻、鍾韻，即李賀讓通押的東、鍾二韻交錯出現，這當然也是用韻上的韻律安

〔註8〕 王力：《漢語詩律學》（香港：中華書局，1976年初版，1999年再版），頁16。

〔註9〕 謝雲飛：《文學與音律》（臺北：東大圖書，1978年），頁23。

〔註10〕〔宋〕胡仔：《苕溪漁隱叢話‧前集‧卷三十一》（臺北：世界書局，1961年），頁211。

〔註11〕 見〔宋〕嚴羽撰，郭紹虞校釋：《滄浪詩話校釋》（臺北：正生書局，1972年），頁82。

〔註12〕〔清〕王夫之等撰，丁福保編：《清詩話‧詩學纂聞》（臺北：明倫出版社，1971年），頁452。

排。這三種詩格雖是宋代才提出，然而亦可當作押韻韻律的探討面向。

（二）句中韻

句中韻指的是一個詩句當中，有些字可以相互諧韻。如李賀〈馬詩二十三首〉之十一：「銀韉刺麒麟」的「銀」與「麟」都是「眞」韻，這兩個字便可在句中形成相諧的韻律。句中韻似乎與上文所討論的文病「大韻」、「小韻」相犯，然而從上文的討論中我們已經清楚「大韻」、「小韻」已不成病犯，且在一句中韻母相諧確實可以形成一種韻律，所以句中韻也是討論韻母韻律的一個重要的切入點。

（三）諧主元音

竺師家寧說：「在漢字的每一個字音中，發音的高峰落在主要元音，它是音節的核心，因此，詩歌中主要元音的相諧，也可以造成韻律效果。」〔註13〕主要元音是音節中響度最大的因素，一句中若有幾個主要元音相諧，彼此呼應的音響效果是顯著的。除了一句中的相諧之外，句與句之間也可形成相諧的韻律。

（四）諧韻尾

韻尾是一個音節最末的音響，在中唐時期，韻母依韻尾的不同分爲陰聲韻（以元音收尾）、陽聲韻（以鼻音 m、n、ŋ 收尾）及入聲韻（以塞音 p、t、k 收尾）三種。三種韻尾形式的交錯搭配或同一種韻尾在句中的相諧，都可形成明顯的韻律表現，如連續的陽聲韻是連串的鼻音共鳴，可以形成宏亮迴盪的共振音效；又如入聲韻尾爲塞音急促地阻塞收尾，形成短促的音效，若與陽聲韻交錯排列，則可呈現出長短交錯的韻律。

（五）圓唇音與非圓唇音的交錯

圓唇與非圓唇即中古時期的合口與開口音，兩類交錯變化，造

〔註13〕竺師家寧：《語言風格與文學韻律》（臺北：五南圖書出版股份有限公司，2005 年），頁 76。

成唇形一圓一展的規律性運動，因而呈現了節奏感。〔註 14〕唇形的展圓也與舌位前後是相連動的，展圓的交錯亦即後元音與非後元音的交錯韻律。而這種展圓的交替在古典詩歌中，多半情況是運用介音有〔-u-〕和沒〔-u-〕的字交替而造成優美的規律性變化。〔註 15〕

以上為韻母韻律可以探討的面向，其中押韻的部分是韻文最大的特徵，也是古今共談的議題，故今先檢視李賀的用韻的型態，接著再就句中韻與韻尾相諧兩個面向探討李賀韻母的韻律表現。對於諧主元音的討論，從韻目的通押情形來看，在李賀時期韻部的合併與《廣韻》已多有出入，若以《廣韻》的韻類所擬定的音值來討論主元音的相諧表現，則恐怕並非李賀當時所呈現的音響效果，故本章無法做主元音韻律的探討；其次，李賀在介音上的安排也沒有明顯的韻律表現，故介音也不列入討論。

第二節　李賀近體詩的用韻表現

清人汪師韓曾提及：「李賀〈追賦畫江潭苑〉五律，雜用紅、龍、空、鐘四字，此則開後人轆轤進退之格，詩中另有一體矣。」〔註 16〕又清人方扶南《蘭叢詩話》：「古人用韻之不可解者，唐李賀，元薩都剌，近體皆古韻，今昔無議之者，特記之邂逅解人。」〔註 17〕以上的說法牽涉到兩個問題，一是用韻的體例，即轆轤進退格〔註 18〕的使用，二是韻部通押的問題，即李賀使用古韻的問題。第一個問題我們要檢視的是：李賀是否有相當數量這樣的用韻詩例，若這種

〔註 14〕竺師家寧：《語言風格與文學韻律》（臺北：五南圖書出版股份有限公司，2005 年），頁 77。

〔註 15〕竺師家寧：《語言風格與文學韻律》（臺北：五南圖書出版股份有限公司，2005 年），頁 77。

〔註 16〕〔清〕王夫之等撰，丁福保編：《清詩話》（臺北：明倫出版社，1971年），頁 452。

〔註 17〕郭紹虞編選：《清詩話續編》（上海：上海古籍出版社，1983 年），頁777。

〔註 18〕關於「轆轤進退格」的定義，詳見本章第一節韻母韻律的探討。

轆轤進退格只是孤例，那就無法說明這是李賀有意的安排，更不用
說是李賀的風格。

　　第二個問題討論到李賀近體詩，若依《廣韻》的規範，多有出
韻的現象。方扶南所謂的用古韻，大概便如李賀歌、戈、麻通押的
情形。按魏晉時歌部到唐代分化爲歌、麻兩部〔註19〕，《廣韻》中歌、
麻是不可通押的，然而李賀卻有通押的情形。這種通押的情形或許
是擬古，或許是語音的演變，或許是方音的影響，這是本節要仔細
討論的。從另一個角度來看，這些通押的情形更顯示了一個事實，
就是對李賀來說，通押的韻部的讀音應當是相當接近，甚至完全相
同的。故應將這些韻部歸爲能夠相諧的一類，接著便可藉著這些相
諧的韻類，進行句中韻的探討。此外，本節也探討李賀用韻的偏好
及押韻的體例，並回應前人對李賀用韻的說法，以下分李賀近體詩
韻目合用情形、用韻偏好及押韻體例三方面來討論。

一、李賀近體詩韻目合用情形

　　以下將李賀近體詩中通押的韻部置於一處，羅列詩例韻腳，並對
照《廣韻》獨用、同用的規範來討論。

（一）東、冬、鍾、江

1、東獨用：1首

（1）〈南園十三首〉之六：蟲（東）、弓（東）、風（東）。

2、鍾獨用：1首

（2）〈昌谷讀書示巴童〉：濃（鍾）、從（鍾）。

3、東、鍾合用：5首

（3）〈馬詩二十三首〉之九：匆（東）、龍（鍾）、風（東）。

（4）〈追賦畫江潭苑四首〉之四：蓉（鍾）、紅（東）、龍（鍾）、
　　　空（東）、鐘（鍾）。

〔註19〕王力：《漢語語音史》（北京：商務印書館，2008年），頁238。

（5）〈王濬墓下作〉：童（東）、龍（鍾）、紅（東）、銅（東）、
　　　封（鍾）、蓬（東）、風（東）。

（6）〈南園十三首〉之七：容（鍾）、公（東）。

（7）〈南園十三首〉之十：邕（鍾）、風（東）、翁（東）。

4、東、冬合用：1首

（8）〈馬詩二十三首〉之十六：公（東）、宗（冬）、風（東）。

5、東、江合用：1首

（9）〈馬詩二十三首〉之十：江（江）、風（東）、雄（東）。

6、東、冬、鍾合用：1首

（10）〈惱公〉：紅（東）、叢（東）、濃（鍾）、筒（東）、葓（東）、
　　　蟲（東）、茸（鍾）、融（東）、風（東）、蓉（鍾）、籠（東）、
　　　蜂（鍾）、蒙（東）、實（冬）、熊（東）、弓（東）、虹（東）、
　　　峒（東）、封（鍾）、龍（鍾）、銅（東）、蹤（鍾）、烘（東）、
　　　蔥（東）、楓（東）、墉（鍾）、濃（鍾）、馮（東）、桐（東）、
　　　從（鍾）、櫳（東）、豐（東）、菘（東）、幢（東）、總（東）、
　　　容（鍾）、充（東）、中（東）、驄（東）、邛（鍾）、通（東）、
　　　慵（鍾）、逢（鍾）、忪（鍾）、凶（鍾）、宮（東）、翁（東）、
　　　縫（鍾）、鍾（鍾）、空（東）。

　　《廣韻》東韻獨用，冬、鍾韻同用。李賀東韻獨用有 1 首，鍾韻
獨用 1 首，這些是合於《廣韻》的規範的；不合與《廣韻》的有東、
鍾韻通押 5 首，東、冬韻通押 1 首，東、冬、鍾韻通押 1 首，此外，
尚有東、江韻通押 1 首。

（二）支、脂、之

1、支獨用：1首

（1）〈馬詩二十三首〉之八：騎（支）、兒（支）。

2、支、之合用：1首

（2）〈昌谷北園新筍四首〉之二：辭（之）、離（支）、枝（支）。

3、脂、之合用：1首

(3)〈南園十三首〉之九：遲（脂）、絲（之）。

（三）微

1、微獨用：2首

(4)〈馬詩二十三首〉之十五：威（微）、飛（微）。

(5)〈南園十三首〉之八：飛（微）、歸（微）、磯（微）。

《廣韻》支、脂、之韻合用，微韻獨用。李賀近體五首皆符合《廣韻》規範。

（四）魚、虞、模

1、魚獨用：2首

(1)〈釣魚詩〉：渠（魚）、書（魚）、魚（魚）、虛（魚）、蜍（魚）、餘（魚）、裾（魚）。

(2)〈南園十三首〉之四：餘（魚）、蔬（魚）、書（魚）。

2、魚、虞、模合用：1首

(3)〈示弟〉：餘（魚）、書（魚）、無（虞）、盧（模）。

按《廣韻》魚韻獨用，虞、模同用，李賀近體魚韻獨用兩首，合於《廣韻》規範，不合《廣韻》的有魚、虞、模通押一首。

（五）齊、佳、灰、咍

1、咍獨用：1首

(1)〈馬詩二十三首〉之十九：來（咍）、臺（咍）。

2、灰、咍合用：1首

(2)〈南園十三首〉之一：開（咍）、腮（咍）、媒（灰）。

3、齊、咍合用：1首

(3)〈昌谷北園新筍四首〉之一：開（咍）、材（咍）、泥（齊）。

4、齊、灰、咍合用：1首

(4)〈奉和二兄罷使遣馬歸延州〉：泥（齊）、來（咍）、灰（灰）、

雞（齊）、凄（齊）、蹊（齊）。

5、齊、佳、灰、咍合用：1首

（5）〈送秦光祿北征〉：鞶（齊）、霓（齊）、開（咍）、材（咍）、低（齊）、嘶（齊）、齊（齊）、泥（齊）、臍（齊）、隄（齊）、啼（齊）、來（咍）、曇（咍）、杯（灰）、犀（齊）、奚（齊）、棲（齊）、臺（咍）、哀（咍）、叔（佳）、梅（灰）、迴（灰）。

《廣韻》齊韻獨用，佳、皆同用，灰、咍同用。李賀近體只咍韻獨用一首及灰、咍合用一首合於《廣韻》規範，其餘三首或齊、灰、咍通押，或齊、佳、灰、咍通押，不合於《廣韻》規範。

（六）真、諄、文、魂、痕

1、眞獨用：1首

（1）〈馬詩二十三首〉之十一：人（眞）、麟（眞）、塵（眞）。

2、眞、諄合用：3首

（2）〈馬詩二十三首〉之十四：新（眞）、麟（眞）、春（諄）

（3）〈出城寄權璩楊敬之〉：春（諄）、人（眞）、身（眞）

（4）〈酬答二首〉之二：春（諄）、蘋（眞）、人（眞）

3、魂、痕合用：1首

（5）〈馬詩二十三首〉之三：崑（魂）、恩（痕）

4、眞、文合用：1首

（6）〈馬詩二十三首〉之十二：身（眞）、軍（文）

5、眞、文、魂合用：1首

（7）〈昌谷北園新筍四首〉之四：雲（文）、貧（眞）、樽（魂）

6、眞、諄、魂、痕合用：1首

（8）〈竹〉：春（諄）、根（痕）、鱗（眞）、孫（魂）

7、眞、諄、文、痕、魂合用：1首

（9）〈始爲奉禮憶昌谷山居〉：痕（痕）、門（魂）、春（諄）、巾

（眞）、秦（眞）、根（痕）、雲（文）

《廣韻》眞、諄、臻同用，文、欣同用，元、魂、痕同用。李賀近體眞韻獨用一首，眞、諄通押三首，魂、痕通押一首，以上五首合於《廣韻》規範，其餘四首爲眞、文、魂通押，不合於《廣韻》規範。

（七）元、寒、山、先、仙

1、先、仙合用：3首

（1）〈南園十三首〉之十三：煙（先）、田（先）、懸（先）、船（仙）

（2）〈馬詩二十三首〉之一：錢（仙）、煙（先）、鞭（仙）

（3）〈馬詩二十三首〉之二十三：仙（仙）、煙（先）、天（仙）

2、元、寒合用：1首

（4）〈馬詩二十三首〉之七：闌（寒）、乾（寒）、轅（元）

3、寒、山合用：1首

（5）〈馬詩二十三首〉之十八：看（寒）、間（山）、山（山）

4、寒、仙合用：1首

（6）〈追賦畫江潭苑四首〉之二：單（寒）、寒（寒）、錢（仙）、難（寒）、鞍（寒）

5、寒、先、仙合用：2首

（7）〈潞州張大宅病酒遇江使寄上十四兄〉：寒（寒）、箋（先）、鮮（仙）、煙（先）、蓮（先）、錢（仙）、弦（先）、蘭（寒）、殘（寒）、船（仙）、筵（仙）、年（先）

（8）〈馮小憐〉：憐（先）、絃（先）、錢（仙）、煙（先）、鞍（寒）

《廣韻》元、魂、痕同用，寒、桓同用，刪、山同用，先、仙同用。李賀近體除了先、仙通押三首外，其餘五首皆不合於《廣韻》規範。通押的情形有元、寒通押，寒、山通押，寒、先、仙通押。

（八）蕭、宵、豪

1、蕭、宵、豪：2首

（1）〈畫角東城〉：蕭（蕭）、高（豪）、刀（豪）、濤（豪）、潮（宵）

（2）〈感春〉：條（蕭）、騷（豪）、腰（宵）、勞（豪）、槽（豪）

《廣韻》蕭、宵同用，肴獨用，豪獨用，李賀近體兩例皆不合《廣韻》規範，皆爲蕭、宵、豪通押。

（九）歌、戈、麻、佳

1、麻獨用：7首

（1）〈過華清宮〉：鴉（麻）、花（麻）、斜（麻）、紗（麻）、芽（麻）

（2）〈馬詩二十三首〉之六：牙（麻）、花（麻）、麻（麻）

（3）〈追賦畫江潭苑四首〉之三：斜（麻）、花（麻）、牙（麻）、沙（麻）、華（麻）

（4）〈答贈〉：華（麻）、鴉（麻）、斜（麻）、花（麻）

（5）〈南園十三首〉之三：車（麻）、斜（麻）、瓜（麻）

（6）〈南園十三首〉之十一：家（麻）、華（麻）、花（麻）

（7）〈南園十三首〉之十二：牙（麻）、霞（麻）

2、戈、麻合用：1首

（8）〈馬詩二十三首〉之十七：禾（戈）、莎（戈）、牙（麻）

3、歌、戈、麻合用：1首

（9）〈馬詩二十三首〉之二十二：家（麻）、珂（歌）、騾（戈）

4、麻、佳合用：1首

（10）〈梁公子〉：家（麻）、花（麻）、沙（麻）、斜（麻）、娃（佳）

《廣韻》歌、戈同用，麻獨用，佳、皆同用，李賀近體麻獨用七首，歌、戈通押一首，合於《廣韻》規範，其餘歌、戈、麻通押兩首，麻、佳一首皆不合於《廣韻》。

（十）唐、陽、江

1、陽獨用：3首

（1）〈馬詩二十三首〉之十三：香（陽）、王（陽）

（2）〈三月過行宮〉：牆（陽）、粧（陽）、長（陽）

（3）〈酬答二首〉之一：長（陽）、方（陽）、香（陽）

2、唐、陽合用：3首

（4）〈同沈駙馬賦得御溝水〉：泱（陽）、黃（唐）、香（陽）、觴（陽）、郎（唐）

（5）〈馬詩二十三首〉之二十：腸（陽）、光（唐）

（6）〈追賦畫江潭苑四首〉之一：蒼（唐）、黃（唐）、長（陽）、香（陽）、王（陽）

3、陽、江合用：1首

（7）〈謝秀才有妾縞練改從於人秀才留之不得〔後〕生感憶座人製詩嘲謝賀復繼四首〉之四：鴦（陽）、窗（江）、牀（陽）、梁（陽）

《廣韻》陽、唐同用，江韻獨用。李賀近體陽獨用三首，陽、唐通押三首合於《廣韻》規範，陽、江通押一首不合《廣韻》規範。

（十一）庚、耕、清、青

1、清、青合用：1首

（1）〈馬詩二十三首〉之四：星（青）、聲（清）

2、庚、耕、青合用：1首

（2）〈昌谷北園新筍四首〉之三：莖（耕）、生（庚）、青（青）

《廣韻》庚、耕、清同用，青韻獨用。李賀近體兩首皆爲庚、耕、清、青通押，不合於《廣韻》規範。

（十二）尤、侯

1、尤獨用：1首

　（1）〈莫種樹〉：愁（尤）、秋（尤）

2、尤、侯合用：4

　（2）〈七夕〉：愁（尤）、樓（侯）、鉤（侯）、秋（尤）

　（3）〈馬詩二十三首〉之五：鉤（侯）、秋（尤）

　（4）〈馬詩二十三首〉之二十一：樓（侯）、州（尤）

　（5）〈南園十三首〉之五：鉤（侯）、州（尤）、侯（侯）

《廣韻》尤、侯、幽同用，李賀近體皆合於《廣韻》規範。

（十三）侵

1、侵獨用：2首

　（1）〈謝秀才有妾縞練改從於人秀才留之不得〔後〕生感憶座人製詩嘲謝賀復繼四首〉之三：禁（侵）、心（侵）、簪（侵）、深（侵）、碪（侵）

　（2）〈巴童荅〉：吟（侵）、深（侵）

《廣韻》侵韻獨用，李賀近體皆合於《廣韻》規範。

（十四）覃、談、鹽、添、銜

1、覃、談、鹽合用：1首

　（1）〈南園十三首〉之二：酣（談）、簾（鹽）、蠶（覃）

2、鹽、添、銜合用：1首

　（2）〈馬詩二十三首〉之二：甜（添）、鹽（鹽）、銜（銜）

《廣韻》覃、談同用，鹽、添同用，咸、銜同用，嚴、凡同用。李賀近體兩首皆不合《廣韻》規範。

　　李賀近體詩70首，合於《廣韻》規範的有40首（獨用22首，同用18首），不合於《廣韻》的有30首。不合於《廣韻》的通韻詩例，E. G. Pulleyblank（蒲立本）認爲不可視爲詩律的演變，而是語音

轉變所致〔註20〕，即語音的演變使得某些韻部在發音上已無區別。是
否如蒲立本所言是語音的演變，或是還有方音的影響？李賀是中唐元
和時期的北方詩人，元和時期正是中晚唐交界之際，以下以王力《漢
語語音史》隋到中唐與晚唐到五代這兩個時期韻部的分合情形，與李
賀的通押情形進行時間的對照，並以周祖謨〈唐五代的北方語音〉的
韻部合用情形做空間的對照，列表如下：

表 3-1　韻部合用比較表

李賀近體韻部合用情形	王力《漢語語音史・隋——中唐》韻部合用情形	王力《漢語語音史・晚唐——五代》韻部合用情形	周祖謨〈唐五代的北方語音〉韻部合用情形
東、冬、鍾、江	東獨用，冬、鍾同用，江獨用	東、冬、鍾合部，屋、沃、燭合部。江窗、覺卓仍舊獨立	東、冬、鍾合用，屋、沃、燭合用，而江韻與陽、唐韻合用
支、脂、之 微	支、脂、之同用 微獨用	脂、微合部	支、脂、之、微、齊、祭、廢合用
魚、虞、模	魚獨用，虞、模同用	魚、模合部	魚、虞、模三韻和尤、侯韻的脣音字合用。
齊、佳、灰、咍	齊獨用，佳、皆同用，灰、咍同用，霽、祭同用，卦、怪、夬同用，隊、代同用，廢獨用，泰與灰、咍去聲同用	灰、咍分為兩部，咍韻和泰韻開口歸咍來，灰韻、廢韻和泰韻合口歸灰堆。佳、皆合部，齊、祭合部	佳、皆、灰、咍、泰、夬合用
眞、諄、文、魂、痕	眞、諄、臻、欣同用，文獨用，元、魂、痕同用	眞、文合部，魂、痕獨立成部	眞、諄、臻、文、殷、魂、痕合用

〔註20〕E. G. Pulleyblank. "The Rhyming Categories of Li Ho〔791-817〕," Tsing Hua Journal of Chinese Studies ,7.1（August1968）:1-2.

元、寒、山、先、仙	寒、桓同用,刪、山同用,先、仙同用	元、先、仙合併	元、寒、桓、刪、山、先、仙合用
蕭、宵、豪	蕭、宵同用,肴獨用,豪獨用	豪袍獨立,肴包獨立,蕭、宵合部	豪、肴、宵、蕭合用
歌、戈、麻、佳	歌、戈同用,麻獨用	麻蛇即隋——中唐的麻部,沒有變化	歌、戈合用,麻獨用。歌麻兩部有的方言(如西北)不分。
唐、陽、江	陽、唐同用,江獨用	江窗、覺卓仍舊獨立,尚未混入陽唐、藥鐸	江、陽、唐合用
庚、耕、清、青	庚、耕、清同用,青獨用	庚、青合部	庚、耕、清、青合用
尤、侯	尤、侯、幽同用	尤、侯合部	尤、侯、幽三韻脣音以外的字合用
侵	侵獨用	侵獨用	侵獨用
覃、談、鹽、添、銜	覃、談同用,鹽、添同用,咸、銜同用,嚴、凡同用	嚴鹽合部	覃、談、鹽、添、咸、銜、嚴、凡合用

　　從以上的對照上來看,李賀韻部合用的情形與王力《漢語語音史》的晚唐——五代時期,及周祖謨〈唐五代的北方語音〉較為吻合。尤其是與周祖謨所提出唐五代的北方語音的韻部的分類最為接近,除了江韻與東、冬、鍾通押,齊韻與佳、皆、灰、咍通押,佳韻與歌、戈、麻通押三種情形之外,其他的韻部合用的情形都相同。由此蓋可推知,李賀近體的用韻,並非使用古韻,而是語音演變及方音所致。這些韻部合用的討論除了回應清人的評論外,另一個更重要的目的,在於作為下一節句中韻相諧韻部的分類依準。

二、李賀近體詩的用韻偏好

　　在用韻方面,李賀是否偏好於哪一類韻的使用,試先列出李賀近體詩的用韻統計:

表 3-2　韻部合用統計表

合用韻目	陽聲韻							陰聲韻						
	東	陽	庚	眞	元	侵	覃	支	微	齊	蕭	尤	魚	歌
	冬	唐	耕	諄	寒		談	脂		佳	宵	侯	虞	戈
	鍾	江	清	文	山		鹽	之		灰	豪		模	麻
	江		青	魂	先		添			咍				佳
				痕	仙		銜							
首數	10	7	2	9	8	2	2	3	2	5	2	5	3	10
合計	40							30						

　　李賀 70 首近體詩，押陽聲韻的有 40 首，陰聲韻的有 30 首。使用最多的韻類爲「東、冬、鍾、江」與「歌、戈、麻、佳」這兩類，各有 10 首，最少的是蒸、登類，沒有詩例。李賀近體包含絕句、律詩、排律，句數從四句到一百句，儘管押「東、冬、鍾、江」與「歌、戈、麻、佳」各有 10 首，然而韻腳的數目卻有明顯的落差。李賀韻腳使用最多的是東韻，有 50 字，佔 312 個韻腳的 16%，其次爲麻韻 30 字，其次鍾韻 28 字，其次爲陽韻 18 字。

　　以上的數據顯示，李賀近體詩偏好選用陽聲韻，尤其是「東、冬、鍾、江」，這韻類在詩歌的數量上或是韻腳的數量上都是最多的。在韻字的使用上，李賀偏好使用東韻字，不僅在字數上是最多，且重複性最低，如〈惱公〉百句排律，東韻用韻 31 字，且無一字重複。其次麻韻字也是值得注意的，押「歌、戈、麻、佳」的 10 首詩中，有 7 首是麻韻獨用，麻韻韻腳數目也僅次於東韻，然而麻韻用字的重複性較高，遠不如東韻的多樣。

　　從音理上來看，陽聲韻爲元音後接鼻音的組合，鼻音會使元音的聲響產生延續共鳴，李賀近體多用陽聲韻來押韻，在聲響上是響亮的；又陰聲韻中用韻最多的是「歌、戈、麻、佳」，這類韻母的主要元音是低元音〔-a〕，口腔的共鳴空間也是大的，李賀韻腳的偏好爲

東、麻韻字，東韻爲圓唇後高元音後加舌根鼻音〔-uŋ〕，麻韻爲展唇低元音〔-a〕，都是響亮的聲音，所以我們大概可以說，李賀近體的用韻在聲音的表現上是宏亮的。

楊文雄曾說「李賀命運坎軻，志氣不舒，選韻務求沉啞，幾乎不用平聲韻。」〔註21〕楊文雄主要是針對李賀古體用韻的表現，然而楊文雄所謂的沉啞似乎指的是仄聲韻，然而我們要問的是，什麼是沉啞的聲音？仄聲韻是否就是沉啞的聲音？是否押仄聲韻的便與李賀坎坷命運的情感有直接的連結？以下試舉李賀一首押仄聲的古體詩〈唐兒歌〉來討論：

> 頭玉磽磽眉刷翠，杜郎生得眞男子。
> 骨重神寒天廟器，一雙瞳人剪秋水。
> 竹馬梢梢搖綠尾，銀鸞睒光踏半臂。
> 東家嬌娘求對值，濃笑畫空作唐字。
> 眼大心雄知所以，莫忘作歌人姓李。

〈唐兒歌〉全首押「支、脂、之、微」仄聲韻，「支、脂、之、微」爲前高元音，口腔共鳴空間最小，聲音響度最小，應該符合所謂的「啞」。然而〈唐兒歌〉述寫唐兒頭角崢嶸、氣宇軒昂的形象，是充滿生命力的，正與李賀坎坷悲戚的生命情調相反。如此說來，楊文雄所說的「選韻務求沉啞」以符合生命情調的說法是無法成立的。

對照楊文雄對李賀古體用韻的評論，李賀近體常用的韻部爲響亮的聲響，那是否李賀以近體的形式來書寫人生得意的情懷。以下試就李賀用韻最多的「東、冬、鍾、江」與「歌、戈、麻、佳」兩類韻，討論兩類韻的詩歌情感，來確定李賀是否以這兩類響亮的韻來描述異於坎坷命運的歡快情懷。

李賀押「東、冬、鍾、江」韻的有下列十首：〈馬詩二十三首〉的第九、第十、第十六三首，大抵爲懷才不遇之嘆；〈南園十三首〉

〔註21〕楊文雄：《李賀詩研究》（臺北：文史哲出版社，1980 年初版，1983 年再版），頁 207。

第六、第七、第十三首也有懷才無用之感；〈昌谷讀書示巴童〉為落第失意之作；〈王濬墓下作〉為懷古感嘆之作；〈追賦畫江潭苑四首〉之四為描述畫中宮人早起遊獵之景；〈惱公〉則為閨情狹邪遊戲之作。

　　押「歌、戈、麻、佳」韻的十首詩，〈馬詩二十三首〉的第六、第十七、第二十二首，大抵為才不見用之感，同於〈馬詩二十三首〉押「東、冬、鍾、江」韻的三首；〈南園十三首〉第三、第十一、第十二首概為歌詠田園景觀或生活之作；〈過華清宮〉為藉華清宮荒廢之景與黍離之悲；〈追賦畫江潭苑四首〉之三為描述畫中宮人早起遊獵之景；〈荅贈〉是描述貴公子家新買寵妓，宴客的歡愉；〈梁公子〉為梁公子的風韻之事。

　　比較兩類韻的詩歌內容與情感，感慨之作有之，敘事描景有之，亦有狹邪遊戲之篇，並非全然歡快，反而是抑鬱悲憤的較多，如此說來，李賀用平聲代表歡快情懷的假設無法成立。然而李賀是否用這兩類韻來表現特定情感，或許從〈馬詩二十三首〉與〈南園十三首〉這兩組詩可一窺究竟。曾益曰：「賀諸馬詩，大都感慨不遇以自喻也。」〔註22〕蔣楚珍曰：「（南園）十三首皆屬自喻之辭。」又曰：「此傷時不我留也。」〔註23〕這兩組詩各自的情感相當統一，就〈馬詩二十三首〉來看，押「東、冬、鍾、江」的有三首，押「歌、戈、麻、佳」的也有三首，其餘的十七首尚有押「元、寒、山、先、仙」的四首，押「眞、諄、文、魂、痕」的四首等等，這麼說來，哪一類韻才適於表現這種「懷才不遇」的憤恨情感？

　　若用詩的情感類別比例來歸類韻的聲情，似乎也無法自圓其說，如押「東、冬、鍾、江」的十首中，九首為失意感慨，只一首

<hr />

〔註22〕〔唐〕李賀撰，〔明〕曾益等注：《李賀詩注》（臺北：世界書局，1963年），頁48。
〔註23〕陳弘治：《李長吉歌詩校釋》（臺北：嘉新水泥公司文化會，1969年），頁80。

為閨情狹邪之作，似乎這類韻適合表現失意感慨的情感，然這九首情感失落的詩的總句數只到閨情狹邪的〈惱公〉的一半，又楊文雄論古體〈高軒過〉用韻時這麼說：「像〈高軒過〉是李賀詩集少數平聲韻中通首用一東韻的詩，因韓愈、皇甫湜過訪冀求提拔之作，用了平聲一東韻，把韓愈到訪那種驚喜雀躍的心情表露無遺。」〔註24〕並引今人王易「東、董寬宏，江、講爽朗」的聲情說來佐證，如此看來，該說李賀以「東、冬、鍾、江」韻來呈現「感慨落寞」的抑鬱情愫，抑或來表現「寬宏爽朗」的雀躍心情？顯然以聲情來詮釋用韻是說不通的。

綜上所述，我們知道李賀近體最常用「東、冬、鍾、江」與「歌、戈、麻、佳」兩類韻，然而不可說李賀用某類韻來表達某種特定的情感。

三、李賀近體詩的押韻體例

（一）首句用韻

在唐人詩格中有討論到五言詩首句入韻的韻律表現，唐人稱之為「連韻」，以首句、次句連續用韻之故，並評價「此為佳也」〔註25〕。然而就王力《漢語詩律學》的統計，唐人五絕的首句和五律（八句）的首句，以不入韻為正例；七絕則以首句入韻為正例。〔註26〕即五言近體首句入韻的少，七言則以首句用韻為常態。李賀近體的首句入韻情形，是否如王力所說的五言少七言多？試就下表的統計討論：

〔註24〕楊文雄：《李賀詩研究》（臺北：文史哲出版社，1980 年初版，1983 年再版），頁 207。

〔註25〕〔日〕遍照金剛撰，王利器校注：《文鏡秘府論校注》（臺北：貫雅文化事業有限公司，1991 年），頁 72。

〔註26〕王力：《漢語詩律學》（香港：中華書局，1976 年初版，1999 年再版），頁 38～39。

表 3-3　首句入韻統計表

	五言絕句	五言律詩（八句）	五言排律（八句以上）	七言絕句
總計（首）	26	17	7	20
首句用韻（首）	13	11	3	17
比例（100%）	50%	64.70%	42.80%	85%

由上表的數據可以知道，李賀七言詩首句入韻的比例很高，便如王力所說，然而五言近體首句用韻的數量超過整體的五成，尤其是五律，佔了六成以上，由此看來，李賀五言詩首句入韻反而以入韻爲「正例」了。若將五言、七言合併計算，則李賀近體首句入韻的比例爲 62.8%，即首句用韻是李賀近體的一種「常態」了。

「韻是韻文節奏的安頓點」〔註 27〕，五言原本是十個字押一次韻，如首句入韻，則十字一韻的節奏就被截爲五個字的兩個段落，即五絕押韻的節奏點變爲五、五、十，五律變爲五、五、十、十、十。這種在詩的開頭即安排連兩句的押韻，一方面使押韻節奏更爲緊湊，一方面也使十字一韻的節奏產生變化，變得更爲活潑。

（二）交錯用韻

所謂交錯用韻，指的是韻腳由兩個通押的韻部交錯排列，或是韻腳與非韻句（奇數句）各自押一韻，即本章第一節談到唐人詩格中的交鏁韻。

清人汪師韓曾提及：「李賀〈追賦畫江潭苑〉五律，雜用紅、龍、空、鐘四字，此則開後人轆轤進退之格，詩中另有一體矣。」〔註 28〕這裡所謂的轆轤進退之格，在本章的第一節已說明，即韻腳以通押的兩韻交錯使用，如〈追賦畫江潭苑〉：

〔註 27〕王力：《漢語詩律學》（香港：中華書局，1976 年初版，1999 年再版），頁 16。

〔註 28〕〔清〕王夫之等撰，丁福保編：《清詩話》（臺北：明倫出版社，1971 年），頁 452。

　　　　　十騎簇芙蓉，宮衣小隊紅。練香薰宋鵲，尋箭踏盧龍。
　　　　　　　　　　（東）　　　　　　　　　　　（鍾）
　　　　　旗濕金鈴重，霜干玉鐙空。今朝畫眉早，不待景陽鐘。
　　　　　　　　　　（東）　　　　　　　　　　　（鍾）

紅、空為東韻，龍、鐘為鍾韻，紅、龍、空、鐘的排列即東、鍾、
東、鍾的交錯用韻。這是前人注意到的李賀近體的用韻安排，除此
之外，是否還有其他規律的用韻表現，還是這只是李賀一個偶然的
安排？

　　檢視李賀近體詩，發現除了〈追賦畫江潭苑〉外，再也沒有韻
腳規律交錯排列的情形。比較有規律的只有兩例：

〈同沈駙馬賦得御溝水〉

　　　　　入苑白泱泱，宮人正屬黃。繞堤龍骨冷，拂岸鴨頭香。
　　　　　　　　　　（唐）　　　　　　　　　　　（陽）
　　　　　別館驚殘夢，停杯泛小觴。幸因流浪處，暫得見何郎。
　　　　　　　　　　（陽）　　　　　　　　　　　（唐）

〈七夕〉

　　　　　別浦今朝暗，羅帷午夜愁。鵲辭穿線月，花入曝衣樓。
　　　　　　　　　　（尤）　　　　　　　　　　　（侯）
　　　　　天上分金鏡，人間望玉鉤。錢塘蘇小小，更值一年秋。
　　　　　　　　　　（侯）　　　　　　　　　　　（尤）

兩例分別為「唐－陽－陽－唐」及「尤－侯－侯－尤」的排列，然而
並非是交錯用韻，且這種規律的安排韻腳的詩例太少，不足以形成李
賀的用韻風格，汪師韓所說的「開後人轆轤進退之格」，概非李賀有
意為之。

　　再看韻腳與非韻句末字的排列情形，李賀的近體僅有下列三個詩
例有兩韻交錯的情形：

〈示弟〉的第一句到第四句：

　　　　　別弟三年後（厚），還家一日餘（魚）。
　　　　　釀醁今夕酒（有），細帙去時書（魚）。

〈惱公〉的第六十一句到六十四句：

蠟淚垂蘭爐（震），秋蕪掃綺櫳（東）。

吹笙翻舊引（震），沽酒待新豐（東）。

〈送秦光祿北征〉的第四十一句到四十四句：

內子攀琪樹（遇），羌兒奏落梅（灰）。

今朝擎劍去（御），何日刺蛟迴（灰）。

這三個例子皆非通首交錯，只是詩中的某個段落有這樣的表現；三個例子也只有〈惱公〉一百句中的四句以「東」、「震」兩韻交錯，在詩歌數量的比例上及韻部交錯的表現上都顯示李賀在這一類的交錯用韻上沒有著墨。

由以上的討論我們可以確定，李賀在近體詩的用韻的交錯形式上並無著墨，就李賀的韻腳安排的慣性來說，不可說李賀有意地開創了轆轤進退之格。

第三節　李賀近體詩句中韻的韻律表現

所謂的「句中韻」，指的是一句中有幾個字韻母相諧。在第一節唐人詩格討論的文病「大韻」、「小韻」即是句中韻，句中韻之所以是「文病」，乃在於牴觸了齊梁時期刻意強調音韻殊異的觀點，及至唐代聲律發展更為成熟調和，句中韻已不是病了。又上一節的討論中，我們知道李賀許多韻部已然合併通押，韻部的減少，一句中出現句中韻的機率就會增加。消極面上，句中韻已經不是音韻上的毛病；積極面上，韻部的通押提升了句中韻的機率，如此，句中韻可能由南朝的文病演變成一種韻律的表現手段。

按王力「韻是韻文節奏的安頓點」〔註29〕的說法，句中韻若出現在句子的停頓點上，便可加強停頓的節奏，如五言在句式上多為前二後三的節奏，若句中韻出現在第二與第五音節，那麼前二後三

〔註29〕王力：《漢語詩律學》（香港：中華書局，1976 年初版，1999 年再版），頁 16。

的節奏就會獲得強化，如《文鏡秘府論》所舉的詩例：「紫翩拂花樹，黃鸝閑綠枝。」〔註30〕第二句的「鸝」與「枝」同為「支」韻，第二、五兩個音節在同韻呼應的情形下強化了音節的頓點，使前二後三的節奏更為明顯。

　　韻母是音節中最響亮的部分，兩音節韻母相諧，便可形成明顯的呼應音效，所謂「同聲相應」〔註31〕，這種相應強化了語音間的連結度，使詩的韻律更趨近於音樂，而不同於自然的語調。葉桂桐認為，大抵到六朝沈約的時代，開始有意識地注重並強調將押韻的字放在句末，認為不宜在一聯詩中有與韻腳相同或同韻部的字出現，以此突顯、強調句尾的韻。又每句用韻的情況也明顯地減少，隔句押韻的規律逐漸定型，如此詩的節奏就比較舒緩。〔註32〕然而，五言詩十個字才一次押韻的呼應，在音韻結構上是鬆散的，如果在十個字中，有幾個音節在部分音素上能相互呼應，則一聯的音韻結構會更緊密。簡單的說，句中韻會形成兩種韻律效果，一種是強化節奏，一種是造成呼應，這兩種效果使詩歌的音韻結構更加凝鍊。

一、句中韻的檢視原則

　　前人所提出的「大韻」、「小韻」的聲病，有以一聯為單位的，也有以一句為單位的。若今以一聯為單位，則必須考量到《廣韻》中許多的韻部李賀已合併通押，顯示了這些韻部在發音上對李賀而言已極為接近，甚至相同，如此，一聯中出現句中韻的機率便會提高，韻律安排的偶然性便會增加。若徒以《廣韻》合用韻目作為句中韻的相諧韻類，又罔顧了李賀真實語音的表現。要較精準地掌握李賀句中韻的安排，那就得從句中韻的討論單位來限縮，故以下的

〔註30〕見〔日〕遍照金剛撰，王利器校注：《文鏡秘府論校注》（臺北：貫雅文化事業有限公司，1991年），頁501。

〔註31〕《文心雕龍》：「異音相從謂之和，同聲相應謂之韻。」見〔南朝〕劉勰著，詹鍈義證：《文心雕龍義證》（上海：上海古籍出版社，1989年），頁1228。

〔註32〕葉桂桐：《中國詩律學》（臺北：文津出版社，1998年），頁44～47。

句中韻不以一聯爲單位，而以單句爲單位來進行討論。

在討論句中韻前，得先歸納李賀韻部的合用情形。前一節已探討李賀近體的通押情形，然而要立定句中韻的擇取標準，則有些問題尚待釐清，如「江」韻李賀與「東、冬、鍾」通押，也與「陽、唐」通押，那「江」韻該與那一韻類相諧？以下列出尚待歸類的韻部，並以李賀古體的通押表現進行對照，以劃定韻部相諧的類別。古體詩韻部合用的情形主要依據 E. G. Pulleyblank（蒲立本）"The Rhyming Categories of Li Ho 〔791-817〕"及郭娟玉的〈李賀詩韻與詞韻〉的研究。

（一）「江」韻歸於「陽、唐」或「東、冬、鍾」

李賀近體「江」韻與「陽、唐」，與「東、冬、鍾」通押的各有一首。李賀古體詩〈榮華樂〉「陽、江」通押，〈溪晚涼〉「東、鍾、江」通押，也是各一首。王力認爲及至晚唐五代，「江」韻依然獨用，周祖謨〈唐五代的北方語音〉則將「江」韻歸於「陽、唐」。今就李賀的用韻比例無法斷定「江」韻的歸屬，故將「江」韻獨列一類，即相諧韻類「東、冬、鍾」一類，「陽、唐」一類，「江」韻一類。

（二）「微」韻與「支、脂、之」合用

李賀近體押「支、脂、之、微」僅五首，其中「支、脂、之」合用三首，「微」韻獨用兩首。然在李賀古體詩中，「支、脂、之、微」合用的情形相當普遍。王力認爲晚唐脂、微已合部，周祖謨的北方語音「支、脂、之、微」也是合用的。故依照李賀古體的用韻表現，將「支、脂、之、微」歸爲相諧的一類。

（三）「佳」韻歸「齊、灰、咍」或「歌、戈、麻」

「佳」韻李賀近體有〈梁公子〉一例與「麻」通押，〈送秦光祿北征〉一例與「齊、灰、咍」通押，古體〈秦宮詩〉一例與「馬」、「禡」通押，古體與「齊、灰、咍」無通押詩例。竺師家寧曾說：

　　　　找們認爲佳韻在隋代也許是〔-æ〕，不帶〔-i〕韻尾。
《韻鏡》佳韻和泰韻列於同轉，可能在唐代已經變得和泰
韻一樣，有〔-i〕尾了。故宮本王仁昫《切韻》把佳韻和
「歌、戈、麻」諸韻同列，而不與「哈、泰、皆、夬」同
列，説明它的主要元音是個近似麻韻的〔-ɑ〕的〔-æ〕，也
説明在唐代方言中，還有不少地區佳韻是不帶〔-i〕韻尾
的。〔註33〕

與「齊、灰、哈」通押，「佳」韻帶〔-i〕韻尾，與「麻」通押，「佳」
韻不帶韻尾，李賀兩種詩例都有。周祖謨將「佳、皆、灰、哈、泰、
夬」歸爲一類，然王力晚唐韻部合併僅言「佳、皆」合部，今委決
不下，故依《廣韻》定「佳、皆、夬」單獨一類。即「齊、灰、哈」
一類，「歌、戈、麻」一類，「佳、皆、夬」一類。

（四）「泰」、「廢」兩韻的歸屬

　　《廣韻》「泰」、「廢」兩韻獨用，「泰」韻在李賀古體中與「隊」、
「薺」通押，故「泰」韻歸於「齊、灰、哈」。押「廢」韻李賀只一
首〈假龍吟歌〉，韻腳爲：「瘁、肺、蓋」，「瘁」爲「至」韻，「肺」
爲「廢」韻，「蓋」爲「泰」韻。蒲立本認爲《韻鏡》中「廢」、「至」
同圖，「廢」韻可能歸於「支、脂、之、微」〔註34〕，周祖謨北方語
音也歸「廢」於「支、脂、之、微」，然王力晚唐韻部以灰韻、廢韻
和泰韻合口歸灰堆。今以孤例用韻，且無法斷定與「廢」韻通押的
韻部是「至」韻還是「泰」韻，故依《廣韻》「廢」韻獨用。即「齊、
灰、哈、泰」一類，「廢」韻一類。

〔註33〕竺師家寧：《聲韻學》（臺北：五南圖書出版股份有限公司，1993 年
　　　 11 月二版二刷），頁 342。

〔註34〕原文：瘁，rhyme 至〔Group III b〕. It is possible that 肺，rhyme 廢，
　　　 should also be placed in Group III, with whitch it is associated in the
　　　 Yün-ching 韻鏡。In that case this rhyme set should be transferred to
　　　 Group III b and 蓋 is the cross-rhyme .見 E. G. Pulleyblank. " The
　　　 Rhyming Categories of Li Ho 〔791-817〕," Tsing Hua Journal of
　　　 Chinese Studies ,7.1（August1968）:11.

（五）「肴」韻的歸屬

《廣韻》「蕭、宵」同用，「肴」、「豪」獨用，李賀近體「蕭、宵、豪」同用，未有「肴」韻的詩例，然李賀古體中「蕭、宵、肴、豪」多有合用，故歸「蕭、宵、肴、豪」為一類。

（六）「職、德」與「陌、麥、昔、錫」合用

「庚、耕、清、青」在李賀近體與古體已然合用，但未有與「蒸、登」通押的詩例，然而這兩類韻的入聲字卻在古體中有明顯通押的狀況。今依李賀通押情形分「庚、耕、清、青」（平、上、去聲）一類，「蒸、登」（平、上、去聲）一類，「職、德」與「陌、麥、昔、錫」一類。

（七）「嚴、凡」是否與「覃、談、鹽、添、咸、銜」 合用

《廣韻》：「覃、談」同用，「鹽、添」同用，「咸、銜」同用，「嚴、凡」同用。李賀近體與古體「覃、談、鹽、添、咸、銜」等韻已合用，然而未有與「嚴、凡」通押的，李賀詩也沒有押「嚴、凡」的詩例，故今以「覃、談、鹽、添、咸、銜」為一類，「嚴、凡」自為一類。

歸結以上的討論，句中韻的韻部分類如下，每類韻目舉平賅上、去、入（「庚、耕、清、青」及「蒸、登」兩類不含入聲），各個韻類取該類第一個韻目為類名，為行文的簡潔，以下皆以類名稱呼。

1、東類：東、冬、鍾
2、江類：江
3、支類：支、脂、之、微
4、魚類：魚、虞、模
5、齊類：齊、灰、咍、泰
6、佳類：佳、皆、夬

7、廢類：廢

8、眞類：眞、諄、臻、文、欣、魂、痕

9、元類：元、寒、桓、刪、山、先、仙

10、蕭類：蕭、宵、肴、豪

11、歌類：歌、戈、麻

12、陽類：陽、唐

13、庚類：庚、耕、清、青（此類僅平、上、去聲）

14、蒸類：蒸、登（此類僅平、上、去聲）

15、陌類：陌、麥、昔、錫、職、德

16、尤類：尤、侯、幽

17、侵類：侵

18、覃類：覃、談、鹽、添、咸、銜

19、嚴類：嚴、凡

以上爲句中韻相諧的 19 種韻類。句中韻的擇取標準爲一句中有兩字（含）以上爲同一韻類，且入聲只與入聲相諧，平、上、去可彼此相諧，即探討韻的音值的相諧，而不考量韻的音調問題。再者，凡是相鄰兩音節韻母相同的疊韻現象，皆不列入本小節的討論範疇，將於第五章聲音重複的韻律表現中另行討論。

以下五言詩、七言詩分別討論，五言、七言依相諧的音節點分爲隔字相諧（如第一音節與第三音節相諧）與連續相諧（如第一音節與第二音節相諧）兩類。另外，七言詩有不少一句中有兩組韻類相諧，即七字中有四個字兩兩相諧的，爲顧及詩句的整體音效，七言再分兩組以上相諧一項，與一組相諧的分開討論。

二、五言詩句中韻的表現

（一）隔字相諧

隔字相諧指的是兩音節隔一字相諧，或隔兩字、三字相諧。五言詩隔字相諧分成以下幾類：第一、三音節相諧，第二、四音節相

諧，第三、五音節相諧，第一、四音節相諧，第二、五音節相諧，第一、五音節相諧，第一、三、五音節相諧。

1、第一、三音節相諧

（1）5-4　　小（小）樹棗（晧）花春（〈始為奉禮憶昌谷山居〉）

（2）20-8　　燒（宵）竹照（笑）漁船（〈南園十三首〉之十三）

（3）24-1　　此（紙）馬非（微）凡馬（〈馬詩二十三首〉之四）

（4）40-4　　先（先）采眼（產）中光（〈馬詩二十三首〉之二十）

（5）48-43　隈（灰）花開（咍）兔徑（〈惱公〉）

（6）48-88　銀（眞）液鎮（震）心忪（〈惱公〉）

（7）48-93　無（虞）力塗（模）雲母（〈惱公〉）

（8）50-17　屢（遇）斷呼（模）韓頸（〈送秦光祿北征〉）

（9）61-6　　鵁（肴）鶄老（晧）濕沙（〈追賦畫江潭苑四首〉之三）

（10）63-4　　寫（馬）恨破（過）長箋（〈潞州張大宅病酒遇江使寄上十四兄〉）

（11）63-9　　岸（翰）幘褰（仙）紗幌（〈潞州張大宅病酒遇江使寄上十四兄〉）

（12）63-17　莎（戈）老沙（麻）雞泣（〈潞州張大宅病酒遇江使寄上十四兄〉）

（13）67-2　　不（物）用一（質）丸泥（〈奉和二兄罷使遣馬歸延州〉）

（14）67-3　　馬（馬）向沙（麻）場去（〈奉和二兄罷使遣馬歸延州〉）

第一、三音節相諧的有14例，蕭類、歌類各有3例，其次眞類、元類、魚類各有2例，支類、齊類各1例，相諧的韻類大抵聲音是比較響亮的。14例中有5例相諧的韻母同聲調，分別為第1、5、7、12、13例，本節的句中韻選取標準為音值的相諧，若句中韻的聲調也相同，那麼呼應的表現就更明顯了。就唐人詩格所討論的句式節

奏，五言詩的句式節奏為前二後三，即前兩個音節為一音組，後三個為一音組。句中韻若在第一、三音節出現，則會形成兩個音組的起始音節彼此呼應，間接的強化了前二後三的句式節奏。

2、第二、四音節相諧

（1）4-5　　別館（換）驚殘（寒）夢（〈同沈駙馬賦得御溝水〉）

（2）5-2　　衢廻（灰）自閉（霽）門（〈始為奉禮憶昌谷山居〉）

（3）5-7　　犬書（魚）曾去（御）洛（〈始為奉禮憶昌谷山居〉）

（4）7-4　　石斷（緩）紫錢（仙）斜（〈過華清宮〉）

（5）7-5　　玉椀（緩）盛殘（寒）露（〈過華清宮〉）

（6）22-4　　先擬（止）蕷蘂（脂）銜（〈馬詩二十三首〉之二）

（7）35-1　　不從（用）桓公（東）獵（〈馬詩二十三首〉之十五）

（8）48-8　　夜帳（漾）減香（陽）筒（〈惱公〉）

（9）48-20　　隱語（語）笑芙（虞）蓉（〈惱公〉）

（10）48-82　　金爐（模）細炷（遇）通（〈惱公〉）

（11）48-83　　春遲（脂）王子（止）態（〈惱公〉）

（12）50-11　　榆稀（微）山易（寘）見（〈送秦光祿北征〉）

（13）50-17　　屢斷（緩）呼韓（寒）頸（〈送秦光祿北征〉）

（14）50-23　　桃花（麻）連馬（馬）發（〈送秦光祿北征〉）

（15）50-33　　守帳（漾）然香（陽）暮（〈送秦光祿北征〉）

（16）50-41　　內子（止）攀琪（之）樹（〈送秦光祿北征〉）

（17）56-1　　蟲響（養）燈光（唐）薄（〈昌谷讀書示巴童〉）

（18）58-1　　園中（東）莫種（用）樹（〈莫種樹〉）

（19）63-13　　旅酒（有）侵愁（尤）肺（〈潞州張大宅病酒遇江使寄上十四兄〉）

（20）63-19　　覺騎（支）燕地（至）馬（〈潞州張大宅病酒遇江使寄上十四兄〉）

（21）63-20　　夢載（代）楚溪（齊）船（〈潞州張大宅病酒遇江使寄上十四兄〉）

（22）67-3　　　馬向（漾）沙場（陽）去（〈奉和二兄罷使遣馬歸延

州〉）

　　第二、四音節相諧的有 22 例，其中以支類 5 例最多，其次元類、
陽類各 4 例，魚類 3 例，東類、齊類各 2 例，歌類、尤類各 1 例。
22 例相諧韻母聲調皆不同，皆為平聲與上、去聲的相諧。在第二、
四音節的句中韻可形成「二二一」的節奏，以第二、四音節為前面
兩個音組的結尾，兩個音節呼應，便會形成節奏頓點。

3、第三、五音節相諧

（1）2-4　　　　絪恢去（御）時書（魚）（〈示弟〉）

（2）3-3　　　　露華生（庚）筍徑（徑）（〈竹〉）

（3）7-1　　　　春月夜（禡）啼鴉（麻）（〈過華清宮〉）

（4）27-2　　　　東王飯（願）巳乾（寒）（〈馬詩二十三首〉之七）

（5）33-1　　　　寶玦誰（脂）家子（止）（〈馬詩二十三首〉之十三）

（6）37-1　　　　白鐵剉（過）青禾（戈）（〈馬詩二十三首〉之十七）

（7）39-1　　　　蕭寺馱（歌）經馬（馬）（〈馬詩二十三首〉之十九）

（8）48-15　　　　月分蛾（歌）黛破（過）（〈惱公〉）

（9）48-29　　　　勻臉安（寒）斜雁（諫）（〈惱公〉）

（10）48-37　　　繡沓襄（仙）長慢（換）（〈惱公〉）

（11）50-6　　　　營門細（霽）柳開（咍）（〈送秦光祿北征〉）

（12）50-11　　　榆稀山（山）易見（霰）（〈送秦光祿北征〉）

（13）50-21　　　寶玦麒（之）麟起（止）（〈送秦光祿北征〉）

（14）55-7　　　　淚濕紅（東）輪重（用）（〈謝秀才有妾縞練改從於人
秀才留之不得後生感憶座人製詩嘲誚賀復繼四首〉之四）

（15）55-8　　　　栖烏上（養）井梁（陽）（〈謝秀才有妾縞練改從於人
秀才留之不得後生感憶座人製詩嘲誚賀復繼四首〉之四）

（16）60-4　　　　帶重剪（獮）刀錢（仙）（〈追賦畫江潭苑四首〉之二）

（17）65-3　　　　破得春（諄）風恨（恨）（〈馮小憐〉）

（18）65-7　　　　玉冷紅（東）絲重（用）（〈馮小憐〉）

　　第三、五音節相諧的有 18 例，元類 5 例最多，其次歌類 4 例，支類、東類各 2 例，魚類、齊類、眞類、陽類、庚類各 1 例。18 例聲調上皆為平仄相諧。這一類在韻律上相諧點皆在五言上二下三的「下三」音組中，為「下三」音組的頭尾音節，這樣的句中韻可以緊密「下三」音組的聲音聯繫，尤其第五音節為韻腳時，第三音節的呼應會讓十字一韻的規律產生活潑的變化，感覺在這一句中有兩個韻腳呼應著，然而這一類的句中韻兩字都不同聲調，這讓第三音節不至於喧賓奪主，取代了韻腳的押韻韻律。

4、第一、四音節相諧

（1）2-8　　　拋（肴）擲任梟（蕭）盧（〈示弟〉）

（2）6-2　　　羅（歌）帷午夜（禡）愁（〈七夕〉）

（3）20-1　　　小（小）樹開朝（宵）遲（〈南園十三首〉之十三）

（4）48-1　　　宋（宋）玉愁空（東）斷（〈惱公〉）

（5）48-34　　殘（寒）蛻憶斷（緩）虹（〈惱公〉）

（6）48-41　　井（靜）檻淋清（清）漆（〈惱公〉）

（7）48-65　　短（緩）佩愁塡（先）粟（〈惱公〉）

（8）63-5　　　病（映）客眠清（清）曉（〈潞州張大宅病酒遇江使寄上十四兄〉）

（9）60-6　　　靴（戈）長上馬（馬）難（〈追賦畫江潭苑四首〉之二）

（10）70-7　　種（用）柳營中（東）暗（〈梁公子〉）

　　第一、四音節相諧的有 10 例，東類、元類、蕭類、歌類、庚類各 2 例。相諧聲調皆不相同。第一、四音節的句中韻，中間隔了兩個音節，形成首尾呼應的音效。

5、第二、五音節相諧

（1）24-1　　　此馬（馬）非凡馬（馬）（〈馬詩二十三首〉之四）

（2）24-2　　　房星（庚）是本星（庚）（〈馬詩二十三首〉之四）

（3）25-4　　　快走（厚）踏清秋（尤）（〈馬詩二十三首〉之五）

（4）40-1　　重圍（微）如燕尾（尾）（〈馬詩二十三首〉之二十）

（5）48-59　黃娥（歌）初出座（過）（〈惱公〉）

（6）48-77　含水（旨）彎娥翠（至）（〈惱公〉）

（7）48-96　囊用（用）絳紗縫（鍾）（〈惱公〉）

（8）58-4　　今秋（尤）似去秋（尤）（〈莫種樹〉）

（9）62-7　　今朝（宵）畫眉早（晧）（〈追賦畫江潭苑四首〉之四）

（10）63-18　松乾（寒）瓦獸殘（寒）（〈潞州張大宅病酒遇江使寄上十四兄〉）

（11）63-3　　繫書（魚）隨短羽（麌）（〈潞州張大宅病酒遇江使寄上十四兄〉）

（12）68-3　　沈香（陽）燻小象（養）（〈苔贈〉）

（13）69-3　　榆穿（仙）萊子眼（產）（〈感春〉）

（14）70-4　　洗馬（馬）走江沙（麻）（〈梁公子〉）

　　第二、五音節相諧的有 14 例，其中歌類 3 例最多，其次支類、元類、尤類各 2 例，東類、魚類、蕭類、陽類、庚類各 1 例。同聲調相諧的有 4 例，其中有 3 例同字相諧，為第 1、2、10 例。這三例都是刻意的安排，第 1、2 例「此馬非凡馬，房星是本星」是唐人詩格對偶中的「雙擬對」，雙擬對即句子出現重複用字（隔字出現，並非疊字）的對偶；第 8 例〈莫種樹〉：「園中莫種樹，種樹四時愁。獨睡南牀月，今秋似去秋。」從「種樹」的重複頂真，「秋」在第二、五音節的重複，可以發現這首詩本身就是一回環的重複旋律，故以上三個例子都是刻意的形成重複節奏。其他的句中韻多不同聲調，以第二、五音節是五言上二下三這兩個音組的結尾音節，在這兩個音節出現句中韻，上二下三的節奏頓點會非常的清楚，倘若聲調又相同，則太明顯的頓點讓詩有斧鑿的痕跡，顯得過於刻意了。

6、第一、五音節相諧

（1）2-7　　　何（歌）須問牛馬（馬）（〈示弟〉）

（2）20-7　　沙（麻）頭敲石火（果）（〈南園十三首〉之十三）

（3）28-4　　　羈（支）策任蠻兒（支）（〈馬詩二十三首〉之八）

（4）31-2　　　銀（眞）轤刺麒麟（眞）（〈馬詩二十三首〉之十一）

（5）33-2　　　長（陽）聞俠骨香（陽）（〈馬詩二十三首〉之十三）

（6）35-3　　　一（質）朝溝壠出（術）（〈馬詩二十三首〉之十五）

（7）38-2　　　旋（仙）毛在腹間（山）（〈馬詩二十三首〉之十八）

（8）48-13　　　杜（姥）若含清露（暮）（〈惱公〉）

（9）48-27　　　數（麌）錢教姹女（語）（〈惱公〉）

（10）48-60　　　寵（腫）妹始相從（鍾）（〈惱公〉）

（11）48-86　　　銅（東）街五馬逢（鍾）（〈惱公〉）

（12）50-24　　　綵（海）絮撲鞍來（咍）（〈送秦光祿北征〉）

（13）62-2　　　宮（東）衣小隊紅（東）（〈追賦畫江潭苑四首〉之四）

（14）63-1　　　秋（尤）至昭關後（厚）（〈潞州張大宅病酒遇江使
　　　　　　　　寄上十四兄〉）

（15）63-15　　　詩（之）封兩條淚（至）（〈潞州張大宅病酒遇江使
　　　　　　　　寄上十四兄〉）

（16）66-4　　　蒲（模）米蟄雙魚（魚）（〈釣魚詩〉）

　　第一、五音節相諧的有 16 例，最多的爲東類、魚類各 3 例，其次支類、眞類、歌類各 2 例，齊類、元類、陽類、尤類各 1 例。這類相諧值得注意的是 16 例中有 9 例同聲調相諧，9 例中又有 4 例同韻相諧，爲第 3、4、5、13 例。第一、五音節相距最遠，句中韻的音效最渙散，若以同聲調的句中韻相應，可以強化呼應的音效，又這兩個音節在句子的首尾，也形成了頭尾呼應的效果。

7、第一、三、五音節相諧

（1）20-5　　　古（姥）剎疎（魚）鐘度（暮）（〈南園十三首〉之
　　　　　　　　十三）

（2）65-1　　　灣（刪）頭見（霰）小憐（先）（〈馮小憐〉）

　　第一、三、五音節相諧只有 2 例，魚類 1 例，元類 1 例。這類的句中韻是規律的隔一字的呼應，五個字中就有三個韻母音值相近

（同），整個詩句的呼應音效是強烈的；再從上列兩例不同聲調的安排，又可看出李賀在這種相同的呼應韻律中植入了聲調的變化，使共鳴的聲響中產生音高的升降起伏。

（二）連續相諧

連續相諧為相諧的兩個音節緊鄰，形成如疊韻般的效果，尤其是聲調相同相諧，如〈馬詩二十三首〉之五「燕（先）山（山）月似鉤」，李賀先、山通押，想必兩韻讀音極為接近，甚至相同，因此燕山兩字形成如疊韻般的效果。既然如此，同音調的相諧為何不置於疊韻的章節來討論？主要的原因在於無法確定這兩韻是否完全相同，故依然置於此處討論。以下依相諧的音節位置羅列詩例討論。

1、第一、二音節相諧

（1）21-4　　誰（脂）為（寘）鑄金鞭（〈馬詩二十三首〉之一）

（2）22-3　　未（未）知（支）口硬軟（〈馬詩二十三首〉之二）

（3）23-2　　驅（虞）車（魚）上玉崑（〈馬詩二十三首〉之三）

（4）25-2　　燕（先）山（山）月似鉤（〈馬詩二十三首〉之五）

（5）27-4　　誰（脂）為（寘）拽車轅（〈馬詩二十三首〉之七）

（6）48-40　骨（沒）出（術）似飛龍（〈惱公〉）

（7）48-47　象（養）牀（陽）緣素柏（〈惱公〉）

（8）48-52　梔（支）子（止）發金墉（〈惱公〉）

（9）50-13　天（先）遠（阮）星光沒（〈送秦光祿北征〉）

（10）50-28　紫（紙）膩（至）卷浮杯（〈送秦光祿北征〉）

（11）60-8　勻（諄）粉（吻）照金鞍（〈追賦畫江潭苑四首〉之二）

（12）64-5　古（姥）書（魚）平黑石（〈王濬墓下作〉）

（13）69-6　飛（微）絲（之）送百勞（〈感春〉）

第一、二音節相諧有 13 例，其中支類有 6 例，魚類、真類、元類各 2 例，陽類 1 例。13 例中有 4 例同聲調。第一、二音節的句中韻以前高元音的支類韻最多，支類韻開口度最小，所以響度最小，

連續兩個細小的聲響，使詩句呈現前細後洪的音響。

2、第二、三音節相諧

（1）28-1　　赤兔（暮）無（虞）人用（〈馬詩二十三首〉之八）

（2）43-1　　武帝（霽）愛（代）神仙（〈馬詩二十三首〉之二十三）

（3）48-14　河蒲（模）聚（遇）紫茸（〈惱公〉）

（4）48-16　花合（合）靨（葉）朱融（〈惱公〉）

（5）48-61　蠟淚（至）垂（支）蘭爐（〈惱公〉）

（6）48-66　長絃（先）怨（願）削菘（〈惱公〉）

（7）48-74　熏衣（微）避（寘）賈充（〈惱公〉）

（8）50-4　　驕氣（未）似（止）橫霓（〈送秦光祿北征〉）

（9）54-3　　灰暖（緩）殘（寒）香炷（〈謝秀才有妾縞練改從於人秀才留之不得後生感憶座人製詩嘲誚賀復繼四首〉之三）

（10）54-4　髮冷（梗）青（青）蟲簪（〈謝秀才有妾縞練改從於人秀才留之不得後生感憶座人製詩嘲誚賀復繼四首〉之三）

（11）57-1　巨鼻（至）宜（支）山褐（〈巴童荅〉）

（12）59-2　宮衣（微）水（旨）濺黃（〈追賦畫江潭苑四首〉之一）

（13）60-5　角暖（緩）盤（桓）弓易（〈追賦畫江潭苑四首〉之二）

（14）60-6　靴長（陽）上（養）馬難（〈追賦畫江潭苑四首〉之二）

（15）64-8　壙科（戈）馬（馬）鬣封（〈王濬墓下作〉）

（16）66-11　爲看（寒）煙（先）浦上（〈釣魚詩〉）

　　第二、三音節相諧有 16 例，其中支類 5 例最多，其次元類 4 例，魚類 2 例，齊類、歌類、陽類、庚類、覃類各 1 例。同聲調的有 3 例。這兩音節的句中韻依然以支類韻最多，然而元類韻也不少，元類韻爲低元音後加鼻音韻尾，爲響亮的聲響，極端細小或響亮的聲音都會引人注意，李賀連疊兩個細小音響與宏亮音響，藉著重複來形成強調的音效。

3、第三、四音節相諧

（1）6-3　　　鵲辭穿（仙）線（線）月（〈七夕〉）

（2）34-1　　香襆赭（馬）羅（歌）新（〈馬詩二十三首〉之十四）

（3）30-1　　催榜渡（暮）烏（模）江（〈馬詩二十三首〉之十）

（4）31-2　　銀轡刺（寘）麒（之）麟（〈馬詩二十三首〉之十一）

（5）48-22　　休開翡（未）翠（至）籠（〈惱公〉）

（6）48-39　　心搖如（魚）舞（麌）鶴（〈惱公〉）

（7）48-40　　骨出似（止）飛（微）龍（〈惱公〉）

（8）48-89　　跳脫看（寒）年（先）命（〈惱公〉）

（9）50-19　　太常猶（尤）舊（宥）寵（〈送秦光祿北征〉）

（10）55-6　　端坐據（御）胡（模）牀（〈謝秀才有妾縞練改從於人
　　　　　　　秀才留之不得後生感憶座人製詩嘲誚賀復繼四首〉之四）

（11）56-3　　君憐垂（支）翅（寘）客（〈昌谷讀書示巴童〉）

（12）56-4　　辛苦尚（漾）相（陽）從（〈昌谷讀書示巴童〉）

（13）58-2　　種樹四（至）時（之）愁（〈莫種樹〉）

　　第三、四音節相諧有 13 例，其中支類有 5 例最多，其次魚類 3 例，元類 2 例，歌類、陽類、尤類各 1 例。同聲調的有 2 例。此類依然以支類韻最多，其音節位置在詩句的中段，連續支類句中韻形成前後較響亮，中間較細小的「強－弱－強」的韻律。

4、第四、五音節相諧

（1）26-2　　麤毛刺破（過）花（麻）（〈馬詩二十三首〉之六）

（2）38-1　　伯樂向前（先）看（寒）（〈馬詩二十三首〉之十八）

（3）48-5　　注口櫻桃（豪）小（小）（〈惱公〉）

（4）48-23　　弄珠驚漢（翰）燕（霰）（〈惱公〉）

（5）48-30　　移燈想夢（送）熊（東）（〈惱公〉）

（6）48-31　　腸攢非束（燭）竹（屋）（〈惱公〉）

（7）59-5　　路指臺城（清）迥（迥）（〈追賦畫江潭苑四首〉之一）

（8）63-14　　離歌繞儒（換）絃（先）（〈潞州張大宅病酒遇江使

寄上十四兄〉）

（9）64-2　　　猶唱水中（東）龍（鍾）（〈王濬墓下作〉）

（10）64-5　　　古書平黑（德）石（昔）（〈王濬墓下作〉）

（11）66-2　　　仙人待素（暮）書（魚）（〈釣魚詩〉）

（12）66-7　　　餌懸春蜥（錫）蝎（昔）（〈釣魚詩〉）

（13）70-6　　　長篝鳳窠（戈）斜（麻）（〈梁公子〉）

　　第四、五音節相諧有 13 例，其中東類、元類各有 3 例，歌類、陌類各有 2 例，魚類、蕭類、庚類各有 1 例。值得注意的是，此類同聲調的有 7 例，超過總數的一半。

　　李賀連續兩音節的句中韻以出現在第二、三音節的最多，相連的兩字多不同聲調，這與疊韻同聲調的表現不同；且相連的兩字多不成詞，如〈惱公〉「注口櫻桃（豪）小（小）」、〈送秦光祿北征〉「太常猶（尤）舊（宥）籠」，「桃小」、「猶舊」皆不成詞，這與第五章李賀疊韻多爲單純詞的安排正好相反，由此可見，李賀安排連續兩音節的句中韻是有別於疊韻的韻律的，這一類的韻律是形成韻母上的連續呼應，又不至於完全相同，產生同中有異的聲音連結。在第四、五音節的句中韻則以同聲調爲多，且多爲單純詞或合成詞，其效果較接近疊韻的音效。

5、連續三個音節相諧

　　五字中有三字韻母相連相諧，同樣的聲響接二連三的出現，音響表現是十分顯著的。這種音響效果不在突顯節奏韻律，而在形成整句詩統一的聽覺感受。

　　（1）28-2　　　當須（虞）呂（語）布（暮）騎（〈馬詩二十三首〉之八）

　　連續三個音節相諧的詩例只有魚類 1 例，形成〔-o〕元音的相諧。此例在〈馬詩二十三首〉之八的第二句，第三句爲「吾聞果（果）下（馬）馬（馬）」（此句以「下馬」兩字疊韻，故置於第五章討論），爲歌類〔-a〕元音的相諧。兩句緊鄰，形成魚類〔-o〕元音相諧與歌

類〔-a〕元音相諧的嘴唇的圓展及舌位高低的對唱。

（三）其 他

除了相連、隔字相諧外，尚有三個音節中兩個相連相諧，一個隔字相諧的。這類相諧所形成的音響效果近於連續三個音節相諧的，然而在程度上無法像連續三個音節相諧的來得顯著。

（1）48-97　　漢（翰）苑（阮）尋官（桓）柳（〈惱公〉）

（2）67-11　　自（至）是（紙）桃李（止）樹（〈奉和二兄罷使遣馬歸延州〉）

上列 2 例皆爲第一、二、四音節相諧，元類 1 例，支類 1 例。這兩例聲調皆不同，讓三字形成的韻母呼應的共鳴不至於太過相同，以至於呆板。

總結五言句中韻相諧的詩例，統計如下表：

表 3-4　五言詩句中韻韻類及音節位置統計表

相諧音節	隔字相諧							連續相諧				其他	合計
	第一、三	第二、四	第三、五	第一、四	第二、五	第一、五	第一、三、五	第一、二	第二、三	第三、四	第四、五	連續三個音節		
東類		2	2	2	1	3					3			13
江類														0
支類	1	5	2		2	2		6	5	5			1	29
魚類	2	3	1		1		1	2	2	3	1	1		17
齊類	1	2			1				1					6
佳類														0
廢類														0
眞類	2		1			2		2						7
元類	2	4	5	2	2	1	1	2	4	2	3		1	29

蕭類	3			2	1						1			7
歌類	3	1	4	2	3	2			1	1	2			19
陽類		4	1		1	1		1	1	1				10
庚類			1	2	1				1		1			6
蒸類														0
陌類											2			2
尤類		1			2	1				1				5
侵類														0
覃類									1					1
嚴類														0
總計	14	22	18	10	14	13	2	13	16	13	13	1	2	151

　　五言詩共有 456 句，出現句中韻的有 152 句，佔了三分之一強（33.3%）。五言句中韻以一句中有一組韻類相諧為主，一句中有兩組韻類相諧的只有 7 句。五言詩一句只有五個字，出現一組相諧不至於使音韻呼應的頻率太高，以至於過於刻意。

　　兩音節隔字相諧的，以第二、四音節相諧最多，有 22 例，其次第三、五音節相諧 18 例，其次第一、三音節相諧及第二、五音節相諧，各 14 例。隔一個音節相諧的數量（56 例）比隔兩個音節以上的（37 例）多了 19 例，即五言詩隔字相諧的以隔一字相諧的表現為主。

　　兩音節連續相諧的以第二、三音節相諧 16 例最多，其次第一、二音節，第三、四音節與第四、五音節，各有 13 例。第二、三音節正好是五言句式上二與下三兩個音組的銜接處，兩個音節相諧，形成了連結兩個音組的效果。

　　在相諧的韻類方面，出現頻率最高的是元類與支類，各有 29 例，其次歌類 20 例，魚類 17 例。支類韻在響度上是最低的，元類與歌類都有低元音的音素，響度較大，魚類韻為後中高後元音，為圓唇響亮的聲響，由此看來，李賀要不以細小聲響，要不以響亮的聲音來形成句中韻，這種較極端的安排反而在音效上是最顯著的。

聲調上，相諧的兩字多不同聲調，然而在第一、五音節隔字相諧與第四、五音節連續相諧兩類，同聲調相諧的比例超過一半。蓋因第一、五音節相隔最遠，安置同聲調相諧可以達到加強呼應的效果，不因相諧的間隔過大而失去韻律，相較之下，第四、五音節則是在句尾形成如疊韻的韻律。

三、七言詩句中韻的表現

　　七言的詩例不如五言的多，然而相諧的類型較多，故以下將詩例分為一組韻類隔字相諧、一組韻類連續相諧、兩組以上韻類相諧三大類進行討論。一組相諧指一句中有兩到三個音節為同一韻類相諧，兩組以上相諧指一句中有兩組以上的韻類相諧，如〈出城寄權璩楊敬之〉「草暖（緩）雲（文）昏（魂）萬（願）里春」，「暖」與「萬」為元類韻相諧，「雲」與「昏」為眞類韻相諧。

（一）一組韻類隔字相諧

1、第一、三音節相諧

（1）49-3　　　垂（支）簾幾（尾）度青春老（〈三月過行宮〉）

2、第二、四音節相諧

（2）46-1　　　家泉（仙）石眼（產）兩三莖（〈昌谷北園新筍四首〉之三）

3、第三、五音節相諧

（3）14-4　　　明朝歸（微）去事（志）猿公（〈南園十三首〉之七）

4、第四、六音節相諧

（4）8-4　　　嫁與春風（東）不用（用）媒（〈南園十三首〉之一）

（5）45-3　　　無情有恨（恨）何人（眞）見（〈昌谷北園新筍四首〉之二）

5、第五、七音節相諧

（6）51-3　　　行處春風隨（支）馬尾（尾）（〈酬答二首〉之一）

6、第一、四音節相諧

（7）1-4　　何（歌）事還車（麻）載病身（〈出城寄權璩楊敬
　　　　　　之〉）

（8）9-4　　將（陽）餧吳王（陽）八繭蠶（〈南園十三首〉之二）

（9）44-2　　君（文）看母筍（準）是龍材（〈昌谷北園新筍四首〉
　　　　　　之一）

7、第二、五音節相諧

（10）8-3　　可憐（先）日暮嫣（仙）香落（〈南園十三首〉之一）

（11）17-3　　舍南（覃）有竹堪（覃）書字（〈南園十三首〉之十）

8、第三、六音節相諧

（12）12-4　　若箇書（魚）生萬戶（姥）侯（〈南園十三首〉之五）

（13）52-1　　雍州二（至）月海池（支）春（〈酬答二首〉之二）

9、第四、七音節相諧

（14）15-2　　黃蜂小尾（尾）撲花歸（微）（〈南園十三首〉之八）

（15）16-4　　病容扶起（止）種菱絲（之）（〈南園十三首〉之九）

10、第一、五音節相諧

（16）1-2　　宮（東）花拂面送（送）行人（〈出城寄權璩楊敬之〉）

11、第二、六音節相諧

（17）19-4　　輕綃（宵）一疋染朝（宵）霞（〈南園十三首〉之
　　　　　　十二）

（18）45-1　　斫取（麌）青光寫楚（語）辭（〈昌谷北園新筍四
　　　　　　首〉之二）

（19）51-4　　柳花（麻）偏打內家（麻）香（〈酬答二首〉之一）

12、第一、六音節相諧

（20）17-4　　老（晧）去溪頭作釣（嘯）翁（〈南園十三首〉之十）

（21）19-1　　松（鍾）溪黑水新龍（鍾）卵（〈南園十三首〉之十
　　　　　　二）

13、第二、七音節相諧

（22）51-2　　　密裝（漾）腰鞋割玉方（陽）（〈酬答二首〉之一）

15、第一、四、七音節相諧

（23）52-3　　　試（志）問酒旗（之）歌板地（至）（〈酬答二首〉
　　　　　　　　之二）

一組韻類隔字相諧的有 23 例，其中支類最多，有 7 例，其次東類、陽類各 3 例，魚類、眞類、元類、蕭類各 2 例，歌類、覃類各 1 例。同聲調的有 8 例，其中有 5 例爲同韻相諧，爲第 8、11、17、19、21 例，韻母相同的有最顯著的句中韻表現。音節位置上，以第一、四音節及第二、六音節詩例最多，各有 3 例。隔一個音節相諧的有 6 例，隔兩個音節相諧的有 10 例，隔三個音節以上相諧的有 7 例。相較於五言詩以隔一個音節相諧爲主，七言詩相諧的間隔是比較大的，以七言詩音節數較多，呼應的間隔也隨之拉遠，如此較可聯繫七言上四下三的兩個音組，形成較爲勻稱的韻律。

（二）一組韻類連續相諧

1、第一、二音節相諧

（1）10-3　　　桃（豪）膠（肴）迎夏香琥珀（〈南園十三首〉之三）

（2）14-2　　　曼（願）倩（霰）詼諧取自容（〈南園十三首〉之七）

（3）18-3　　　自（至）履（旨）藤鞋收石蜜（〈南園十三首〉之十
　　　　　　　　一）

2、第三、四音節相諧

（4）47-1　　　古竹老（晧）梢（肴）惹碧雲（〈昌谷北園新筍四首〉
　　　　　　　　之四）

（5）52-4　　　今朝誰（脂）是（紙）拗花人（〈酬答二首〉之二）

（6）45-2　　　膩香春（諄）粉（吻）黑離離（〈昌谷北園新筍四首〉
　　　　　　　　之二）

3、第二、三音節相諧

（7）49-2　　　風嬌（宵）小（小）葉學娥粧（〈三月過行宮〉）

4、第四、五音節相諧

（8）8-1　　　花枝草蔓（願）眼（產）中開（〈南園十三首〉之一）

5、第五、六音節相諧

（9）13-1　　　尋章摘句老（晧）雕（蕭）蟲（〈南園十三首〉之六）

6、第六、七音節相諧

（10）19-2　　　桂洞生硝舊馬（馬）牙（麻）（〈南園十三首〉之十二）

　　一組韻類連續相諧的有 10 例，同聲調相諧的有 2 例。10 例中蕭類 4 例最多，其次支類、元類各 2 例，真類、戈類各 1 例。在音節位置上，以第一、二及第三、四音節相諧最多，兩者佔了總數的六成。七言詩這類詩例是少的，畢竟句中韻集中在相連的兩個音節上，在一句七字的詩中呼應的音響顯得較為薄弱。

（三）一組韻類其他形式相諧

7、第一、二、七音節相諧

（11）19-3　　　誰（脂）為（寘）虞卿裁道帔（寘）（〈南園十三首〉之十二）

8、第三、五、六音節相諧

（12）45-4　　　露壓煙（先）啼千（先）萬（願）枝（〈昌谷北園新筍四首〉之二）

　　一組韻類其他形式相諧有 2 例，支類 1 例，元類 1 例。兩個例子都是三個音節相諧，其中兩個相連，一個隔字，且三個音節中有兩個同韻隔字相諧。這類的句中韻有三個音節相諧，韻母相諧的迴盪音效是很明顯的。

（四）兩組以上韻類相諧

　　兩組以上韻類相諧指的是一句之中出現兩組韻類以上的句中

韻，依韻類的排列方式可分爲並列相諧，交錯相諧，還有一種是一組韻類相諧的音節相隔較遠，在這兩個音節中又出現另一組相諧的韻類，姑且將這類稱爲包含型。李賀兩組以上韻類相諧僅有交錯型與包含型兩類，以下就兩種型態列出詩例，並討論兩組以上韻類相諧互動所產生的音響效果。

1、包含型

這類型的相諧音節共有四個，兩個相諧的音節距離較遠，另外兩個較近，如此形成兩次呼應的音效，一次呼應的週期較短，另一次較長，短的又包含在長的裡面，形成漸層的聽覺美感，如〈出城寄權璩楊敬之〉「草暖雲昏萬里春」一句，「暖」、「萬」爲元類韻母相諧，「雲」、「昏」爲眞類韻母相諧，如下圖示：

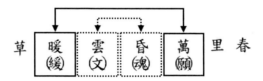

包含型的詩例如下：

（1）1-1　　草暖（緩）雲（文）昏（魂）萬（願）里春（〈出城寄權璩楊敬之〉）

（2）1-3　　自（至）言（元）漢（翰）劍當飛（微）去（〈出城寄權璩楊敬之〉）

（3）9-3　　長腰健（願）婦（有）偷（侯）攀（刪）折（〈南園十三首〉之二）

（4）10-4　　自課（過）越傭（鍾）能種（用）瓜（麻）（〈南園十三首〉之三）

（5）11-1　　三十（緝）未（未）有二（至）十（緝）餘（〈南園十三首〉之四）

（6）12-2　　收（尤）取（虞）關（刪）山（山）五（姥）十州（尤）（〈南園十三首〉之五）

（7）15-1　　春<u>水</u>（旨）<u>初</u>（魚）生<u>乳</u>（麌）燕<u>飛</u>（微）（〈南
園十三首〉之八）

（8）49-1　　<u>渠</u>（魚）水<u>紅</u>（東）縈<u>擁</u>（腫）<u>御</u>（御）牆（〈三
月過行宮〉）

　　包含型共有 8 例，試將各例相諧的用字及舌位變化列表，以便
參照：

表 3-5　包含型句中韻的舌位變化表

詩例	相諧詩文用字	董同龢擬音	舌位變化
1	暖－雲－昏－萬	ɑn－ən－ən－uɑ	低－中－中－低
2	自－言－漢－飛	ei－ɐn－ɑn－əi	中高－低－低－中高
3	健－婦－偷－攀	ɐn－u－u－an	低－高－高－低
4	課－庸－種－瓜	ɑ－oŋ－oŋ－a	低－中高－中高－低
5	十－未－二－十	ep－əi－ei－ep	較無變化
6	收－取－關－山－五－州	u－uo－an－æn－uo－u	高－中高－低－低－中高－高
7	水－初－乳－飛	ei－o－o－əi	前－後－後－前
8	渠－紅－擁－御	o－uŋ－oŋ－o	較無變化

　　八例中除了兩例（第 5、8 例）舌位較無變化，其他六例有三
例類似「低－高－高－低」的舌位變化，產生的音效為「大－小－
小－大」；有兩例近似「高－低－低－高」的舌位變化，聲音變化
為「小－大－大－小」；有一例為「前－後－後－前」舌位的搭配，
產生唇形「展－圓－圓－展」的變化。整體來說，包含型的相諧多
為不同舌位的兩組韻類的搭配，舌位的高低影響口腔共鳴空間的大
小，舌位的前後也連動唇型的展圓，兩組舌位高低不同的相諧便會
形成音響大小的對比，舌位前後的不同，便會形成展唇圓唇的對
比，亦即包含型相諧的兩組韻類多呈現對比性的音響效果。

2、交錯型

交錯型即相諧的兩組在音節位置上相互交錯，如一組相諧位置在第二、五音節，另一組在第四、六音節，如此形成一波未平一波又起的連環音效。如〈南園十三首〉之三「竹裡繰絲挑網車」，「裡」與「絲」為支類韻相諧，「繰」與「挑」為蕭類韻相諧，如下圖示：

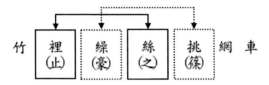

交錯型的詩例如下：

（1）10-1　　竹裡（止）繰（豪）絲（之）挑（篠）網車（〈南園十三首〉之三）

（2）11-3　　橋（宵）頭長（養）老（晧）相（陽）哀念（〈南園十三首〉之四）

（3）16-1　　泉（仙）沙（麻）奭（獮）臥（過）鴛（元）鴦暖（緩）（〈南園十三首〉之九）

交錯相諧有 3 例，其韻母的變化，第 1 例為「裡－繰－絲－挑」（i－ɑu－i－ɛu），第 2 例為「橋－長－老－相」（æu－ɑŋ－ɑu－ɑŋ），第 3 例為「泉－沙－奭－臥－鴛－暖」（æn－a－æn－a－ɐn－ɑn）。除了第一例主要元音舌位為「高－低－高－低」的變化，其他兩例主要元音是以低元音相諧的，其交錯的韻律便由韻尾來呈現。第 2 例為後高元音與舌根鼻音「u－ŋ－u－ŋ」的交錯，形成嘴唇「圓－展－圓－展」的交錯變化；第 3 例為收舌尖鼻音的陽聲韻與陰聲韻「n－∅－n－∅－n－n」的交錯，聲音較無明顯的對比性。

綜上，李賀七言近體兩組以上韻類相諧的，相諧的韻類組數以兩組為主，三組的只有 1 例。兩組排列形式以包含型的居多，且兩組韻類多呈現對比性的音響效果。

七言句中韻相諧的詩例統計如下表：

表 3-6　七言詩句中韻韻類統計表

相諧形式	一組韻類			兩組以上韻類		合計
	隔字相諧	連續相諧	其他形式相諧	包含型	交錯型	
東類	3			2		5
江類						0
支類	7	2	1	3	1	13
魚類	2			3		5
齊類						0
佳類						0
廢類						0
眞類	2	1		1		4
元類	2	2	1	4	1	9
蕭類	2	4			2	6
歌類	1	1		1	1	3
陽類	3				1	3
庚類						0
蒸類						0
陌類						0
尤類				2		2
侵類				1		1
覃類	1					1
嚴類						0
總計	23	10	2	17	6	52

　　七言詩共有 80 句，出現句中韻的有 46 句，佔了將近六成（57.5%），46 句中有 11 句有兩組以上韻類相諧，佔了相諧句數的將近四分之一（23.9%），比五言兩組相諧的比例（4%）高出很多。可能是七言音節數較多，兩組以上的相諧更能強化整句的韻律表現。

　　相諧的韻類方面，出現頻率最高的是支類，有 13 例，其次元類

9 例，其次蕭類 6 例，與五言的表現相似，支類與元類都是出現頻率最高的韻類。

　　再以整首詩的韻類組合來看，李賀七言皆爲絕句，四句中常有三到四句接連出現句中韻，如〈出城寄權璩楊敬之〉、〈南園十三首〉之十二、〈昌谷北園新笋四首〉之二、〈三月過行宮〉四句都有句中韻，〈南園十三首〉之一、〈南園十三首〉之二、〈南園十三首〉之三、〈南園十三首〉之八、〈酬荅二首〉之一、〈酬荅二首〉之二四句中有三句有句中韻，可見七言詩在句中韻的安排上較五言更爲稠密，亦即以句中韻的來形成相諧呼應的韻律，更是李賀七言近體的特色。

　　李賀近體詩的句中韻共有 198 句，佔整體詩句 536 句的 36.9%，比例不低。在相諧韻類方面，支類韻相諧次數最多，有 42 次，其次元類韻 38 次，歌類 23 次，魚類 22 次。相諧次數多的韻類，或許本身在李賀近體詩中所佔的總字數就比較多，所以句中韻的次數不過是字數比例的反映。李賀近體詩共 2840 個字，共有 203 次句中韻相諧，今就各韻類在 2840 字中所佔的的百分比，對照各韻類在 203 次的相諧所佔的的百分比，便可確定句中韻的數量是否爲字數的客觀反映，抑或是李賀的有意安排。

表 3-7　句中韻韻類統計表

	東類	江類	支類	魚類	齊類	佳類	廢類	真類	元類	蕭類
字數百分比（%）	10	0.7	9.7	8.3	5.8	1	0	8.3	12.7	6.2
相諧次數百分比(%)	8.9	0	20.7	10.8	3	0	0	5.4	18.7	6.4
	歌類	陽類	庚類	蒸類	陌類	尤類	侵類	覃類	嚴類	
字數百分比（%）	7.3	8.7	4.8	1.2	3.4	4.5	3.2	3.9	0.5	
相諧次數百分比(%)	10.8	6.4	3	0	1	3.4	0.5	1	0	

　　按理說，字數比例當於相諧比例齊等，然而由上表可以清楚發

現支類、魚類、元類、歌類相諧比例高出字數比例一截；相對的，東類、齊類、佳類、眞類、陽類、庚類、蒸類、陌類、侵類、覃類相諧比例明顯低於字數比例。由以上的數據可知，李賀以支類、魚類、元類、歌類形成句中韻並非字數上客觀的反應，而是有意的安排這幾類韻在句中形成相諧韻律。

句中韻表現較突出的韻類爲支類、元類、魚類、歌類，以舌位高低來看，元類爲低元音後加舌尖鼻音，歌類爲低元音，魚類爲圓唇後中高元音，支類爲展唇前高元音。這幾個韻類正好分布在舌位高低前後的極點，如此相諧的音響效果更爲顯著。

第四節　李賀近體詩韻尾的韻律表現

漢字依韻尾的情況分類，可以分爲：以元音收尾的「陰聲韻」，以鼻音收尾的「陽聲韻」，及以塞音收尾的「入聲韻」三類。陰聲韻又可分爲複元音韻尾〔-i〕、〔-u〕及其他單元音。陽聲韻分爲舌根鼻音韻尾〔-ŋ〕，舌尖鼻音韻尾〔-n〕及雙唇鼻音韻尾〔-m〕。入聲韻分爲舌根塞音韻尾〔-p〕，舌尖塞音韻尾〔-t〕及雙唇塞音韻尾〔-p〕。

入聲韻以塞音作爲音節的結束音響，塞音完全阻塞口腔中的氣流，造成主要元音的終止，使整個音節顯得短促，且中古塞音韻尾皆爲不送氣清音，在聲音的響度上最小，故塞音韻尾造成的音響效果主要在聲音的瞬間收束上。陽聲韻以鼻音形成共鳴，鼻音是響音，第二章第二節清濁表現中已然說明，於此不再贅述，輔音中響音的響度最大，如此陽聲韻有增強延長主元音的明顯聲響效果。陰聲韻在音節結構中，僅有複元音會有〔-i〕、〔-u〕韻尾，〔-i〕爲前高元音，〔-u〕爲後高元音，二者口腔開口度小，在元音的響度中是較小的。就三類韻尾來看，陰聲韻的響度最大，音值最清楚，其次陽聲韻爲鼻音共鳴的陽聲韻，最末爲清塞音急收的入聲韻。在音長上，陰聲韻與陽聲韻聲音皆可延續，入聲則相對短促。

　　區別了三種韻尾音響上的效果後，其次要討論到便是三種韻尾
排列後可以形成的韻律形式。討論的單位分為單一詩句與一整首
詩，單一詩句討論一句詩中的韻律呈現，以整首詩為單位的討論句
與句相同音節位置的韻律表現。再依王夢鷗所說的「律為性質不同
的音節配合；而韻則為性質相同的陪音之重複」〔註35〕的原則，分
「韻」與「律」兩個層面來進行討論。在此，「韻」即為相近的韻尾
重複相諧，而「律」則為不同韻尾規律排列的討論。

　　在歸類相諧的韻尾類別之前，關於陰聲韻的相諧得先做說明，
陰聲韻就音節結構來說只有三類韻尾，即〔-i〕、〔-u〕與無韻尾（以
下以〔-ø〕表示），然而就音節最末音響來看，陰聲韻最末音響是以
〔-i〕、〔-u〕、〔-a〕、〔-ɑ〕、〔-o〕、〔-e〕六種元音來收尾，無韻尾的
音節，其主元音便是整個音節的最後音響，當五個音節或七個音節
並列，這一串語流中的每個音節的最後音響的關係若以無韻尾來標
示，則無韻尾本身似乎形成一種相諧，如此有違於實際的聽覺感
受，如在討論陰、陽、入聲韻交錯的韻律時，〈惱公〉「隱語笑芙蓉」，
其韻尾排列為〔-n/-ø/-u/-ø/-ŋ〕，若兩個〔-ø〕處的主元音一為〔-a〕
一為〔-e〕，則交錯的韻律不明顯，若兩個〔-ø〕處的主元音皆為〔-o〕，
則交錯的韻律就清楚了。故以下探討韻尾交錯的韻律時，陰聲韻的
部分將主元音的和諧也納入考量，並在詩例中「ø」符號前標示主
要元音的音值，如〔-aø〕，此外，在韻尾重複相諧的部分，無韻尾
的也不納入討論。

　　總之，相諧的韻尾可歸為以下幾類：陽聲韻〔-ŋ〕、〔-n〕、〔-m〕
鼻音相諧為一類；入聲韻〔-p〕、〔-t〕、〔-k〕塞音相諧為一類；陰聲
韻〔-aø〕、〔-ɑø〕為低元音相諧，可合為一類；〔-i〕、〔-u〕、〔-iø〕、〔-uø〕、
〔-oø〕、〔-eø〕各為一類。以下「韻」與「律」的討論便以此分類來
進行。

〔註35〕王夢鷗：《文學概論》（臺北：藝文印書館，2001 年），頁 68。

一、李賀近體詩韻尾的整體表現

在進行討論之前，先就李賀近體詩中的韻尾情形做一整體的統計，找出李賀近體詩的主要旋律及可以切入探討的面向，統計結果如下表：

表 3-8　韻尾類型統計表

	音值	韻目（舉平賅上、去）	字數	小計	百分比
陰聲韻	-i	泰、咍、灰、皆、廢、夬、佳、祭、齊、脂、微、之	467	1214	42.7%
	-u	尤、侯、幽、豪、肴、宵、蕭	304		
	其他	魚、虞、模、歌、戈、麻、支	443		
陽聲韻	-ŋ	東、冬、鍾、江、陽、唐、清、青、蒸、登	587	1209	42.6%
	-n	寒、桓、元、刪、山、仙、先、臻、諄、眞、文、欣、魂、痕	473		
	-m	侵、談、覃、鹽、添、銜、咸、嚴、凡	149		
入聲韻	-k	屋、沃、燭、覺、鐸、藥、昔、錫、德、職	228	417	14.7%
	-t	曷、末、月、鎋、黠、薛、屑、櫛、質、術、沒、迄、物	123		
	-p	盍、合、洽、業、乏、狎、葉、帖、緝	66		

三種韻尾，陰聲韻與陽聲韻的比例相當，二者相加將近 85%，入聲韻僅佔約 15%，其中陽聲韻收〔-ŋ〕的字數最多，佔整體的20.6%。陰聲韻以前高元音〔-i〕的比例（38.5%）最高，陽聲韻以舌根鼻音〔-ŋ〕的比例（48.5%）最高，入聲韻以舌根塞音〔-k〕的比例（54.8%）最高。陰聲韻中，〔-i〕、〔-u〕及其他這三類的比例相差不多；陽聲韻收雙唇鼻音〔-m〕的數量明顯少於〔-ŋ〕、〔-n〕兩類；入聲韻則〔-k〕明顯多於〔-t〕、〔-p〕兩類。

　　由以上統計可以得知，陰聲韻與陽聲韻爲整體韻尾旋律的主調，在比例相當的情況下，二者如何排列組合是值得探討的。入聲韻的比例最低，然入聲韻具有特殊的音響效果，在單句或整體中如何達到點綴或調節的韻律，也值得關注。

二、單一詩句的韻尾韻律表現

　　單句韻尾的表現概可分爲兩類：一爲同類韻尾相諧所產生的和諧性音效，一爲相異韻尾規律交錯所形成的變化性節奏。同類韻尾相諧的，又可分爲五言中三個音節、四個音節、五個音節相諧，七言中四個、五個、六個音節相諧六種相諧情形。規律交錯的韻律，則可分爲四類：首尾對稱形式的交錯，如〈惱公〉的「隱語笑芙蓉」〔-n／-oø／-u／-oø／-ŋ〕；二二一形式的交錯，如〈昌谷讀書示巴童〉的「君憐垂翅客」〔-n -n／-eø -eø／-k〕；二一二形式的交錯，如〈惱公〉的「腸攢非束竹」〔-ŋ -n／-i／-k -k〕；一二二形式的交錯，如〈馬詩二十三首〉之一的「龍脊貼連錢」〔-ŋ／-k -p／-n -n〕。

（一）同類韻尾的相諧

1、五言連續三個同類韻尾相諧

　　五言詩每句有五個字，須有超過一半以上的字音相近，才能夠產生相諧的聲音效果，即至少要有三字相諧，才能有「韻」的效果。三字的排列以連續出現的相諧效果最強，又陽聲韻與入聲韻這兩類相諧情形爲發音方式相同而已，若三字爲隔字相諧，則相諧效果更弱，故以下僅討論三字連續相諧的韻律表現。

陰聲韻

（1）5-2　　　衙廻〔-i〕自〔-i〕閉〔-i〕門（〈始為奉禮憶昌谷山居〉）

（2）48-22　　休開〔-i〕翡〔-i〕翠〔-i〕籠（〈惱公〉）

（3）53-2　　　鴉飛〔-i〕睥〔-i〕睨〔-i〕高（〈畫角東城〉）

（4）61-5　　鸞〔-i〕鸞〔-i〕啼〔-i〕深竹（〈追賦畫江潭苑四首〉之三）

陽聲韻

（5）3-1　　入水文〔-n〕光〔-ŋ〕動〔-ŋ〕（〈竹〉）

（6）3-3　　露華生〔-ŋ〕筍〔-n〕徑〔-ŋ〕（〈竹〉）

（7）3-5　　纖可承〔-ŋ〕香〔-ŋ〕汗〔-n〕（〈竹〉）

（8）3-8　　一節奉〔-ŋ〕王〔-ŋ〕孫〔-n〕（〈竹〉）

（9）5-3　　長〔-ŋ〕鎗〔-ŋ〕江〔-ŋ〕米熟（〈始為奉禮憶昌谷山居〉）

（10）6-6　　人〔-n〕間〔-n〕望〔-ŋ〕玉鉤（〈七夕〉）

（11）7-5　　玉椀〔-n〕盛〔-ŋ〕殘〔-n〕露（〈過華清宮〉）

（12）7-6　　銀〔-n〕燈〔-ŋ〕點〔-m〕舊紗（〈過華清宮〉）

（13）35-1　　不從〔-ŋ〕桓〔-n〕公〔-ŋ〕獵（〈馬詩二十三首〉之十五）

（14）38-1　　伯樂向〔-ŋ〕前〔-n〕看〔-n〕（〈馬詩二十三首〉之十八）

（15）41-2　　仙〔-n〕人〔-n〕上〔-ŋ〕綵樓（〈馬詩二十三首〉之二十一）

（16）43-4　　不解上〔-ŋ〕青〔-ŋ〕天〔-n〕（〈馬詩二十三首〉之二十三）

（17）48-37　　繡沓褰〔-n〕長〔-ŋ〕慢〔-n〕（〈惱公〉）

（18）48-47　　象〔-ŋ〕琳〔-n〕緣〔-n〕素柏（〈惱公〉）

（19）48-48　　瑤席卷〔-n〕香〔-ŋ〕蔥〔-ŋ〕（〈惱公〉）

（20）48-57　　雞唱〔-ŋ〕星〔-ŋ〕懸〔-n〕柳（〈惱公〉）

（21）48-89　　跳脱看〔-n〕年〔-n〕命〔-ŋ〕（〈惱公〉）

（22）50-8　　豪彥〔-n〕騁〔-ŋ〕雄〔-ŋ〕材（〈送秦光祿北征〉）

（23）50-18　　曾〔-ŋ〕燃〔-n〕董〔-ŋ〕卓臍（〈送秦光祿北征〉）

（24）50-34　　看〔-n〕鷹〔-ŋ〕永〔-ŋ〕夜棲（〈送秦光祿北征〉）

（25）54-3　　灰暖〔-n〕殘〔-n〕香〔-ŋ〕炷（〈謝秀才有妾縞練改從於人秀才留之不得後生感憶座人製詩嘲誚賀復繼四首〉之三）

（26）54-5　　夜遙燈〔-ŋ〕焰〔-m〕短〔-n〕（〈謝秀才有妾縞練改從於人秀才留之不得後生感憶座人製詩嘲誚賀復繼四首〉之三）

（27）54-7　　好作鴛〔-n〕鴦〔-ŋ〕夢〔-ŋ〕（〈謝秀才有妾縞練改從於人秀才留之不得後生感憶座人製詩嘲誚賀復繼四首〉之三）

（28）55-3　　戟幹〔-n〕橫〔-ŋ〕龍〔-ŋ〕簴（〈謝秀才有妾縞練改從於人秀才留之不得後生感憶座人製詩嘲誚賀復繼四首〉之四）

（29）55-7　　淚濕紅〔-ŋ〕輪〔-n〕重〔-ŋ〕（〈謝秀才有妾縞練改從於人秀才留之不得後生感憶座人製詩嘲誚賀復繼四首〉之四）

（30）55-8　　栖烏上〔-ŋ〕井〔-ŋ〕梁〔-ŋ〕（〈謝秀才有妾縞練改從於人秀才留之不得後生感憶座人製詩嘲誚賀復繼四首〉之四）

（31）59-3　　小鬟〔-n〕紅〔-ŋ〕粉〔-n〕薄（〈追賦畫江潭苑四首〉之一）

（32）60-5　　角暖〔-n〕盤〔-n〕弓〔-ŋ〕易（〈追賦畫江潭苑四首〉之二）

（33）62-5　　旗濕金〔-m〕鈴〔-ŋ〕重〔-ŋ〕（〈追賦畫江潭苑四首〉之四）

（34）62-8　　不待景〔-ŋ〕陽〔-ŋ〕鐘〔-ŋ〕（〈追賦畫江潭苑四首〉之四）

（35）65-3　　破得春〔-n〕風〔-ŋ〕恨〔-n〕（〈馮小憐〉）

（36）66-6　　長〔-ŋ〕繪〔-n〕貫〔-n〕碧盧（〈釣魚詩〉）

（37）66-10　　龍〔-ŋ〕陽〔-ŋ〕恨〔-n〕有餘（〈釣魚詩〉）

（38）70-3　　南〔-m〕塘〔-ŋ〕蓮〔-n〕子熟（〈梁公子〉）

（39）70-6　　長〔-ŋ〕簟〔-m〕鳳〔-ŋ〕窠斜（〈梁公子〉）

入聲韻

（40）50-32　　蹙〔-k〕頡〔-t〕北〔-k〕方奚（〈送秦光祿北征〉）

連續三個同類韻尾相諧共有 40 例，以陽聲韻的 35 例最多，其次陰聲韻 4 例，入聲韻 1 例。陽聲韻以舌尖鼻音〔-n〕與舌根鼻音〔-ŋ〕配對的情形最多，有 27 例；三個都是〔-ŋ〕有 3 例（第 10、31、35 例）；〔-n〕、〔-ŋ〕、〔-m〕配對的有 3 例（第 13、27、38 例）；〔-ŋ〕、〔-m〕配對的有 2 例（第 34、39 例）。陰聲韻 4 例為前高元音〔-i〕相諧，入聲韻 1 例為舌根塞音〔-k〕與舌尖塞音〔-t〕的組合。排列位置上，相諧的三個韻尾出現在五字的第三、四、五音節的數量最多，有 16 例；其次第一、二、三音節的有 13 例，其次第二、三、四音節的有 11 例。三種位置在比例上頗為接近，可知在三字相諧的位置上李賀並無特別的偏好。

李賀在陰聲韻相諧的表現上僅有前高元音〔-i〕相諧這一種，連續三個字都以前高元音〔-i〕收尾，以〔-i〕的口腔共鳴空間最小，響度最小，整句詩形成以最細小的聲音作為收尾的主調。李賀在入聲韻相諧的詩例最少，僅有一例，以入聲韻為塞音收尾，形成短促的音響，塞音對氣流的瞬間阻塞也形成停頓的音效，若在一句詩中太多短促停頓的音效，節奏上會變得急促，音色上也會顯得破碎。李賀以陽聲韻相諧最多，陽聲韻是以鼻音收尾，鼻音是藉著鼻腔的共鳴，達到擴大延續主要元音的聲響的效果，若五字中出現三個連續鼻音韻尾，在韻律的表現上能形成宏亮迴盪的共振音效。如第 22 例〈送秦光祿北征〉「豪彥〔-n〕騁〔-ŋ〕雄〔-ŋ〕材」，「彥騁雄」三字韻尾皆以鼻音收尾，形成響亮迴盪的音效，這樣的宏亮的聲響也呼應了詩句中的豪邁情懷。陽聲韻相諧以舌尖鼻音〔-n〕與舌根鼻音〔-ŋ〕配對的情形最多，如〈惱公〉「綉沓褰〔-n〕長〔-ŋ〕幔

〔-n〕」，這兩個不同舌位的鼻音韻尾，一方面產生鼻音的共鳴，另一方面因舌位的不同也造成了變化性的音效，如此調和成統一與變化的和諧音效。

　　由上列相諧的韻尾類別來看，李賀要不以最宏亮的陽聲韻相諧，要不以最細小的前高元音〔-i〕相諧，這種極端的韻尾安排，可以使韻尾相諧的音效最為顯著，又三個入聲相諧的韻律過於急促破碎，李賀在這部分則幾乎不安排。以上這些表現可以看出李賀對韻尾配置的審美觀。

2、五言、七言四個同類韻尾相諧

　　五言中若佔了四個音節韻尾相諧，則韻律表現已十分顯著，所以是否為四個相連的音節就不是那麼重要了。七言中若有四個音節韻尾相諧，則只是超過一半的音節數，若四個相諧音節過於分散，則相諧效果就不那麼明顯，故七言的部分以四個相諧音節中至少有三個連續相諧為擇取的標準。

五言詩

（1）3-7　　三〔-m〕梁〔-ŋ〕曾〔-ŋ〕入用〔-ŋ〕（〈竹〉）

（2）4-2　　宮〔-ŋ〕人〔-n〕正〔-ŋ〕靨黃〔-ŋ〕（〈同沈駙馬賦得御溝水〉）

（3）4-5　　別館〔-n〕驚〔-ŋ〕殘〔-n〕夢〔-ŋ〕（〈同沈駙馬賦得御溝水〉）

（4）24-2　　房〔-ŋ〕星〔-ŋ〕是本〔-n〕星〔-ŋ〕（〈馬詩二十三首〉之四）

（5）27-2　　東〔-ŋ〕王〔-ŋ〕飯〔-n〕已乾〔-n〕（〈馬詩二十三首〉之七）

（6）30-3　　君〔-n〕王〔-ŋ〕今〔-m〕解劍〔-m〕（〈馬詩二十三首〉之十）

（7）31-4　　蹭〔-ŋ〕蹬〔-ŋ〕溘風〔-ŋ〕塵〔-n〕（〈馬詩二十三首〉之十一）

（8）33-4　　將〔-ŋ〕送〔-ŋ〕楚襄〔-ŋ〕王〔-ŋ〕（〈馬詩二十三首〉之十三）

（9）34-2　　盤〔-n〕龍〔-ŋ〕虀鐙〔-ŋ〕鱗〔-n〕（〈馬詩二十三首〉之十四）

（10）36-1　　唐〔-ŋ〕劍〔-m〕斬〔-m〕隋公〔-ŋ〕（〈馬詩二十三首〉之十六）

（11）40-4　　先〔-n〕采眼〔-n〕中〔-ŋ〕光〔-ŋ〕（〈馬詩二十三首〉之二十）

（12）48-4　　門〔-n〕掩〔-m〕杏〔-ŋ〕花叢〔-ŋ〕（〈惱公〉）

（13）48-8　　夜帳〔-ŋ〕滅〔-m〕香〔-ŋ〕筒〔-ŋ〕（〈惱公〉）

（14）48-23　　弄〔-ŋ〕珠驚〔-ŋ〕漢〔-n〕燕〔-n〕（〈惱公〉）

（15）48-29　　匀〔-n〕臉〔-m〕安〔-n〕斜雁〔-n〕（〈惱公〉）

（16）48-30　　移燈〔-ŋ〕想〔-ŋ〕夢〔-ŋ〕熊〔-ŋ〕（〈惱公〉）

（17）48-41　　井〔-ŋ〕檻〔-m〕淋〔-m〕清〔-ŋ〕漆（〈惱公〉）

（18）48-66　　長〔-ŋ〕絃〔-n〕怨〔-n〕削菘〔-ŋ〕（〈惱公〉）

（19）48-69　　褥縫〔-ŋ〕篸〔-m〕雙〔-ŋ〕綫〔-n〕（〈惱公〉）

（20）48-80　　園〔-n〕令〔-ŋ〕住臨〔-m〕卬〔-ŋ〕（〈惱公〉）

（21）48-84　　鶯〔-ŋ〕囀〔-n〕謝娘〔-ŋ〕慵〔-ŋ〕（〈惱公〉）

（22）48-88　　銀〔-n〕液鎮〔-n〕心〔-m〕忪〔-ŋ〕（〈惱公〉）

（23）48-96　　囊〔-ŋ〕用〔-ŋ〕絳〔-ŋ〕紗縫〔-ŋ〕（〈惱公〉）

（24）48-97　　漢〔-n〕苑〔-n〕尋〔-m〕官〔-n〕柳（〈惱公〉）

（25）50-13　　天〔-n〕遠〔-n〕星〔-ŋ〕光〔-ŋ〕沒（〈送秦光祿北征〉）

（26）50-36　　青〔-ŋ〕冢〔-ŋ〕念〔-m〕陽〔-ŋ〕臺（〈送秦光祿北征〉）

（27）54-4　　髮冷〔-ŋ〕青〔-ŋ〕蟲〔-ŋ〕簪〔-m〕（〈謝秀才有妾縞練改從於人秀才留之不得後生感憶座人製詩嘲誚賀復繼四首〉之三）

（28）55-1　尋〔-m〕常〔-ŋ〕輕〔-ŋ〕宋〔-ŋ〕玉（〈謝秀才
　　　　　有妾縞練改從於人秀才留之不得後生感憶座人製詩嘲誚
　　　　　賀復繼四首〉之四）

（29）56-1　蟲〔-ŋ〕響〔-ŋ〕燈〔-ŋ〕光〔-ŋ〕薄（〈昌谷讀書
　　　　　示巴童〉）

（30）56-4　辛〔-n〕苦尚〔-ŋ〕相〔-ŋ〕從〔-ŋ〕（〈昌谷讀書
　　　　　示巴童〉）

（31）59-7　行〔-ŋ〕雲〔-n〕霑〔-m〕翠輦〔-n〕（〈追賦畫江
　　　　　潭苑四首〉之一）

（32）60-7　淚痕〔-n〕霑〔-m〕寢〔-m〕帳〔-ŋ〕（〈追賦畫江
　　　　　潭苑四首〉之二）

（33）60-8　勻〔-n〕粉〔-n〕照金〔-m〕鞍〔-n〕（〈追賦畫江
　　　　　潭苑四首〉之二）

（34）62-3　練〔-n〕香〔-ŋ〕燻〔-n〕宋〔-ŋ〕鵲（〈追賦畫江
　　　　　潭苑四首〉之四）

（35）62-6　霜〔-ŋ〕乾〔-n〕玉鐙〔-ŋ〕空〔-ŋ〕（〈追賦畫江
　　　　　潭苑四首〉之四）

（36）68-3　沈〔-m〕香〔-ŋ〕燻〔-n〕小象〔-ŋ〕（〈苔贈〉）

（37）69-5　上〔-ŋ〕幕迎〔-ŋ〕神〔-n〕燕〔-n〕（〈感春〉）

（38）70-7　種〔-ŋ〕柳營〔-ŋ〕中〔-ŋ〕暗〔-m〕（〈梁公子〉）

七言詩

（39）1-3　自言〔-n〕漢〔-n〕劍〔-m〕當〔-ŋ〕飛去（〈出
　　　　　城寄權璩楊敬之〉）

（40）13-3　不見〔-n〕年〔-n〕年〔-n〕遼海上〔-ŋ〕（〈南園
　　　　　十三首〉之六）

（41）17-1　邊〔-n〕讓〔-ŋ〕今〔-m〕朝憶蔡邕〔-ŋ〕（〈南園
　　　　　十三首〉之十）

（42）19-1　松〔-ŋ〕溪黑水新〔-n〕龍〔-ŋ〕卵〔-n〕（〈南園

十三首〉之十二）

（43）46-2　　　曉看〔-n〕陰〔-m〕根〔-n〕紫陌生〔-ŋ〕（《昌谷
北園新笋四首》之三）

（44）46-4　　　笛管〔-n〕新〔-n〕篁〔-ŋ〕拔玉青〔-ŋ〕（《昌谷
北園新笋四首》之三）

（45）47-2　　　茂陵〔-ŋ〕歸臥歎〔-n〕清〔-ŋ〕貧〔-n〕（《昌谷
北園新笋四首》之四）

（46）49-1　　　渠水紅〔-ŋ〕繫〔-n〕擁〔-ŋ〕御牆〔-ŋ〕（《三月
過行宮》）

　　四個音節相諧共有 46 例，五言有 38 例，七言有 8 例，皆為陽聲韻例。五言中有 4 例（第 8、16、23、29 例）四個皆為〔-ŋ〕相諧，最多的相諧組合為〔-ŋ〕與〔-n〕配對的相諧，有 15 例，其次〔-ŋ〕與〔-m〕相諧的有 8 例，〔-ŋ〕、〔-n〕、〔-m〕相諧的有 8 例，最少的是〔-n〕與〔-m〕的相諧，只有 3 例。七言中最多的相諧組合為〔-ŋ〕與〔-n〕相諧，有 5 例，其次為〔-ŋ〕、〔-n〕、〔-m〕配對的相諧，有 3 例。

　　另外值得注意是，五字中唯一一個不相諧的音節有不少入聲韻的例子，37 例中便有 16 例，如第 1 例〈竹〉「三〔-m〕梁〔-ŋ〕曾〔-ŋ〕入用〔-ŋ〕」的「入」字為入聲字，第 29 例〈昌谷讀書示巴童〉「蟲〔-ŋ〕響〔-ŋ〕燈〔-ŋ〕光〔-ŋ〕薄」的「薄」字也是入聲字，對比陰、陽、入聲韻整體字數的比例，這樣的次數是相當多的。16 例有入聲字的詩例中，入聲韻字為雙唇塞音〔-p〕的有 3 例，為舌尖塞音〔-t〕的有 4 例，為舌根塞音〔-k〕的有 9 例。入聲韻字出現在第五音節最多，有 5 例，其次第一、三、四音節的各有 3 例，其次第二音節的有 2 例，從比例看來，並無明顯的偏好音節點。在音響效果上，陽聲韻與入聲韻在響度上是強弱的對比，在音長上是長短的對比，入聲韻字若出現在第五音節點，便會形成一連串鼻音共鳴的長音後陡然的休止的聲音效果；若出現在第二、三、四音節，

－190－

則入聲韻字本身形成一節奏頓點，將一長段鼻音共鳴截爲兩個段落；若出現在第一音節，則對鼻音共鳴的段落影響較小。

　　七言8例中，〔-ŋ〕與〔-n〕配對相諧的有5例，〔-ŋ〕、〔-n〕、〔-m〕相諧的有3例，除了1例（第38例）四個連續相諧外，其餘7例皆爲三個連續，另一個隔字相諧。三個連續相諧韻尾完全相同的也僅有1例（第39例），其餘多爲二同一異，如第41例「松〔-ŋ〕溪黑水新〔-n〕龍〔-ŋ〕卵〔-n〕」，三個相連的爲兩個〔-n〕與一個〔-ŋ〕的組合，且二同一異的組合多如上例，爲交錯的排列，即「同異同」的排列形式。這樣的排列可以在發音方式相同的相諧統一韻律中，形成發音部位不同的交錯變化音效。

3、五言、七言五個同類韻尾相諧

五言詩

（1）6-5　　天〔-n〕上〔-ŋ〕分〔-n〕金〔-m〕鏡〔-ŋ〕（〈七夕〉）

（2）64-6　　神〔-n〕劍〔-m〕斷〔-n〕青〔-ŋ〕銅〔-ŋ〕（〈王濬墓下作〉）

七言詩

（3）1-1　　草暖〔-n〕雲〔-n〕昏〔-n〕萬〔-n〕里春〔-n〕
（〈出城寄權璩楊敬之〉）

（4）1-2　　宮〔-ŋ〕花拂面〔-n〕送〔-ŋ〕行〔-ŋ〕人〔-n〕
（〈出城寄權璩楊敬之〉）

（5）9-2　　黃〔-ŋ〕桑〔-ŋ〕飲〔-m〕露窄宮〔-ŋ〕簾〔-m〕
（〈南園十三首〉之二）

（6）15-3　　窗〔-ŋ〕含〔-m〕遠〔-n〕色通〔-ŋ〕書幌〔-ŋ〕
（〈南園十三首〉之八）

（7）16-1　　泉〔-n〕沙奭〔-n〕臥駕〔-n〕鴛〔-ŋ〕暖〔-n〕
（〈南園十三首〉之九）

（8）46-1　　　家泉〔-n〕石眼〔-n〕兩〔-ŋ〕三〔-m〕莖〔-ŋ〕

（〈昌谷北園新筍四首〉之三）

　　五個音節相諧的共有 8 例，五言僅 2 例，七言有 6 例，皆爲陽聲韻例。五言第 1 例爲〔-ŋ〕、〔-n〕、〔-m〕三韻尾的交錯排列，第 2 例除最後兩字都是〔-ŋ〕，基本上也是交錯的排列形式，如此的安排可以在統一的鼻音和諧中形成一種變化，避免因過度的雷同造成呆板的節奏。

　　七言在排列形式上，五個音節中至少有三個音節是相連的，四個音節相連的有 2 例（第 3、8 例）。相諧的組合上，除了第 3 例五個皆爲〔-n〕，且連續四個並聯之外，其餘基本上都是交錯排列的組合。

4、七言六個同類韻尾相諧

12-3　　　請〔-ŋ〕君〔-n〕暫〔-m〕上〔-ŋ〕凌〔-ŋ〕煙〔-n〕閣（〈南園十三首〉之五）

　　六個相諧的只有 1 例，爲陽聲韻，在排列上爲〔-ŋ〕、〔-n〕、〔-m〕三韻尾的交錯排列，特別一提的是，剩餘不相諧的音節也是入聲韻字，與五言四個相諧的表現情形有相同之處。在一連串響亮的鼻音共鳴後以塞音突然煞尾，這樣的安排形成強烈的對比音效。

　　以上爲單一詩句韻尾相諧的表現情形，各類相諧的統計如下表：

表 3-9　單一詩句韻尾相諧統計表

		連續三字同類韻尾	四字同類韻尾	五字同類韻尾	六字同類韻尾	總計
五言	陰聲韻	4	0	0	不計	
	陽聲韻	35	38	2	不計	80
	入聲韻	1	0	0	不計	
七言	陰聲韻	不計	0	0	0	
	陽聲韻	不計	8	6	1	15
	入聲韻	不計	0	0	0	
總計		40	46	8	1	96

　　由上表可知，除了連續三字相諧這一類有陰聲韻、入聲韻相諧外，其餘皆為陽聲韻相諧的情形，如此表現的原因一則在整體詩文的字數上，陽聲韻字的比例較高，二則陽聲韻三個韻尾歸為同一類相諧，故只要是陽聲韻，便可相諧，不像陰聲韻又分為好幾類，儘管陰聲韻的字數與陽聲韻相當，然而要形成相諧就不容易了。故陽聲韻會有強勢的相諧表現是客觀因素造成，不能斷然說是李賀的特意安排。

　　陽聲韻在配對形式上，〔-ŋ〕與〔-n〕配對的相諧最多，有 49 例，其次為〔-ŋ〕、〔-n〕、〔-m〕相諧的有 18 例，其次為〔-ŋ〕與〔-m〕相諧的有 12 例，其次為韻尾完全相同相諧的有 8 例（全部是〔-ŋ〕7 例，全部是〔-n〕1 例），最少的是〔-n〕與〔-m〕的相諧，只有 3 例。由此可見，相異相諧的配對為陽聲韻相諧的主要形式，這樣的配對形式可以在鼻音相諧的統一節奏中產生變化性的音效，使統一性的韻律不致於呆板。

　　再由相諧個數來看，四字陽聲韻相諧的情形，不管是五言或七言中都是最多的，特別是五言五字中就有四字相諧，刻意安排相諧的意圖是清楚的，留下一字不相諧又可形成和諧中的變化，又五言中不相諧的這一音節是入聲韻的數量不少（37 例中有 16 例），加上七言六字相諧一類也是六個陽聲韻配對一入聲字，大概可以說，李賀有意以入聲韻來作為一連串相諧音段裡的調節元素，與鼻音共鳴響亮的陽聲韻相敵，藉此產生明顯的對比音效。

（二）相異韻尾的規律交錯

　　接著探討的是韻尾規律交錯的音韻表現，若單就陰、陽、入聲韻三類在句中的排列情形，五言中三類完全交錯排列的（如「陰陽入陰陽」）有 66 句，佔五言整體的 14.7%，七言僅有 2 句，比例都是很低的。五言詩 147 種排列形式中出現最多的為「陰陰陰陽陽」的形式，有 13 句，其次「陰陰陰陰陽」12 句，其次「陰陰陰陽陰」10 句，儘管以上三種形式的數量較多，然而就整體（五言詩共有 456

句）的比例上來看都是很小的。七言 80 種排列形式中除了「陰陽陰陰陽陽陰」及「入陰陽陽陰陰陰」兩種形式各出現過 2 句，其他沒有重複的排列形式了。

由以上的情形可以推知李賀在陰、陽、入聲韻的排列上沒有定式，比較可以確定的是陰、陽、入聲韻完全交錯排列的變化形式並非李賀所追求，其多數的排列形式以雙音節「陰陰」、「陽陽」或「入入」為單位來交錯排列。故以下的探討以雙音節為一個節奏單位，又王力說：「近體詩的句式一般是每兩個音節構成一個節奏單位，每一節奏單位相當於一個雙音詞或詞組。」〔註36〕五言每句可斷為「二二一」或「二一二」的節奏；七言可斷為「四三」節奏，又可再斷為「二二二一」或「二二一二」的節奏，故以兩個音節為單位來討論韻尾交錯的韻律是十分適當的。另外，李賀在五言中偶有對稱交錯的韻尾表現，即以第三字為對稱點，第一、五字同類韻尾，第二、四字同類韻尾，亦一併於此討論。

1、對稱交錯

對稱交錯即五言詩一句以中間音節（第三音節）為對稱點，第一音節與最末音節韻尾相諧，第二音節與倒數第二音節韻尾相諧，以此形成的交錯模式，如下圖示：

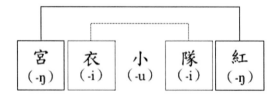

（1）48-20　　隱語笑芙蓉〔-n / -oø / -u / -oø / -ŋ〕（〈惱公〉）

（2）48-82　　金爐細炷通〔-m / -oø / -i / -oø / -ŋ〕（〈惱公〉）

（3）62-2　　宮衣小隊紅〔-ŋ / -i / -u / -i / -ŋ〕（〈追賦畫江潭苑四首〉之四）

〔註36〕王力：《古代漢語》（北京：中華書局，1964 年），頁 1539。

（4）63-20　　　夢載楚溪船〔-ŋ / -i / -o∅ / -i / -n〕（〈潞州張大宅病酒
　　　　　　　　　　　遇江使寄上十四兄〉）

　　對稱交錯呈現一種回環的音韻效果，李賀這類的排列形式僅有
4 例，4 例的共同特色為開頭與結尾的音節皆為陽聲韻，中間音節為
陰聲韻，形成前後鼻音的共鳴呼應，中間則多以高元音收尾的細小
音響。

2、二二一（二二二一）型

（1）5-6　　　　當簾閱角巾〔-ŋ　-m / -t　-k / -n〕（〈始為奉禮憶昌
　　　　　　　　　　　谷山居〉）

（2）33-2　　　長聞俠骨香〔-ŋ　-n / -p　-t / -ŋ〕（〈馬詩二十三首〉
　　　　　　　　　　　之十三）

（3）39-2　　　元從竺國來〔-n　-ŋ / -k　-k / -i〕（〈馬詩二十三首〉
　　　　　　　　　　　之十九）

（4）48-45　　　玭瑠釘簾薄〔-i　　-i / -ŋ　-m / -k〕（〈惱公〉）

（5）56-3　　　君憐垂翅客〔-n　-n / -e∅　-e∅ / -k〕（〈昌谷讀書示
　　　　　　　　　　　巴童〉）

（6）68-2　　　曾名蓴綠華〔-ŋ　-ŋ / -k　-k / -a∅〕（〈苔贈〉）

（7）44-1　　　撐落長竿削玉開〔-k　-k / -ŋ　-n / -k　-k / -i∅〕
　　　　　　　　　　　（〈昌谷北園新筍四首〉之一）

　　二二一（二二二一）型共有 7 例，五言 6 例，七言 1 例。7 例
中有 5 例為陰、陽、入聲韻三者兼具的交錯排列，2 例為陽、入的
交錯。「二二一」（二二二一）前面的「二二」（二二二）的音段，為
「陽陽」與「入入」組合的有 5 例，為「陰陰」與「陽陽」的組合
的有 2 例。陽聲韻字以舌根鼻音〔-ŋ〕出現的比例最高，入聲韻字
以舌根塞音〔-k〕出現的比例最高。值得注意的是在「二二」（二二
二）音段上，出現入聲的比例極高，最後一音節（第五字）出現入
聲的也有 2 例。且入聲多出現在中間音節（第三、四字），如此可以
在音長上形成「長長短短長」的的明顯節奏。

3、二一二型

（1）6-7 　　　錢塘蘇小小〔-n　-ŋ／-oø／-u　-u〕（〈七夕〉）

（2）48-12 　　婈裛帶金蟲〔-u　-u／-i／-m　-ŋ〕（〈惱公〉）

（3）48-31 　　腸攢非束竹〔-ŋ　-n／-i／-k　-k〕（〈惱公〉）

（4）64-5 　　　古書平黑石〔-oø　-oø／-ŋ／-k　-k〕（〈王濬墓下作〉）

（5）66-2 　　　仙人待素書〔-n　-n／-i／-oø　-oø〕（〈釣魚詩〉）

　　二一二型共有 5 例，皆爲五言詩例。5 例中有 3 例第三音節爲〔-i〕，前後雙音節音段爲陰、陽相配的有 3 例，陰、入相配的 1 例，陽、入相配的 1 例。

　　除了「二二一」與「二一二」兩種交錯類型，李賀詩中更多的是「一二二」形式的交錯，雖不符合詩歌的句式節奏，如王力說：「近體詩的句式，往往是以三字結尾，這最後三字保持相當的獨立性。這就是說雖然三字尾還可以細分爲二一或一二，但是它們總是構成一個整體。」〔註 37〕「一二二」的節奏顯然破壞了三字韻尾的獨立性，然而不可否認這也是一種交錯的韻律，且這種交錯的形式較前二種爲多，故當列出討論。

4、一二二（一二二二）型

（1）3-4 　　　苔色拂霜根〔-i／-k　-t／-ŋ　-n〕（〈竹〉）

（2）21-1 　　　龍脊貼連錢〔-ŋ／-k　-p／-n　-n〕（〈馬詩二十三首〉之一）

（3）23-4 　　　赤驥最承恩〔-k／-i　-i／-ŋ　-n〕（〈馬詩二十三首〉之三）

（4）24-4 　　　猶自帶銅聲〔-øu／-i　-i／-ŋ　-ŋ〕（〈馬詩二十三首〉之四）

（5）27-1 　　　西母酒將闌〔-i／-uø　-uø／-ŋ　-n〕（〈馬詩二十三首〉之七）

〔註 37〕王力：《古代漢語》（北京：中華書局，1964 年），頁 1540。

（6）28-1　　赤兔無人用〔-k／-o∅　-o∅／-n　-ŋ〕（〈馬詩二十三首〉之八）

（7）38-4　　何日蒙青山〔-ɑ∅／-t　-k／-ŋ　-n〕（〈馬詩二十三首〉之十八）

（8）43-1　　武帝愛神仙〔-o∅／-i　-i／-n　-n〕（〈馬詩二十三首〉之二十三）

（9）48-36　　今日鑿崆峒〔-m／-t　-k／-ŋ　-ŋ〕（〈惱公〉）

（10）48-92　　夫位在三宮〔-o∅／-i　-i／-m　-ŋ〕（〈惱公〉）

（11）59-5　　路指臺城迴〔-o∅／-i　-i／-ŋ　-ŋ〕（〈追賦畫江潭苑四首〉之一）

（12）60-3　　水光蘭澤葉〔-i／-ŋ　-n／-k　-p〕（〈追賦畫江潭苑四首〉之二）

（13）66-7　　餌懸春蜥蜴〔-i∅／-n　-n／-k　-k〕（〈釣魚詩〉）

「一二二型」共有 13 例，皆為五言詩例。13 例中，陰陽入的排列組合以「陰陰陰陽陽」的形式最多，有 5 例。從交錯的韻尾類別來看，陰、陽、入交錯的有 6 例，陰、陽交錯的有 5 例，陽、入交錯的有 2 例。「二二」雙音節音組中，出現「入入」的有 6 例，其中 4 例置於第二、三音節；出現「陽陽」有 13 例，且多出現在第四、五音節，13 例中就有 11 例是這樣的情形；陰聲韻則以〔-i -i〕出現的情形最多，10 例中有 5 例。

這一類入聲韻所形成的節奏，依然以「長短短長長」的交錯形式為主，另外入聲有置於最後兩音節的，形成「長長長短短」的收束節奏。

從以上的詩例來看，韻尾節奏為「一二二」，句子的意義節奏多為「二一二」，如此的韻尾節奏可以形成一種連綴「二三」音段的效果，即前二音組的末字，與後三音組的首字的韻尾相同，形成以韻尾的音素串連兩段音組的效果。

以上為單句交錯韻律的表現，其陰、陽、入交錯組合形式如下：

表 3-10　單一詩句韻尾交錯統計表

	陰、陽、入交錯	陰、陽交錯	陽、入交錯	陰、入交錯	總計
對稱交錯	0	4	0	0	4
二二一型	5	0	2	0	7
二一二型	0	3	1	1	5
一二二型	6	5	2	0	13
總計	11	12	5	1	29

　　由上表可知，韻尾交錯的韻律共有 29 句，七言僅 1 句，其餘皆為五言詩例。交錯形式以「一二二型」最多，韻尾的組合以「陰、陽」交錯 12 句最多，其次為「陰、陽、入」交錯 11 句。陰聲韻以〔-i〕韻尾出現的次數最多，陽聲韻則多為〔-n〕、〔-ŋ〕的組合，入聲韻以〔-k〕出現的次數最多。對稱交錯部分陽聲韻的排列在句首與句末，「二二一」型及「二一二」型陽聲韻多在句首第一、二音節，「一二二」型則在句末第四、五音節。以兩個音節為單位的交錯形式中，兩個音節為「入入」的有 13 句，且多出現於一句的中間音節（第二、三或第三、四音節），形成「長－短－長」的音響效果。較之單句相諧的 93 句，交錯韻律的 29 句明顯少很多，或許可以說，李賀在單句韻律的表現形式上，較偏重於和諧音效的安排。

　　探討單句的韻律後，接著要以一首詩或一段詩為單位來看整體性的韻律安排。整體性的韻律依然以「韻」與「律」這兩個面向來進行檢視，「韻」的部分探討同音節位置的相諧表現，「律」的部分探討每句首字及末字的規律交錯表現。

三、整首詩中同音節韻尾相諧的韻律表現

　　同音節相諧的探討以三句相諧為擇取標準，以韻尾僅分為三類，陽聲韻與陰聲韻各佔了詩歌整體用字的 42%以上，又陽聲韻三種韻尾歸為同一類相諧，若以兩句相諧為選取單位，則符合的情形相當多，也就無有韻律可言，故相諧的基本單位為三句為起始點。

　　每句末字（五言第五音節、七言第七音節）相諧的選取單位為四句以上的相諧，以末字為用韻所在，隔句押韻是近體詩的用韻通式，只要有一非韻字與韻字韻尾相諧，便可構成三句的相諧，如此在韻律上也容易流於浮濫，故末字的相諧單位以四句為基準點。

（一）整首詩一處相諧

1、第一音節

五言詩

（1）〈始為奉禮憶昌谷山居〉

5-5	向〔-ŋ〕壁懸如意
5-6	當〔-ŋ〕簾閱角巾
5-7	犬〔-n〕書曾去洛
5-8	鶴病悔遊秦

（2）〈惱公〉

48-75	魚生玉藕下
48-76	人〔-n〕在石蓮中
48-77	含〔-m〕水彎娥翠
48-78	登〔-ŋ〕樓漢馬駿

（3）〈追賦畫江潭苑四首〉之四

62-1	十騎簇芙蓉
62-2	宮〔-ŋ〕衣小隊紅
62-3	練〔-n〕香熏宋鵲
62-4	尋〔-m〕箭踏盧龍

（4）〈潞州張大宅病酒遇江使寄上十四兄〉

63-7	城〔-ŋ〕鴉啼粉堞
63-8	軍〔-n〕吹壓蘆煙
63-9	岸〔-n〕幘裹紗幌
63-10	枯塘臥折蓮

（5）〈王濬墓下作〉

64-5　　古書平黑石

64-6　　神〔-n〕劍斷青銅

64-7　　耕〔-ŋ〕勢魚鱗起

64-8　　墳〔-n〕科馬鬣封

（6）〈梁公子〉

70-1　　風〔-ŋ〕采出蕭家

70-2　　本〔-n〕是菖蒲花

70-3　　南〔-m〕塘蓮子熟

70-4　　洗〔-n〕馬走江沙

七言詩

（7）〈南園十三首〉之七

14-1　　長〔-ŋ〕卿牢落悲空舍

14-2　　曼〔-n〕倩詼諧取自容

14-3　　見〔-n〕買若耶溪水劍

14-4　　明〔-ŋ〕朝歸去事猿公

　第一音節相諧共7例，皆爲陽聲韻例，五言6例，七言1例。五言6例皆爲律詩（含排律），三句相諧的情形最多，6例中有5例；七言1例爲絕句，爲四句相諧。

2、第二音節

五言詩

（1）〈馬詩二十三首〉之十三

33-1　　寶玦誰家子

33-2　　長聞〔-n〕俠骨香

33-3　　堆金〔-m〕買駿骨

33-4　　將送〔-ŋ〕楚襄王

（2）〈馬詩二十三首〉之二十二

42-1　　汗血到王家

42-2　　隨鸞〔-n〕撼玉珂

42-3　　少君〔-n〕騎海上

42-4　　人見〔-n〕是青騾

（3）〈惱公〉

48-7　　曉奩〔-m〕粧秀靨

48-8　　夜帳〔-ŋ〕減香筒

48-9　　鈿鏡〔-ŋ〕飛孤鵲

48-10　江圖畫水淇

（4）〈送秦光祿北征〉

50-5　　灞水樓船渡

50-6　　營門〔-n〕細柳開

50-7　　將軍〔-n〕馳白馬

50-8　　豪彥〔-n〕騁雄材

（5）〈送秦光祿北征〉

50-11　榆稀山易見

50-12　甲重〔-ŋ〕馬頻嘶

50-13　天遠〔-n〕星光沒

50-14　沙平〔-ŋ〕草葉齊

（6）〈送秦光祿北征〉

50-17　屢斷〔-n〕呼韓頸

50-18　曾燃〔-n〕董卓臍

50-19　太常〔-ŋ〕猶舊寵

50-20　光祿是新隮

（7）〈昌谷讀書示巴童〉

56-1　　蟲響〔-ŋ〕燈光薄

56-2　　宵寒〔-n〕藥氣濃

56-3　　君憐〔-n〕垂翅客

56-4　　辛苦尚相從

（8）〈追賦畫江潭苑四首〉之三

61-5　　鸒鸒啼深竹

61-6　　鷓鴣〔-ŋ〕老濕沙

61-7　　宮官〔-n〕燒蠟火

61-8　　飛爐〔-n〕汙鉛華

（9）〈潞州張大宅病酒遇江使寄上十四兄〉

63-9　　岸幘褰紗幌

63-10　　枯塘〔-ŋ〕臥折蓮

63-11　　木窗〔-ŋ〕銀跡畫

63-12　　石磴〔-ŋ〕水痕錢

七言詩

（10）〈南園十三首〉之十

17-1　　邊讓〔-ŋ〕今朝憶蔡邕

17-2　　無心〔-m〕裁曲臥春風

17-3　　舍南〔-m〕有竹堪書字

17-4　　老去溪頭作釣翁

　　第二音節相諧的有 10 例，五言 9 例，七言 1 例，皆為陽聲韻例。五言 9 例中有 6 例為律詩（含排律），3 例為絕句；七言詩絕句 1 例，五、七言皆為三句相諧。

3、第三音節

五言詩

（1）〈惱公〉

48-1　　宋玉愁空斷

48-2　　嬌嬈粉〔-n〕自紅

48-3　　歌聲春〔-n〕草露

48-4　門掩杏〔-ŋ〕花叢

48-5　注口櫻〔-ŋ〕桃小

48-6　添眉桂葉濃

（2）〈釣魚詩〉

66-9　詹子情〔-ŋ〕無限

66-10　龍陽恨〔-n〕有餘

66-11　爲看煙〔-n〕浦上

66-12　楚女淚沾裾

（3）〈感春〉

69-5　上幕迎〔-ŋ〕神燕

69-6　飛絲送〔-ŋ〕百勞

69-7　胡琴今〔-m〕日恨

69-8　急語向〔-ŋ〕檀槽

（4）〈畫角東城〉

53-5　淡菜生〔-ŋ〕寒日

53-6　鮰魚潠〔-n〕白濤

53-7　水花霑〔-m〕抹額

53-8　旗鼓夜迎潮

（5）〈梁公子〉

70-5　御牋銀〔-n〕沫冷

70-6　長簞鳳〔-ŋ〕窠斜

70-7　種柳營〔-ŋ〕中暗

70-8　題書賜館娃

七言詩

（6）〈南園十三首〉之四

11-1　三十未有二十餘

11-2　白日長〔-ŋ〕飢小甲蔬

11-3　　　橋頭長〔-ŋ〕老相哀念

11-4　　　因遣戎〔-ŋ〕韜一卷書

　　第三音節相諧的僅有 6 例，五言詩 5 例，七言詩 1 例，皆爲陽聲韻相諧。五言 5 例皆爲律詩（含排律），七言 1 例爲絕句。四句相諧有 2 例，三句相諧 4 例。

4、第四音節

五言詩

（1）〈始爲奉禮憶昌谷山居〉

5-1　　　掃斷馬蹄〔-i〕痕

5-2　　　衙廻自閉〔-i〕門

5-3　　　長鎗江米〔-i〕熟

5-4　　　小樹棗花春

（2）〈惱公〉

48-35　　古時塡渤澥

48-36　　今日鑿崆〔-ŋ〕峒

48-37　　繡沓褒長〔-ŋ〕慢

48-38　　羅裙結短〔-n〕封

（3）〈送秦光祿北征〉

50-3　　　髽胡頻犯〔-m〕塞

50-4　　　驕氣似橫〔-ŋ〕霓

50-5　　　瀰水樓船〔-n〕渡

50-6　　　營門細柳開

（4）〈追賦畫江潭苑四首〉之一

59-1　　　吳苑曉蒼〔-ŋ〕蒼

59-2　　　宮衣水濺〔-n〕黃

59-3　　　小鬟紅粉〔-n〕薄

59-4　　　騎馬珮珠長

（5）〈追賦畫江潭苑四首〉之三

61-1　翦翅小鷹〔-ŋ〕斜

61-2　綰根玉鐩〔-n〕花

61-3　鞦垂粧鈿〔-n〕粟

61-4　箭籠釘文〔-n〕牙

61-5　鸎鸎啼深〔-m〕竹

61-6　鶒鶹老濕沙

（6）〈潞州張大宅病酒遇江使寄上十四兄〉

63-3　繫書隨短〔-n〕羽

63-4　寫恨破長〔-ŋ〕箋

63-5　病客眠清〔-ŋ〕曉

63-6　踈桐墜綠鮮

（7）〈奉和二兄罷使遣馬歸延州〉

67-5　笛愁翻隴〔-ŋ〕水

67-6　酒喜瀝春〔-n〕灰

67-7　錦帶休驚〔-ŋ〕雁

67-8　羅衣尚鬪雞

七言詩

（8）〈南園十三首〉之五

12-1　男兒何不帶吳鉤

12-2　收取關山〔-n〕五十州

12-3　請君暫上〔-ŋ〕凌煙閣

12-4　若箇書生〔-ŋ〕萬户侯

（9）〈昌谷北園新筍四首〉之二

45-1　斫取青光〔-ŋ〕寫楚辭

45-2　膩香春粉〔-n〕黑離離

45-3　無情有恨〔-n〕何人見

45-4　露壓煙啼千萬枝

（10）〈酬答二首〉之一

51-1 　　金魚公子夾衫長

51-2 　　密裝腰鞓〔-ŋ〕割玉方

51-3 　　行處春風〔-ŋ〕隨馬尾

51-4 　　柳花偏打〔-ŋ〕內家香

第四音節相諧的有 10 例，五言有 7 例，七言有 3 例，五言皆為律詩（含排律）詩例，七言皆為絕句。陰聲韻相諧的有 1 例（第 1 例），為前高元音〔-i〕的相諧，其餘皆為陽聲韻相諧。相諧句數以三句為主，有 9 例，五句相諧有 1 例。

5、第五音節

五言詩

（1）〈馬詩二十三首〉之二

22-1 　　臘月草根甜〔-m〕

22-2 　　天街雪似鹽〔-m〕

22-3 　　未知口硬軟〔-n〕

22-4 　　先擬蒺藜銜〔-m〕

（2）〈馬詩二十三首〉之九

29-1 　　颼叔死匆匆〔-ŋ〕

29-2 　　如今不蓁龍〔-ŋ〕

29-3 　　夜來霜壓棧〔-n〕

29-4 　　駿骨折西風〔-ŋ〕

（3）〈馬詩二十三首〉之十

30-1 　　催榜渡烏江〔-ŋ〕

30-2 　　神騅泣向風〔-ŋ〕

30-3 　　君王今解劍〔-m〕

30-4 　　何處逐英雄〔-ŋ〕

（4）〈馬詩二十三首〉之十一

31-1　內馬賜宮人〔-n〕

31-2　銀鞲刺麒麟〔-n〕

31-3　午時鹽坂上〔-ŋ〕

31-4　蹭蹬溢風塵〔-n〕

（5）〈馬詩二十三首〉之十四

34-1　香襆赭羅新〔-n〕

34-2　盤龍蹙鐙鱗〔-n〕

34-3　廻看南陌上〔-ŋ〕

34-4　誰道不逢春〔-n〕

（6）〈馬詩二十三首〉之十六

36-1　唐劍斬隋公〔-ŋ〕

36-2　拳毛屬太宗〔-ŋ〕

36-3　莫嫌金甲重〔-ŋ〕

36-4　且去捉颸風〔-ŋ〕

（7）〈惱公〉

48-22　休開翡翠籠〔-ŋ〕

48-23　弄珠驚漢燕〔-n〕

48-24　燒蜜引胡蜂〔-ŋ〕

48-25　醉纈拋紅網〔-ŋ〕

48-26　單羅挂綠蒙〔-ŋ〕

（8）〈惱公〉

48-61　蠟淚垂蘭爐〔-n〕

48-62　秋蕪掃綺櫳〔-ŋ〕

48-63　吹笙翻舊引〔-n〕

48-64　沽酒待新豐〔-ŋ〕

（9）〈追賦畫江潭苑四首〉之一

59-4　騎馬珮珠長〔-ŋ〕

59-5　　路指臺城迴〔-ŋ〕

59-6　　羅薫袴褶香〔-ŋ〕

59-7　　行雲霑翠輦〔-n〕

59-8　　今日似襄王〔-ŋ〕

第五音節相諧的有 9 例，皆爲五言詩例，皆爲陽聲韻相諧。9 例中有 6 例是絕句，3 例爲律詩（含排律）。第五音節是五言詩的末字，故五言詩四句以上相諧才列入討論。四句相諧的有 7 例，五句相諧的有 2 例（第 7、9 例）。

6、第六音節、第七音節

七言詩

（1）〈昌谷北園新笋四首〉之一

44-1　　籜落長竿削玉開

44-2　　君看母筍是龍〔-ŋ〕材

44-3　　更容一夜抽千〔-n〕尺

44-4　　別却池園數寸〔-n〕泥

（2）〈南園十三首〉之六

13-1　　尋章摘句老雕蟲〔-ŋ〕

13-2　　曉月當簾挂玉弓〔-ŋ〕

13-3　　不見年年遼海上〔-ŋ〕

13-4　　文章何處哭秋風〔-ŋ〕

第六、七音節相諧各有 1 例，皆爲陽聲韻相諧，皆爲絕句，第六音節爲三句相諧，第七音節（末字）爲四句相諧。

整首詩一處相諧的共有 44 例，五言有 36 例，七言有 8 例。五言詩一處相諧出現最多的音節爲第二及第五音節，各有 9 例。第二、五音節正好是五言詩一句上二下三的節奏點，在這兩個音節點上相諧，有強化節奏點的效果。七言詩一處相諧出現最多的在第四音節，有 3 例，第四音節也是七言詩一句上四下三的節奏點。以此可知，

李賀多在一句的節奏點上安放相諧韻尾，形成強化節奏點的音效。

　　其次，相諧的韻尾多為陽聲韻類，陰聲韻只 1 例，入聲韻沒有詩例。相諧的陽聲韻類中又以〔-ŋ〕與〔-n〕相諧的句式最多。這兩種韻尾一為舌根鼻音，一為舌尖鼻音，兩者相諧可在統一的鼻音共鳴中產生舌位前後的變化聲響。

（二）整首詩二處連環相諧

　　連環相諧的形式在第二章第五節連環相諧的頭韻表現（頁 54）中便已說明，此處借用連環相諧的概念來探討韻尾的韻律，凡同一音節超過三個相諧（句末音節超過四個），且出現兩組交疊，為不可分割的音韻網絡者，皆在此羅列討論。

1、五言詩

（1）〈竹〉

3-1　　入水文光〔-ŋ〕動〔-ŋ〕

3-2　　抽空綠影〔-ŋ〕春〔-n〕

3-3　　露華生筍〔-n〕徑〔-ŋ〕

3-4　　苔色拂霜〔-ŋ〕根〔-n〕

3-5　　織可承香〔-ŋ〕汗〔-n〕

3-6　　裁堪釣錦〔-m〕鱗〔-n〕

3-7　　三梁曾入用〔-ŋ〕

3-8　　一節奉王孫〔-n〕

（2）〈同沈駙馬賦得御溝水〉

4-1　　入苑白泱泱〔-ŋ〕

4-2　　宮人正靨黃〔-ŋ〕

4-3　　遠隈龍骨冷〔-ŋ〕

4-4　　拂岸鴨頭香〔-ŋ〕

4-5　　別館驚殘夢〔-ŋ〕

4-6　　停〔-ŋ〕盃泛小觴〔-ŋ〕

4-7　　幸〔-ŋ〕因流浪處

4-8　　暫〔-m〕得見何郎

（3）〈七夕〉

6-5　　天〔-n〕上〔-ŋ〕分金鏡

6-6　　人〔-n〕間〔-n〕望玉鉤

6-7　　錢〔-n〕塘〔-ŋ〕蘇小小

6-8　　更〔-ŋ〕值一年秋

（4）〈過華清宮〉

7-1　　春〔-n〕月夜啼鴉

7-2　　宮〔-ŋ〕簾〔-m〕隔御花

7-3　　雲〔-n〕生〔-ŋ〕朱絡暗

7-4　　石斷〔-n〕紫錢斜

7-5　　玉椀〔-n〕盛殘露

7-6　　銀燈〔-ŋ〕點舊紗

7-7　　蜀王〔-ŋ〕無近信

7-8　　泉上〔-ŋ〕有芹芽

（5）〈馬詩二十三首〉之一

21-1　　龍脊貼〔-p〕連錢〔-n〕

21-2　　銀蹄白〔-k〕踏煙〔-n〕

21-3　　無人織〔-k〕錦韂〔-m〕

21-4　　誰為鑄金鞭〔-n〕

（6）〈惱公〉

48-47　　象牀緣〔-n〕素柏

48-48　　瑤席卷〔-n〕香蔥

48-49　　細管吟〔-m〕朝幌〔-ŋ〕

48-50　　芳醪落夜楓〔-ŋ〕

48-51　　宜男生楚巷〔-ŋ〕

48-52　　梔子發金塘〔-ŋ〕

（7）〈惱公〉

48-87　犀株防〔-ŋ〕膽〔-m〕怯

48-88　銀液鎮〔-n〕心〔-m〕忪

48-89　跳脫看〔-n〕年〔-n〕命

48-90　琵琶道吉凶

（8）〈惱公〉

48-93　無力塗雲母

48-94　多方〔-ŋ〕帶藥翁

48-95　符因〔-n〕青〔-ŋ〕鳥送

48-96　囊用〔-ŋ〕絳〔-ŋ〕紗縫

48-97　漢苑〔-n〕尋〔-m〕官柳

48-98　河橋闊禁鐘

（9）〈謝秀才有姜縞練改從於人秀才留之不得後生感憶座人製
　　詩嘲誚賀復繼四首〉之四

55-1　尋常輕宋〔-ŋ〕玉

55-2　今日嫁文〔-n〕鶩

55-3　戟幹〔-n〕橫龍〔-ŋ〕簴

55-4　刀環〔-n〕倚桂窗

55-5　邀人〔-n〕裁半袖

55-6　端坐據胡牀

（10）〈追賦畫江潭苑四首〉之二

60-3　水光〔-ŋ〕蘭〔-n〕澤葉

60-4　帶重〔-ŋ〕剪〔-n〕刀錢

60-5　角暖〔-n〕盤〔-n〕弓易

60-6　靴長〔-ŋ〕上〔-n〕馬難

60-7　淚痕〔-n〕霑〔-m〕寢帳

60-8　勻粉〔-n〕照金鞍

（11）〈馮小憐〉

65-1	灣頭見小憐〔-n〕	
65-2	請上琵琶絃〔-n〕	
65-3	破得春風恨〔-n〕	
65-4	今〔-m〕朝直幾錢〔-n〕	
65-5	裙〔-n〕垂竹葉帶	
65-6	鬟〔-n〕濕杏花煙	

2、七言詩

（12）〈出城寄權璩楊敬之〉

1-1	草暖雲昏〔-n〕萬〔-n〕里春
1-2	宮花拂面〔-n〕送〔-ŋ〕行人
1-3	自言漢劍〔-m〕當〔-ŋ〕飛去
1-4	何事還車載病身

（13）〈南園十三首〉之八

15-1	春〔-n〕水初生乳燕飛
15-2	黃〔-ŋ〕蜂〔-ŋ〕小尾撲花歸
15-3	窗〔-ŋ〕含〔-m〕遠色通書幌
15-4	魚擁〔-ŋ〕香鉤近石磯

（14）〈昌谷北園新筍四首〉之三

46-1	家泉〔-n〕石眼兩三莖〔-ŋ〕
46-2	曉看〔-n〕陰根紫陌生〔-ŋ〕
46-3	今年〔-n〕水曲春沙上〔-ŋ〕
46-4	笛管〔-n〕新篁拔玉青〔-ŋ〕

兩處連環相諧的有 14 例，五言 11 例，七言 3 例，絕句有 3 例，律詩（含排律）11 例。兩處皆爲陽聲韻的最多，有 13 例；一處入聲韻一處陽聲韻的有 1 例（第 5 例）。相諧位置緊鄰的（如相諧位置爲第一音節與第二音節）有 8 例；隔一字的（如相諧位置爲第一音

節與第三音節）有 3 例；頭尾相諧的（相諧位置五言爲第一音節與第五音節，七言爲第一、二與第六、七音節）有 3 例。整體來說，相諧的二處在位置上是接近的，如此能增強相諧的效果

特別一提的是，五言詩兩處相諧出現了貫串更多句數相諧的情形，如第 1 例第四音節連五句相諧，第五音節連八句相諧；第 2 例第五音節連六句相諧，且韻尾完全相同。出現五句（含）以上相諧的有 4 例（第 1、2、4、11 例），最多連續八句相諧。這種貫串五句（含）以上的韻尾相諧的，都是陽聲韻尾，在同一個音節上連續五次以上的出現鼻音共鳴的尾音，形成非常明顯的呼應節奏，又如出現在第五音節上的相諧，第五音節是一句的最後音節，後面不會再有其他聲音來影響，韻尾是音節的最後音響，在這個音節相諧可以產生最明顯的效果，如〈竹〉整首詩八句都以陽聲韻來收尾，形成每一句的結束音響皆爲鼻音共鳴，產生了綿延迴盪的音效。

（三）三處連環相諧

1、五言詩

（1）〈惱公〉

48-69	褥縫篓雙綫〔-n〕
48-70	鉤絡辮五總〔-ŋ〕
48-71	蜀〔-k〕煙飛重〔-ŋ〕錦〔-m〕
48-72	峽〔-p〕雨滅輕〔-ŋ〕容〔-ŋ〕
48-73	拂〔-t〕鏡羞溫〔-n〕嶠
48-74	熏衣避賈充

（2）〈謝秀才有妾縞練改從於人秀才留之不得後生感憶座人製詩嘲誚賀復繼四首〉之三

54-3	灰暖殘〔-n〕香〔-ŋ〕炷
54-4	髮冷青〔-ŋ〕蟲〔-ŋ〕簪〔-m〕
54-5	夜遙燈〔-ŋ〕焰〔-m〕短〔-n〕

54-6　　睡熟小屏〔-ŋ〕深〔-m〕

54-7　　好作鴛鴦〔-ŋ〕夢〔-ŋ〕

54-8　　南城罷擣碪〔-m〕

（3）〈答贈〉

68-1　　本〔-n〕作張公子

68-2　　曾〔-ŋ〕名蕚綠華

68-3　　沈〔-m〕香燻〔-n〕小象

68-4　　楊〔-ŋ〕柳伴〔-n〕啼鴉

68-5　　露重〔-ŋ〕金〔-m〕泥冷

68-6　　杯闌〔-n〕玉樹斜

68-7　　琴堂〔-ŋ〕沽酒客

68-8　　新買後園花

2、七言詩

（4）〈南園十三首〉之二

9-1　　宮〔-ŋ〕北田〔-n〕塍曉氣酣

9-2　　黃〔-ŋ〕桑飲〔-m〕露窣宮〔-ŋ〕簾

9-3　　長〔-ŋ〕腰健〔-n〕婦偷攀〔-n〕折

9-4　　將〔-ŋ〕餧吳王八繭〔-n〕蠶

　　三處連環相諧的有 4 例，五言 3 例，七言 1 例，五言皆為律詩（含排律）詩例。除了第 1 例，三處中有一處為入聲韻相諧，其餘皆為陽聲韻相諧。在相諧句數上，除了第 2 例有兩處出現五句的相諧之外，其餘皆為三句、四句的相諧。三處鼻音韻尾的相諧不只在同音節位置連續呼應，三個相諧處也彼此呼應，讓鼻音的共鳴充滿在這些詩句段落中，產生盈盈於耳的聽覺感受。

（四）四處連環相諧

1、五言詩

（1）〈送秦光祿北征〉

50-33　守帳〔-ŋ〕然香暮

50-34　看〔-n〕鷹〔-ŋ〕永夜棲

50-35　黃〔-ŋ〕龍〔-ŋ〕就別鏡

50-36　青〔-ŋ〕冢〔-ŋ〕念（m）陽臺

50-37　周處長〔-ŋ〕橋役

50-38　侯調短〔-n〕弄〔-ŋ〕哀

50-39　錢塘階鳳〔-ŋ〕羽

50-40　正室撃鷺〔-n〕釵

（2）〈惱公〉

48-27　數錢教妊女

48-28　買藥問〔-n〕巴賨

48-29　勻臉〔-m〕安〔-n〕斜雁

48-30　移燈〔-ŋ〕想〔-ŋ〕夢熊

48-31　腸〔-ŋ〕攢〔-n〕非束竹

48-32　胘〔-n〕急是張〔-ŋ〕弓

48-33　晚〔-n〕樹迷新〔-n〕蝶

48-34　殘〔-n〕蜺憶斷〔-n〕虹

　　四處連環相諧的有 2 例，皆是五言詩例，皆為陽聲韻相諧，相諧句數為三或四句。

　　在韻律上，兩處、三處、四處韻尾連環相諧會形成如第二章頭韻連環相諧一樣的效果，一類韻尾在一個音節點上相諧，另一類韻尾接續的在另一個音節點上相諧，如此接連不斷的相諧表現，便會形成如接力般連綿的韻律，並且讓整首詩的音韻結構更緊密的彼此呼應。除此之外，韻尾的連環相諧多是鼻音的相諧，故相諧音節處彼此也產生呼應，形成更多層次的呼應網絡。

　　以上為各類型同音節韻尾相諧的表現，各類型相諧音節點統計如下：

表 3-11　同音節韻尾相諧統計表

		詩例	第一音節	第二音節	第三音節	第四音節	第五音節	第六音節	第七音節
一處相諧	五言	36	6	9	5	7	9	不計	不計
	七言	8	1	1	1	3	0	1	1
二處相諧	五言	11	4	5	5	3	5	不計	不計
	七言	3	1	2	0	1	1	0	1
三處相諧	五言	3	2	1	2	2	2	不計	不計
	七言	1	1	0	1	0	1	0	0
四處相諧	五言	2	2	2	2	2	0	不計	不計
	七言	0	0	0	0	0	0	0	0
總計	五言	52	14	17	14	14	16	不計	不計
	七言	12	3	3	2	4	2	1	2

　　韻尾相諧的句數共有 262 句，佔李賀近體詩整體詩句 536 句的 48.8%；五言詩相諧的有 221 句，佔整體五言詩 456 句的 48.4%；七言詩相諧的有 41 句，佔整體七言詩 80 句的 51.2%。李賀近體詩約有半數的句子韻尾在同音節處有相諧的關係。最頻繁的相諧點，五言詩為第二音節，七言詩為第四音節，這兩個音節點都是詩句中間的停頓點（五言依節奏可斷為二三，七言可斷為四三），在停頓處相諧可以使停頓點更為明顯，相諧效果也得以增強。

　　五言詩除了第二音節外，相諧詩例次多的為第五音節（即末字），第五音節點本來擇取的句數（四句以上相諧）就高於其他音節點（三句以上相諧），且第五音節點多有超過四句的相諧情形，如〈追賦畫江潭苑四首〉之一第五音節有 5 句相諧，〈謝秀才有姜縞練改從於人秀才留之不得後生感憶座人製詩嘲誚賀復繼四首〉之三也有 5 句相諧，〈同沈駙馬賦得御溝水〉有 6 句相諧，〈竹〉更是整首詩 8 句都相諧。故五言中的第五音節點在相諧頻率上絕不亞於第二音節。

　　總的來說，在音節點上，五言詩的相諧點在第二及第五音節上

表現得最爲明顯，七言詩則在第四音節較爲突出，這些音節點都是詩句重要的停頓點，我們大概可以說，李賀對於韻尾相諧的韻律在詩句的停頓點上有比較明顯的表現。

其次，就相諧的類別來看，除了入聲韻有兩例相諧，及陰聲韻有一例相諧外，其餘皆爲陽聲韻相諧。陽聲韻以〔-ŋ〕、〔-n〕兩種出現的次數最多，甚至有連續三句以上同韻尾相諧的情形，連續三句以上〔-ŋ〕相諧的有 10 例，連續三句以上〔-n〕相諧的有 12 例，如〈同沈駙馬賦得御溝水〉第五音節〔-ŋ〕連續六句相諧，七言絕句〈昌谷北園新筍四首〉之三第二音節四句皆爲〔-n〕相諧，第七音節四句皆爲〔-ŋ〕相諧。入聲韻的兩個相諧詩例爲〈馬詩二十三首〉之一第三音節三句〔-p〕、〔-k〕、〔-k〕相諧及〈惱公〉第一音節第 71–73 句三句〔-p〕、〔-t〕、〔-k〕相諧；陰聲韻的的一例爲〈始爲奉禮憶昌谷山居〉第四音節三句〔-i〕相諧。

四、整首詩中每句的首字、末字韻尾交錯的韻律表現

探討完句與句的音節相諧韻律後，接著就句與句音節的交錯音響效果來討論。交錯的韻律僅探討首字與末字，而不探討其他的音節點，原因在於，韻尾的交錯本身即是一種變化性的音效，置於一段語流的最前與最後，其變化的規律可以比較清楚的顯現出來，若置於語流的中段，因受到前後音節的干擾，這種變化性的規律也就不容易清晰的展現，故本小節僅探討一句詩的首字與末字的交錯韻律表現。以下的交錯韻律分首字與末字兩個部分討論。

（一）首字韻尾交錯的韻律表現

1、陰聲韻、陽聲韻交錯

（1）〈南園十三首〉之十三

20-1　　　小〔-u〕樹開朝逕

20-2　　　長〔-ŋ〕茸濕夜煙

20-3　柳〔-u〕花驚雪浦

20-4　菱〔-ŋ〕雨漲溪田

（2）〈送秦光祿北征〉

50-19　太常猶舊寵

50-20　光〔-ŋ〕祿是新隋

50-21　寶〔-u〕玦麒麟起

50-22　銀〔-n〕壺狒狖啼

50-23　桃〔-u〕花連馬發

50-24　綵絮撲鞍來

（3）〈潞州張大宅病酒遇江使寄上十四兄〉

63-17　莎老沙雞泣

63-18　松〔-ŋ〕乾瓦獸殘

63-19　覺〔-u〕騎燕地馬

63-20　夢〔-ŋ〕載楚溪船

63-21　椒〔-u〕桂傾長席

63-22　鱸魴斫玳筵

2、陽聲韻、入聲韻交錯

（4）〈示弟〉

2-1　別〔-t〕弟三年後

2-2　還〔-n〕家一日餘

2-3　醱〔-k〕醨今夕酒

2-4　緗〔-ŋ〕帙去時書

（5）〈過華清宮〉

7-5　玉〔-k〕椀盛殘露

7-6　銀〔-n〕燈點舊紗

7-7　蜀〔-k〕王無近信

7-8　泉〔-n〕上有芹芽

3、陰聲韻、入聲韻交錯

（6）〈七夕〉

6-1	<u>別</u>〔-t〕浦今朝暗
6-2	<u>羅</u>〔-ɑ∅〕帷午夜愁
6-3	<u>鵲</u>〔-k〕辭穿線月
6-4	<u>花</u>〔-a∅〕入曝衣樓

（7）〈惱公〉

48-13	杜若含清露
48-14	<u>河</u>〔-ɑ∅〕蒲聚紫茸
48-15	<u>月</u>〔-t〕分蛾黛破
48-16	<u>花</u>〔-a∅〕合靨朱融
48-17	<u>髮</u>〔-t〕重疑盤霧
48-18	腰輕乍倚風

首字韻尾規律交錯有 7 例，共 28 句，皆為五言律詩（含排律）詩例，交錯句數皆為四句。交錯韻尾的組合，〔-u〕與陽聲韻交錯的有 3 例（第 1、2、3 例）；〔-a∅〕、〔-ɑ∅〕與入聲韻交錯的有 2 例（第 6、7 例）；入聲韻與陽聲韻交錯的有 2 例（第 4、5 例）。

（二）末字韻尾交錯的韻律表現

1、陰聲韻、陽聲韻交錯

（1）〈南園十三首〉之十三

20-3	柳花驚雪<u>浦</u>〔-o∅〕
20-4	菱雨派溪<u>田</u>〔-n〕
20-5	古剎疎鐘<u>度</u>〔-o∅〕
20-6	遙嵐破月<u>懸</u>〔-n〕

（2）〈送秦光祿北征〉

50-17	屢斷呼韓<u>頸</u>〔-ŋ〕
50-18	曾燃董卓<u>臍</u>〔-i〕

50-19　　太常猶舊寵〔-ŋ〕

50-20　　光祿是新隮〔-i〕

（3）〈潞州張大宅病酒遇江使寄上十四兄〉

63-11　　木窗銀跡畫〔-i〕

63-12　　石磴水痕錢〔-n〕

63-13　　旅酒侵愁肺〔-i〕

63-14　　離歌繞懦絃〔-n〕

63-15　　詩封兩條淚〔-i〕

63-16　　露折一枝蘭〔-n〕

（4）〈釣魚詩〉

66-9　　　詹子情無限〔-n〕

66-10　　龍陽恨有餘〔-o∅〕

66-11　　爲看煙浦上〔-ŋ〕

66-12　　楚女淚沾裾〔-o∅〕

（5）〈荅贈〉

68-3　　　沈香燻小象〔-ŋ〕

68-4　　　楊柳伴啼鴉〔-a∅〕

68-5　　　露重金泥冷〔-ŋ〕

68-6　　　杯闌玉樹斜〔-a∅〕

（6）〈感春〉

69-3　　　榆穿萊子眼〔-n〕

69-4　　　柳斷舞兒腰〔-u〕

69-5　　　上幕迎神燕〔-n〕

69-6　　　飛絲送百勞〔-u〕

69-7　　　胡琴今日恨〔-n〕

69-8　　　急語向檀槽〔-u〕

2、陽聲韻、入聲韻交錯

（7）〈始爲奉禮憶昌谷山居〉

5-7　犬書曾去洛〔-k〕
5-8　鶴病悔遊秦〔-n〕
5-9　土甑封茶葉〔-p〕
5-10　山杯鎖竹根〔-n〕
5-11　不知船上月〔-t〕
5-12　誰棹滿溪雲〔-n〕

（8）〈惱公〉

48-7　曉奩粧秀靨〔-p〕
48-8　夜帳減香筒〔-ŋ〕
48-9　鈿鏡飛孤鵲〔-k〕
48-10　江圖畫水葓〔-ŋ〕

（9）〈惱公〉

48-31　腸攢非束竹〔-k〕
48-32　胘急是張弓〔-ŋ〕
48-33　晚樹迷新蝶〔-p〕
48-34　殘蜺憶斷虹〔-ŋ〕

（10）〈惱公〉

48-39　心搖如舞鶴〔-k〕
48-40　骨出似飛龍〔-ŋ〕
48-41　井檻淋清漆〔-t〕
48-42　門鋪綴白銅〔-ŋ〕

（11）〈惱公〉

48-45　玳瑁釘簾薄〔-k〕
48-46　琉璃疊扇烘〔-ŋ〕
48-47　象牀緣素柏〔-k〕
48-48　瑤席卷香葱〔-ŋ〕

（12）〈惱公〉

48-65　　短佩愁塡粟〔-k〕

48-66　　長絃怨削菘〔-ŋ〕

48-67　　曲池眠乳鴨〔-p〕

48-68　　小閣睡娃僮〔-ŋ〕

（13）〈昌谷讀書示巴童〉

56-1　　蟲響燈光薄〔-k〕

56-2　　宵寒藥氣濃〔-ŋ〕

56-3　　君憐垂翅客〔-k〕

56-4　　辛苦尚相從〔-ŋ〕

3、陰聲韻、入聲韻交錯

（14）〈馬詩二十三首〉之十五

35-1　　不從桓公獵〔-p〕

35-2　　何能伏虎威〔-i〕

35-3　　一朝溝隴出〔-t〕

35-4　　看取拂雲飛〔-i〕

（15）〈畫角東城〉

53-5　　淡菜生寒日〔-t〕

53-6　　鯔魚漢白濤〔-u〕

53-7　　水花霑抹額〔-k〕

53-8　　旗鼓夜迎潮〔-u〕

（16）〈追賦畫江潭苑四首〉之三

61-3　　鞦垂粧鈿粟〔-k〕

61-4　　箭箙釘文牙〔-aø〕

61-5　　鸎鸎啼深竹〔-k〕

61-6　　鶺鴒老濕沙〔-aø〕

4、陰聲韻、陰聲韻交錯

（17）〈送秦光祿北征〉

50-39	錢塘階鳳羽〔-oø〕
50-40	正室擘鸞釵〔-i〕
50-41	內子攀琪樹〔-oø〕
50-42	羌兒奏落梅〔-i〕
50-43	今朝擊劍去〔-oø〕
50-44	何日刺蛟迴〔-i〕

末字韻尾規律交錯有 17 例，共 76 句，皆爲五言詩例，絕句有 2 例（第 13、14 例），律詩（含排律）有 15 例。韻尾交錯長達六句的有 4 例（第 3、6、7、11 例），其餘 15 例爲四句交錯。韻尾交錯的組合，入聲韻與陽聲韻交錯的有 7 例（第 7～13 例），7 例中有 5 例出現在同一首詩〈惱公〉中；陰聲韻〔-u〕與陽聲韻交錯的有 1 例（第 6 例）；陰聲韻〔-u〕與入聲韻交錯的有 1 例（第 15 例）；陰聲韻〔-aø〕、〔-ɑø〕與陽聲韻交錯的有 1 例（第 5 例）；陰聲韻〔-aø〕、〔-ɑø〕與入聲韻交錯的有 1 例（第 16 例）；陰聲韻〔-i〕與陽聲韻交錯的有 2 例（第 2、3 例）；陰聲韻〔-i〕與入聲韻交錯的有 1 例（第 14 例）；陰聲韻〔-i〕與〔-o〕交錯的有 1 例（第 17 例）；陰聲韻〔-o〕與陽聲韻交錯的有 2 例（第 1、4 例）。

整體來看，出現交錯韻律的共有 100 句（首字 28 句加上末字 76 句，扣除首字末字出現在同一句，有 4 句，得爲 100 句），佔李賀近體詩整體詩句 528 句的 18.9%，比例不高。以下將首字與末字交錯形式列表統計，其中韻尾一欄標示交錯韻律的元素，「陽」包含〔-m〕、〔-n〕、〔-ŋ〕三個鼻音韻尾；「入」包含〔-p〕、〔-t〕、〔-k〕三個塞音韻尾；「a」包含〔-aø〕、〔-ɑø〕，「o」爲〔-oø〕。韻尾交錯韻律統計如下表：

表 3-12　首字、末字韻尾交錯韻律統計表

	陰、陽交錯				陽、入交錯	陰、入交錯			陰、陰交錯
韻尾	陽/ -u	陽/ -a	陽/ -i	陽/ -o	陽/入	入/ -u	入/ -a	入/ -i	-i / -o
首字例數	3	0	0	0	2	0	2	0	0
末字例數	1	1	2	2	7	1	1	1	1
總計	4	1	2	2	9	1	3	1	1

　　交錯韻律總計 24 例，首字交錯 7 例，末字交錯 17 例。末字交錯的情形較首字爲多，原因在於隔句押韻本是唐詩的用韻通式，押韻的部分本身已是規律的節奏，故較易形成交錯的表現。首字最多的形式爲陽聲韻與〔-u〕的交錯，有 3 例；末字則以陽聲韻與入聲韻交錯的表現最爲突出，17 例中佔了 7 例。若將首字、末字的表現合併來看，則陽、入聲韻交錯的數量最多，有 9 例，其次爲陽聲韻與〔-u〕的交錯，有 4 例。李賀近體詩入聲韻字數不到陽聲韻或陰聲韻的一半，然而與陽聲韻或陰聲韻的規律交錯的比例卻很高，甚至有連六句陽、入聲韻交錯的詩例（〈始爲奉禮憶昌谷山居〉一詩共 12 句，其中第 7 到第 12 句的末字爲陽、入聲韻交錯的韻律），由此看來，李賀使用入聲韻來製造交錯的節奏的意圖是明顯的。

　　入聲字與陽聲字交錯，可以形成綿長響亮與短促閉塞的音效對比，此一交錯韻律置於末字的效果是最爲明顯的，以韻尾爲一個音節的最終音響，又末字爲一個詩句語流的終點，韻尾後面便是一個空白停頓，不會有其他聲音造成干擾，故音響效果最爲明顯。今置入陽、入交錯的一組韻律，便會形成明顯的強弱與長短的對比音效。

　　再就詩體來看，交錯的韻律顯然運用在律詩（含排律）上，絕句僅在末字上有 2 例（〈馬詩二十三首〉之十五、〈昌谷讀書示巴童〉），大概因爲絕句只有四句，一組交錯的韻律至少四句，若使用交錯韻律，便顯得過於刻意，容易淪爲聲音的遊戲之作。若對比上

一小節的相諧音韻，更可發現李賀 31 首五言絕句未曾出現首字韻尾相諧的，16 首七絕中僅有 2 首首字相諧（〈南園十三首〉之二、〈南園十三首〉之七）；末字相諧的絕句數量較多，五絕有 7 首（〈馬詩二十三首〉之一、二、九、十、十一、十四、十六），七絕有 2 首（〈南園十三首〉之六、〈昌谷北園新笋四首〉之三）。由此概可歸結，在絕句上，李賀對於首字的韻尾的韻律，是刻意不使其產生相諧或規律交錯的韻律，在末字上則相諧的韻律比例高於交錯的韻律。

第五節　小　結

本章從韻母來探討李賀近體詩的韻律表現，探討層面爲李賀用韻的表現，句中韻的安排，介音及韻尾的韻律，以下分點總結各類的討論：

一、李賀近體詩的用韻表現

（一）韻部合用情形應爲語音演變及方音所致

李賀近體共 70 首，符合《廣韻》獨用同用規範的有 40 首，不符合的有 30 首，韻類合用的情形與《廣韻》對照如下如下：

表 3-13　李賀近體詩合用韻部與《廣韻》同用韻部對照表

《廣韻》獨用、同用韻目	東	冬、鍾	江	支、脂、之	微	魚	虞、模	齊	佳、皆	灰、咍	眞、諄、臻	欣、文	元、魂、痕	寒、桓	刪、山	先、仙
李賀近體合用韻目	江、東、冬、鍾			支、脂、之	微	魚、虞、模		咍、齊、佳、灰			眞、諄、文		魂、痕	元、寒、山		先、仙
《廣韻》獨用、同用韻目	蕭、宵	肴	豪	歌、戈	麻	陽、唐	庚、耕、清	青	蒸、登	尤、侯、幽	侵	覃、談	鹽、添	咸、銜	嚴、凡	

李賀近體合用韻目	蕭、宵、豪	無詩例	蕭、宵、豪	歌、戈、麻、佳	唐、陽、江	庚、耕、清、青	無詩例	尤、侯、幽	侵	銜、覃、談、鹽、添、	無詩例

李賀韻部合用的情形與王力《漢語語音史》的晚唐～五代時期，及周祖謨〈唐五代的北方語音〉較爲吻合。尤其是與周祖謨所提出唐五代的北方語音的韻部分類最爲接近，除了江韻與東、冬、鍾通押，齊韻與佳、皆、灰、咍通押，佳韻與歌、戈、麻通押三種情形之外，其他的韻部合用的情形都相同。由此蓋可推知，李賀近體的用韻，並非清人方扶南所謂的使用古韻，而是語音演變及方音所致。

（二）李賀慣用聲音響亮的韻類

李賀70首近體詩，押陽聲韻的有40首，陰聲韻的有30首。使用最多的韻類爲「東、冬、鍾、江」與「歌、戈、麻、佳」這兩類，各有10首。李賀韻腳使用最多的是東韻，有50字，佔312個韻腳的16%，其次爲麻韻30字，其次鍾韻28字，其次爲陽韻18字。就李賀的慣用韻類來看，李賀近體的用韻在聲音的表現上是宏亮的。再就用韻與情感的關聯性來看，李賀近體最常用「東、冬、鍾、江」與「歌、戈、麻、佳」兩類韻，兩類韻有失意感慨之作，如押「東、冬、鍾、江」的〈馬詩二十三首〉的第九首，押「歌、戈、麻、佳」的〈馬詩二十三首〉的第六首；有敘事描景之作，如押「東、冬、鍾、江」的〈追賦畫江潭苑四首〉之四，押「歌、戈、麻、佳」的〈南園十三首〉第十一首；亦有狹邪遊戲之篇，如押「東、冬、鍾、江」的〈惱公〉，押「歌、戈、麻、佳」的〈梁公子〉。用這兩類韻的詩篇情感多元，再者〈馬詩二十三首〉這組詩的情感相當統一，爲李賀才不得用的慨嘆，兩類韻在這組詩中都各有三首，可見同一種情感可用不同的韻類來表現，也以此證明李賀用韻的韻類與情感沒有必然關連。

（三）押韻的體例上多首句入韻

在押韻的體例上，李賀近體首句入韻的比例爲 62.8%，李賀七言詩首句入韻佔七言整體的 85%，五言首句用韻的數量超過五言整體的五成，尤其是五律，佔了六成以上，與王力所說五言以首句不入韻爲正例相左。蓋李賀首句入韻，一方面使押韻節奏更爲緊湊，一方面也使十字一韻的節奏產生變化，節奏更爲活潑。此外清人汪師韓曾提及李賀〈追賦畫江潭苑〉開後人轆轤進退之格，即韻腳爲東、鍾兩韻交錯排列，今檢視李賀近體，除了〈追賦畫江潭苑〉一首，其餘近體在韻腳排列上並無如此的安排，在韻腳與非韻句末字上也幾乎沒有交錯用韻的情形。故轆轤進退之格概爲李賀偶然所作，非其用韻之風格。

二、李賀近體詩句中韻的韻律表現

李賀近體詩的句中韻共有 198 句，佔整體詩句 536 句的 36.9%。五言近體共有 456 句，出現句中韻的有 152 句，佔了三分之一強（33.3%）。五言句中韻以一句中有一組韻類相諧爲主，一句中有兩組韻類相諧的只有 7 句。七言近體共有 80 句，出現句中韻的有 46 句，佔了將近六成（57.5%），46 句中有 11 句有兩組以上的韻類相諧，佔了相諧句數的將近四分之一（23.9%）。

（一）句中韻的形式五言、七言表現不同

句中韻相諧的形式上，五言分隔字相諧與連續相諧兩類。隔字相諧的以隔一字相諧的表現爲主，出現第二、四音節的相諧最多。第二、四音節正好在五言「二二一」句式的停頓點上，如〈昌谷讀書示巴童〉「蟲響（養）燈光（唐）薄」，兩音節相諧可使「二二一」的節奏更爲明顯。兩音節連續相諧的，以第二、三音節相諧最多，如〈惱公〉「花合（合）靨（葉）朱融」，第二、三音節正好是五言句式上二與下三兩個音組的銜接處，兩個音節相諧，形成了連結兩個音組的效果。七言分爲一組韻類隔字相諧、一組韻類連續相諧、

兩組以上韻類相諧三類。一組韻類隔字相諧，相較於五言詩以隔一個音節相諧為主，七言詩相諧的間隔是以隔兩個音節以上為主。七言連續相諧的音節以第一、二及第三、四音節相諧最多，集中在七言「上四下三」的上四的音組中。兩組以上韻類相諧以包含型（一組隔字相諧韻類的間隔音節中出現另一組相諧韻類）為多，且兩組韻類多呈現對比性的音響效果，如〈出城寄權璩楊敬之〉「自（至）言（元）漢（翰）劍當飛（微）去」「支」類韻在前後音節相諧，「元」類韻在兩個「支」類韻的間隔中相諧，且「元」類韻主元音為低元音，後加鼻音共鳴，聲音響亮；「支」類韻為高元音，聲音響度最小，兩韻類呈現對比的音效。

（二）相諧韻類支類、元類最多

在相諧韻類方面，支類韻相諧次數最多，有 42 次，其次元類韻 38 次，歌類 23 次，魚類 22 次。支類、元類、魚類、歌類，以舌位高低來看，元類為低元音後加舌尖鼻音，歌類為低元音，魚類為圓唇後中高元音，支類為展唇前高元音。這幾個韻類正好分布在舌位高低前後的極點，如此相諧的音響效果更為顯著。

（三）相諧的韻類聲調多不相同

聲調上，相諧的兩字多不同聲調，形成韻母音值相諧而調值不同的調和音效。然而在五言近體第一、五音節隔字相諧與第四、五音節連續相諧兩類，同聲調相諧的比例超過一半，如〈馬詩二十三首〉之八「驒（支）策任蠻兒（支）」相諧兩字同為平聲，〈惱公〉「弄珠驚漢（翰）燕（霰）」相諧兩字同為去聲。蓋因第一、五音節相隔最遠，安置同聲調相諧，可以達到加強呼應的效果，不因相諧的間隔過大而失去韻律。在第四、五音節上，則在句尾形成如疊韻的韻律。

三、李賀近體詩韻尾的韻律表現

（一）相諧的表現或交錯的韻律皆以陽聲韻為主體

不論是單句或是整首詩，陽聲韻相諧的數量遠遠勝過陰聲韻與入聲韻，原因在於陰聲韻韻尾類別太多，入聲韻則是整體字數太少，皆不易形成相諧。陽聲韻以〔-ŋ〕、〔-n〕兩種韻尾出現的次數最多，在單句或是整首詩中，也都有相諧韻尾全部同是〔-ŋ〕或〔-n〕的情形，如〈追賦畫江潭苑四首〉之四「不待景〔-ŋ〕陽〔-ŋ〕鐘〔-ŋ〕」，不過整體相諧的表現上仍以〔-ŋ〕、〔-n〕相配形成相諧的例子最多，〔-ŋ〕、〔-n〕相配，發音方法同為鼻音共鳴，發音部位則一前一後，形成相諧與變化調和的音效。再者，交錯的韻律也是以陽聲韻為基底，每一種交錯的句式都有陽聲韻，如〈始為奉禮憶昌谷山居〉「當簾閱角巾」〔-ŋ　-m / -t　-k / -n〕，為陽聲韻與入聲韻的交錯韻律；沒有單純入聲韻與陰聲韻，或陰聲韻與陰聲韻交錯的例子。

（二）句與句相諧的音節點多在句子的停頓處

五言詩的相諧點在第二音節及第五音節的情形最多，如〈馬詩二十三首〉之十六：「唐劍斬隋公〔-ŋ〕，拳毛屬太宗〔-ŋ〕。莫嫌金甲重〔-ŋ〕，且去捉飄風〔-ŋ〕。」第五音節皆以舌根鼻音〔-ŋ〕相諧；七言詩則在第四音節最多，如〈酬荅二首〉之一：「金魚公子夾衫長，密裝腰鞓〔-ŋ〕割玉方。行處春風〔-ŋ〕隨馬尾，柳花偏打〔-ŋ〕內家香。」第二到四句皆在第四音節上以〔-ŋ〕相諧。這些音節點都是詩句句中及句末的停頓處，五言節奏為二三，停頓點在第二及第五音節，七言節奏為四三，停頓點在第四及第七音節。句與句在停頓點相諧，則相諧的效果得以增強，停頓的節奏也更為明顯。

（三）單句交錯韻律，陽聲韻多置於首、尾位置

單句交錯的類型中，對稱交錯型有 4 句，4 句的首、末音節皆為陽聲韻，如〈惱公〉「金爐細炷通」〔-m / -o∅ / -i / -o∅ / -ŋ〕，「金」、「通」

爲陽聲韻相諧;「二二一」型 7 句中有 5 句第一、二音節爲陽聲韻，如〈昌谷讀書示巴童〉「君憐垂翅客」〔-n　-n / -eø　-eø / -k〕，首二字「君」、「憐」皆爲陽聲韻;「二一二」型 5 句中有 3 句前兩音節爲陽聲韻，1 句後兩音節爲陽聲韻，如〈惱公〉「嫋裊帶金蟲」〔-u　-u / -i / -m　-ŋ〕末兩字「金」、「蟲」爲陽聲韻;「一二二」型 13 句中有 11 句後兩音節爲陽聲韻，如〈馬詩二十三首〉之一「龍脊貼連錢」〔-ŋ / -k　-p / -n　-n〕，後兩音節「連」、「錢」爲陽聲韻。首尾皆爲陽聲韻則能形成呼應的音效，句首出現連續陽聲韻可形成開頭宏亮的音響，句末出現連續陽聲韻則有延長擴大詩句聲響的效果。

（四）單句相諧重於單句交錯，末字韻律重於首字韻律

　　單句相諧有 93 句，單句交錯韻律僅 29 句，在單句韻尾韻律上，相諧韻律是較被強調的。再看開頭與結尾音節的表現，首字相諧的有 16 例，末字相諧的有 18 例，看似相近，其實首字多三句相諧，末字以四句相諧爲起點，且有長達六句、八句相諧的詩例，如〈竹〉:「入水文光動〔-ŋ〕，抽空綠影春〔-n〕。露華生筍〔-n〕徑〔-ŋ〕，苔色拂霜根〔-n〕。織可承香汗〔-n〕，裁堪釣錦鱗〔-n〕。三梁曾入用〔-ŋ〕，一節奉王孫〔-n〕。」全首末字以鼻音韻尾相諧;又交錯韻律中，首字有 7 例，末字 17 例，且末字 17 例中也有交錯韻律達六句的例子 4 例，如〈潞州張大宅病酒遇江使寄上十四兄〉:「木窗銀跡畫〔-i〕，石磴水痕錢〔-n〕。旅酒侵愁肺〔-i〕，離歌繞儒絃〔-n〕。詩封兩條淚〔-i〕，露折一枝蘭〔-n〕。」六句以〔-i〕、〔-n〕交錯成律，由此可見，末字的韻律表現遠勝於首字。在末字安置韻尾韻律本來便比首字效果來的好，以末字韻尾後面沒有其他聲音干擾，故韻尾相諧的音效可以明顯呈現。

（五）入聲韻調音的刻意安排

　　在單句五言四字、七言六字陽聲韻相諧的 38 個句例中，有 17 句剩下不相諧的音節以入聲韻來配對，作爲一連串相諧音段裡的調

節元素，藉此產生明顯的對比，如〈南園十三首〉之五「請〔-ŋ〕君〔-n〕暫〔-m〕上〔-ŋ〕凌〔-ŋ〕煙〔-n〕閣」，唯一不相諧的「閣」字為入聲韻尾，以舌根塞音的短促收尾，與前面一連串相諧的鼻音韻尾形成強烈的對比。又首、末字交錯韻律 24 例中，以陽、入聲韻交錯的形式 9 例最多，如〈始為奉禮憶昌谷山居〉：「犬書曾去洛〔-k〕，鶴病悔遊秦〔-n〕。土甌封茶葉〔-p〕，山杯鎖竹根〔-n〕。不知船上月〔-t〕，誰棹滿溪雲〔-n〕。」形成每句末字綿長與短促的對比音效。單句交錯形式連續的兩個入聲韻常置於句子的中間音節，如〈馬詩二十三首〉之十三「長聞俠骨香」〔-ŋ　-n / -p　-t / -ŋ〕，形成「長－短－長」的韻律節奏。

　　李賀韻的韻律表現與前人所論的頗有出入，李賀韻部同押乃語音演變與方音的影響，非方扶南所說的「用古韻」；李賀近體用韻響亮，與楊文雄所提出的「選韻務求沉啞」有很大的落差；五言首句多入韻的情形也與王力「五言多不入韻」的說法相左，這些顯示了李賀用韻的獨特風格。其次，從句中韻與韻尾的安排上，李賀展現了對比音效極佳的調配技巧，由此可見李賀編織韻律的用心。